동아대학교 석당학술총서 42

남도의 해안가 극장들

─일제 강점기 경남 일대 극장을 중심으로

김 남 석

지식과교양

머리말

지난여름에 쓰러진 나무들을 생각하며, 다시 일어서려고 시작하다

내가 아침마다 오르내리는 산책로는 한편으로 바다를 끼고 있으면서도 제법 그윽한 산세까지 갖춘 숲속 오솔길이다. 집을 나와 얕은 고개를 넘으면 나무들 사이로 바다가 보이고, 묘하게 이어진 길을 따라 걸으면 그 바다가 옆구리에 착 달라붙는 놀라운 장소이다. 그곳으로 향하는 길은 아늑하고 고요한 길이어서, 이 길을 아는 사람들이 더는 늘지 않았으면 하는 헛된 바람을 품게 만드는 곳이기도 하다.

하지만 지난여름, 깊숙하게 숨어 있던 이곳도 태풍을 피해갈 수는 없었다. 곳곳에서 나무들이 쓰러졌고, 쓰러진 나무들은 대개는 다시 일어나지 못했다. 쓰러진 나무들을 생의 이전으로 돌려놓을 힘이 좀처럼 살아나지 않았기 때문이다. 그러자 남은 사람들은 며칠에 걸쳐 나무를 잘랐고, 잘린 나무들을 며칠 동안 쌓아두었다가, 다시 며칠에 걸쳐 어디론가 가져갔다. 나무의 장례가 끝나자, 나무가 있던 자리에는 그루터기가 생겼다.

어떤 그루터기는 그 이후로도 한동안 눈물을 닮은 나뭇진을 흘렸다. 그들 삶의 흔적인 나이테를 선명하게 남기기도 했다. 비가 오고 바람이 불면서 나이테 역시 조금씩 흐려지긴 했지만, 나무들이 있던 자리만큼은 좀처럼 희미해지지 않았다. 그들이 있던 자리는 그 자체로 빈터가 되었기에, 나무들이 살았던 시간은 당분간 그곳에 고여 있을 수 있었다.

사람의 운명도 어쩌면 이러한 나무와 같지 않을까. 당당한 웃음으로 우리에게 즐거움을 주었고 그 이상의 당당함까지 선사했던 한 개그우먼의 죽음은, 쓰러진 나무처럼 그 빈자리를 표나게 드러낸 바 있었다. 그녀가 떠나자 그녀의 자리가 깊고 그윽했으며 웅숭깊었다는 생각을 좀처럼 지우지 못하는 것처럼, 지난여름 부산 연극계도 연극 곁을 오래 지키던 이들을 아프게 떠나보내야 했다. 그들은 연극이라는 세상에 뿌리를 내리고 길고 오랜 가지를 뻗어냈던 고목들이었다. 그들이 떠나자, 그들의 자리 역시 또 그렇게 빈 곳으로 남았다.

그리고 겨울이 찾아왔다. 여름에 쓰러졌던 나의 어머니도, 결국 지난여름의 나무처럼 그렇게 빈터로 남고 말았다. 그런 어머니에게 내가 해드릴 수 있었던 일은 무엇이었을까. 표사처럼 이렇게 묘비명 한

자락을 남기는 것이 정녕 다일까. 그것도 지난여름과 묵묵했던 나무와 그만큼 사라져간 않은 사람들 속에서, 그렇게 아무렇지도 않은 척 침묵하면서 말이다.

나는 일전에 자신만만하게, 시간이 지나면 우리 주변에서 깊숙하게 자리를 차지하던 또 누군가가 떠날 것이라고 말했었다. 그들이 떠난 자리는 나이테처럼 시간의 궤적을 품게 될 것이라고도 말했었다. 그들이 있던 자리는 당분간 빈터의 흔적을 숨기지 못할 것이며, 그렇게 사람들은 자신들이 알고 있던 공간을 버리고, 오래 쌓았던 시간을 떠나, 우리 곁에서 사라져 갈 것이라고 단언했었다. 그러면 남은 이들은 한동안 그들을 잊기 위해서 노력해야 할 것이라고도…… 하지만 지금은 자신이 없어졌다.

지난여름 태풍은 비단 나무만을 쓰러뜨린 것은 아니었다. 아파트 유리창을 깼고, 지붕과 간판을 뜯어냈으며, 차와 소중한 것들을 침수시켰다. 그러자 살아남은 자들은 그것들을 복구하기 시작했다. 유리창을 새롭게 갈아 끼웠고, 날아간 지붕을 다시 이었다. 차를 수리하거나 소중한 것들을 살려내기 위하여 안간힘을 썼다. 그러면서 지난여름의 태풍을 잊어갈 채비를 마치고 겨울을 나고 있다. 그렇게 우리 곁을 떠난 것들을 메워내려 하는 것이다.

잊는다는 것은 때로는, 떠나간 것과 떠난 이를 기억하는 소중한 방식이 될 수 있다. 잊어야 할 것을 잊을 수 있을 때, 기억할 것도 기억할 수 있기 때문이다. 그리고 잊기 위해서는 아무렇지도 않은 척하며 현실에 매달리는 방식도 때로는 요긴하다. 지난 아픔을 빨리 잊을 수 있을 때, 그 이후 우리 앞에 다가온 일상을 착실하게 바라볼 시야를 얻을 수 있기 때문이다.

쓰러진 나무들이 떠나보내야 숲의 그윽함을 재건할 방법을 찾는 것처럼, 우리도 이미 사라진 것들을 현명하게 떠나보내야 한다. 이를 위해서는, 한 가지를 확실하게 해야 했다. 보내야 할 시간을 보내는 것. 보내야 할 것을 보내려고 하자, 새로운 것들이 보이기 시작했다. 북한을 탈출한 사람의 힘겨운 시간이 눈에 들어왔고, 대권을 거머쥐기 위하여 필사적인 후보의 안간힘도 보였다. 그들은 시간과 다투고 있었고, 자신의 삶을 더 깊게 거머쥐기 위하여 필사적으로 애쓰고 있었다. 그들이 수행하는 전투 아닌 전투를 지켜보면서, 삶이 아름다울 수 있다는 옛 영화의 전언을 새삼스럽게 떠올렸다.

사라진 것들이 늘 있음에도 삶은 경이롭다. 지난여름 강력했던 태

풍이 오래된 나무에게 저질렀던 일처럼, 그리고 그토록 오랜 시간 동
안 내 곁에 남아 주었던 나의 어머니처럼.[1]

참담했던 지난여름과 허망했던 그 겨울을 참회하며

2020년 12월에

---

[1] 이 서문은 일전에 신문에 쓴 묘비명에서 연원한다. 2020년 죽은 자를 위한 묘비명
에, 지난 겨울 세상을 떠난 어머니에 대한 나의 마음을 담아 다시 세상에 내보낸다.
그녀에게 받은 경이로움이 내 삶의 원천이었다는 것을 이제야 깨달으며.

8

| 차례 |

남도의
해안가
극장들

일제 강점기 경남 일대 극장을 중심으로

1. 서론

일제 강점기(혹은 근대극 도입기) 지역 극장의 기능은 지금보다 훨씬 다양하고 또 복합적이었다. 이 시기의 관객들은 연극(작품)을 관람하고 영화를 구경하는 목적뿐만 아니라, 회의를 진행하고 토론을 시행하고 강연을 듣고 필요한 대화를 나누고 해당 이슈에 대해 의견을 모으는 공간으로 극장을 활용하였다.

그래서 과거의 지역 극장은 지역민의 민의(民意)가 모이는 곳이었고, 정보를 취득하는 곳이었으며, 사업을 하거나 정치 활동을 벌이거나 심지어는 단체 성립/불복 선언을 전개하는 곳이었다. 일제의 강압적인 처사(주로 행정 정책)를 성토하고, 경제적 압박으로 벗어날 방법을 숙의하며, 때로는 거사를 모의하거나 대대적인 단체 행동을 계획하는 공간이기도 했다. 사안에 따라서는 조선인뿐만 아니라 일본인도, 빈자뿐만 아니라 부자도 이러한 움직임에 동참하곤 했다.

동시에, 극장은 오락과 유희의 장소였다. 지금처럼 관람(극장) 콘텐츠(볼거리)가 풍족하지 않았던 시절이었던지라, 당시 대중들은 극장을 찾아 일상과 노동에 지친 삶을 달래고자 했다. 그래서 그곳에는 웃음이 있고, 울음이 있고, 함께 하는 기쁨이 있어야 했다. 극장에서는 비단 직접 관람하는 레퍼토리뿐만 아니라, 실제로 참여/수행하는 각종 활동도 함께 연행되었다. 극장에서 학예회와 소인극을 공연할 수 있었고, 환영회와 송별회를 개최할 수도 있었다. 때로는 손님을 맞기도 하고, 때로는 예방 접종을 맞기도 했다. 씨름대회, 권투대회, 웅변대회, 서예대회가 열리기도 했고, 판소리나 잡가 혹은 창극이나 만담이 어우러지기도 했다.

이처럼 극장의 기능은 다양했다. 당시 극장은 소위 말하는 문화적 인프라로 활용되었다고 해도 과장이 아닐 것이다. 그런데도 이러한 극장, 특히 지역 극장에 대한 연구는 매우 드물다. 그나마 경남의 일부 지역에서는 자신들의 지역을 대변했던 극장에 대한 미세한 연구라도 시행된 상태이다. 특히 부산과, 마산, 통영 등지에서 이러한 움직임은 빛을 발하고 있다. 또한 경북의 해안가를 중심으로 이보다는 덜하지만, 열악한 상황을 딛고 극장의 의미와 가치를 탐구하려는 시도가 일어나고 있다. 그럼에도 거시적 시야로 볼 때, 지역 극장 관련 연구는 답보 상태를 벗어나지 못하고 있고, 이에 따라 남도(남선)에 존재했던 초창기 극장의 실체는 점점 망실되고 있다. 많은 이들이 자신들이 사는 지역에 극장이 존재했다는 역사적 사실을 모르고 있으며, 이러한 극장이 가져다준 정신적 위안과 즐거움을 모르고 있다.

이 저술에서는 이러한 상황을 인정하고 망각되고 있는 역사적 사실을 밝혀내, 극장의 의의와 가치를 살려내고, '지금-여기-우리'의 극장으로 존재했던 과거 지역 극장의 실체에 접근해 보고자 했다. 이러한 연구는 기본적으로 지역학에 대한 인문학적 접근에 해당할 것이다.

하지만 그 이상의 의미를 찾아낼 수 있다. 과거 극장의 물리적인 복원이 불가능하다고 해도, 지면과 관념 속에, 그리고 역사와 가슴 속에 그 의의를 되살리는 일까지는 불가능하지 않을 것이다. 왜냐하면 옛 극장의 정신적인 복원마저 불가능하다고는 할 수 없기 때문이다. 본 저서는 그 기반을 마련하고, 그러한 움직임을 추동하려는 목적을 아울러 겨냥하였다.

이를 위해 이 글에서는 경상북도의 해안가를 중심으로 하여, 항구 도시 중 대표적인 해항을 골라 그곳에서 설립되어 운영되었던 극장들을 발굴하고, 관련 사항을 정리하여 해당 지역(남도의 해안가)의 극장(업)이 드러내는 특성과 공통점을 논구하는 데에 주안점을 두고자 한다.

이러한 남도 해안가의 중심은 단연 부산이다. 부산에는 1910년대에 이미 극장가가 형성되어 있을 정도로 많은 극장들이 분포하고 있었다. 이러한 극장가는 자연스럽게 경쟁 협력 체제를 강구하지 않을 수 없었다. 이 글에서는 1900년대 부산을 대표하는 극장 부산좌, 그리고 변천좌와 그 후신으로서의 상생관, 영화상설관으로 이름 높았던 보래관, 조선인 관객을 겨냥하여 설립된 (부산)중앙극장과 그 후신 대생좌, 그리고 1930년대 대형극장 부산극장을 구체적인 연구 대상으로 삼고자 한다. 물론 이러한 극장들은 부산 극장가를 대표하는 극장일 뿐만 아니라, 서로 다른 경영자(극장업자)들이 자신들의 극장 운영을 활성화하기 위한 기획과 보완책이 투영된 극장이기도 하다.

마산 역시 이른 시기에 극장들이 밀집되어 분포한 도시였다. 조선인이 주로 애용했던 수좌를 비롯하여, 도좌(훗날 마산좌), 마산 최초의 극장인 환서좌 그리고 1930년대 최신 시설을 자랑하는 앵관 등이 이러한 극장이다. 마산의 극장 분포상의 특징은 남북으로 분리된 극장 영업권을 고수했다는 점인데, 이러한 영업권은 극장을 찾는 관객들의 차이에 의해서 결정되었다.

통영의 극장은 보통 봉래좌로 알려져 있다. 대개의 언론과 세인의 기록(기억) 속에는 통영 유일의 극장이 봉래좌(해방 이후 봉래극장)로 남아 있다. 하지만 짧은 시간이기는 하지만, 통영좌가 통영에 존재했으며 나름대로 경쟁력을 갖추고 상호 자극이 되기도 했다. 이 글에서는 비교적 빈번하게 논의된 봉래좌보다 아직 제대로 규명되지 못한 통영좌를 중심으로 삼아, 해항 통영이 자신의 지역 극장을 어떻게 활용하여 수준 높은 문화적 기틀을 다졌는가에 대한 해답을 찾고자 한다. 항구 도시의 특성상 통영은 일본인 어촌 이주자들에 의해 생성, 확장, 부상한 도시였다. 따라서 그들-일본인 이주자들의 입김이 도시 곳곳에 미쳤으며, 극장 역시 그들 문화의 중심이 될 가능성이 컸다. 그런데도 통영의 조선인들은 일본인 이주자들의 극장을 자신의 극장으로 만들 줄 알았다. 마산의 극장 분리와는 또 다른 형태의 극장 분포가 나타난 셈이다.

방어진과 구룡포의 극장은 각각 울산극장(울산 역전)이나 영일좌(포항 중심)와 비견되는 극장이다. 방어진과 구룡포는 일제 강점기 이후 어업 전진 기지로 주목받고 그 영향으로 확장된 해항이기 때문에, 두 지역의 유사점도 상당하다고 해야 한다. 더욱 놀라운 공통점은 그들이 작은 해항(어촌)을 중심으로 자립적으로 극장을 운영할 수 있었다는 점이다. 이러한 특색을 살피기 위해서는 해당 해항의 특성과 지역/산업 인프라를 논구하지 않을 수 없다. 인구 규모가 작은 어촌에서 극장이 성업을 이루어낼 수 있었던 방법에 관해 조사하고 이를 세부적으로 검토할 필요가 있다고 판단된다. 이러한 관점에서의 접근과 분석이 이 글에서 주요한 비중을 차지할 것이다. 감포의 경우도 예외가 아니며, 비록 감포극장이 성세를 누리지는 못했지만, 방어진의 상반관이나 구룡포의 극장처럼 해항 도시의 극장으로서 지니는 특색과 장점을 살펴야 한다는 당위성이 성립된다고 하겠다.

지역 극장을 연구하는 일은 해당 지역의 문화적 기반을 연구하는 일이며, 그러한 기반을 활용하여 문화적 활동을 펼쳤던 이들의 모습을 재구하는 일이어야 한다. 따라서 지역(사) 연구의 중요한 출발점이 될 수밖에 없으며, 문화적 현상과 척도로 지역 연구의 난제를 해결할 첩경이 될 수 있을 전망이다.

이 저술은 그 일환으로 남도의 해안가에 위치한 지역 극장에 국한하여 이러한 첩경으로서의 학문 연구에 집중하고자 했다. 특히 이러한 연구가 지역 극장을 별개의 차원으로 간주하며 지역별 특성을 간과하는 이들에게, 지역의 극장들이 실제로는 모두 다른 연원과 특색 그리고 역사적 흐름과 대중적 용도를 지니고 있었음을 알리는 계기가 되고자 노력했다.

이 저술은 일제 강점기(근대극 도입기) 남선 지역의 해안가(경상남북도 위주)에 산재했던 지역 극장을 발굴 정리하여 역사적 시각으로 재조명하려는 의도를 지닌다. 이 저술은 지역 문화의 기반이자 로컬리티(locality) 기반이었던 지역 극장을 중심으로, 한국의 남도 지역 해안가의 중요한 문화적 현상을 탐사하려는 목적을 아울러 지향하고 있다. 동시대에도 마찬가지이지만, 극장은 다양한 문화적 사업과 예술 활동을 추동하는 기본 인프라이자 핵심 공간이었다.

2. 항구의 극장들과 지역 극장의 탄생

한국의 고지도에 나타난 경상남도는 아래와 같은 모습이다.

경상남도 해안 지도[1]

---

1) 현성운, 「대한신지지(경상남도)」, 부산대학교 도서관 소장, 1907, 김기혁 편, 『부산

우측 상단부터 울산만(방어진), 기장-부산(만), 마산만-진해만, 거제-진남(통영), 하동만 등의 주요 포구와 항만(바다)이 표기되어 있다. 이러한 해안가 도시(항구)들은 곧 19세기 말과 20세기 초 조선의 주요한 해항으로 변전하였다. 그리고 이러한 도시의 기간 인프라와 문화 시설로 각종 극장의 출현을 목격할 수 있었다.

2.1. 항구 극장들의 탄생 배경

일본에 의해 조선이 개항되면서, 부산, 원산, 인천 등을 필두로 조선의 항구도시에 '재조선일본인'이 거주하기 시작했고, 청일전쟁과 러일전쟁을 거치면서 이러한 거류민들의 수는 비약적으로 증가하였다. 이에 따라 거류민단의 인원을 조율하고 정리하기 위한 법률이 제정되었고, 결국에는 각종 시책이 시행되기에 이르렀다.[2] 조선의 개항장으로 설정된 지역에는 최초 일본 거주민들이 생겨났고, 이렇게 생겨난 조계지에 머물던 거류민들은 한일합방(경술국치) 이후에 주도적인 이주자의 위치로 변모하였다.[3]

고지도』, 부산광역시, 2008, 60면에서 재인용.
2) 박양신, 「재한일본인 거류민단의 성립과 해체」, 『아시아문화연구』(26), 가천대학교 아시아문화연구소, 2012, 244~258면.
3) 부산, 원산, 인천 등 최초 3개의 개항장에 이어 마산 등의 개항장에서도 이러한 과정은 공히 관찰된다(조세현, 「개항기 부산의 청국조계지와 청상(淸商)들」, 『동북아문화연구』(25), 동북아시아문화학회, 2010, 505~530면 ; 박정일, 「20世紀開港期釜山の市街地の硏究」, 『동북아문화연구』(29), 동북아시아문화학회, 2011, 185~201면 ; 양상호, 「원산 거류지의 도시 공간의 형성 과정에 관한 고찰」, 『건축역사연구』(3-2), 한국건축역사학회, 1994, 91~93면 ; 이은진, 「마산선 개설에 관한 연구」, 『가라문화』(19), 경남대학교가라문화연구소, 2005, 45~80면 ; 옥한석, 「마산시 경

일제는 1910년대 초 조선의 도시들을 정비하려는 목적 하에 경성을 비롯한 대구, 부산, 평양, 진남포, 신의주의 다섯 부(府)와 전주, 진해, 진주, 해주, 겸이포, 함흥의 6개 면을 우선 개수하고자 하였다. 그리고 1934년에 '조선시가지계획령'을 발표하여 나진부터 정비해 나갔고, 1944년 마지막으로 수원과 삼천포를 정비하였다.[4]

이러한 조선 도시의 발견과 성장 과정에서, 남도의 신도시들도 독특한 탄생 배경을 지니게 된다. 특히 남도의 항구를 중심으로 탄생한 해항 도시들은 복잡한 영향 관계 하에서 도시 육성이 도모된다고 보아야 한다. 그 첫 번째에 속하는 부산은 일본의 조차지(일본인 거류지)로 개발되었고, 최초의 개항장 중에서도 선두에 속하는 해항도시가 된다. 자연스럽게 그 어느 지역보다 일본인의 유입이 먼저 이루어졌고, 그에 따라 각종 상업시설과 함께 극장 건설도 조기에 이루어질 수밖에 없었다.

우선 부산의 개항과 그 이후의 도시 발달 과정을 살펴보도록 하자. 주지하듯 부산은 최초의 개항장으로 1876년 개항하였다(1876년 강화도 조약이 체결되고 같은 해 10월 개항). 부산의 도시 발달은 대개의 개항장과 동일하게, 일본인의 거주 공간 즉 일본인 거류지를 근간으로 이루어졌다. 다시 말해서 부산이라는 지역을 조계지로 삼은 일본은 그 지역 내에 자신들이 거주하기 위한 공간을 구획, 구상, 구현하였다. 현재 부산의 초량-부산역-남포동-광복동 일대는 그러한 기획

관의 형성과정에 관한 연구」, 『지리학』(17-2), 대한지리학회, 1982, 23~25면 ; 최낙민, 「동양의 런던', 근대 해항도시 上海의 도시 이미지 : 공공조계를 중심으로」, 『동북아문화연구』(38), 동북아시아문화학회, 2014, 297~317면).
4) 손정목, 『일제 강점기 도시계획연구』, 일지사, 1990, 195~200면.

하에서 조성된 공간이다. 결론부터 말한다면 이러한 공간 내에 극장가(영화가)도 함께 조성되었다.

일제 강점기 이전 개항장과, 일제 강점기 이후 조선의 도시 가운데 가장 일본인 비율이 높았던 도시(개항장)는 부산이었다. 부산에 거주하는 일본 상인들은 개항장 시절부터 통상조약에 의거하여 자신들의 상권과 상업 활동을 안전하게 보장받았다. 이로 인해 조선의 해운과 상권은 크게 평양-인천권과 부산-원산권으로 나뉘게 되었다. 일찍부터 부산항은 각종 해산물과 농산물, 소금과 석유, 쌀과 면포와 우피류를 거래하는 항구로 부상했고, 1880년 이후 일본과의 무역을 독점하는 기능을 담당했다. 이로 인해 부산에서의 일본인 거주자 수는 격증하여, 1893년에는 서울의 일본인 거주자의 6배에 달했고 1895년에 거의 5,000명에 육박했으며 이후로도 조선 각 도시 가운데 수위를 다투었다. 그러다 보니 부산(항)은 일본인 상인들의 독무대였고 일본 정부는 일본의 상업 자본을 굳건하게 지키는 일에 강력한 지원을 퍼부었다.[5]

이러한 일본 상인의 등장과 지원 체제는 부산의 상인들을 크게 위협했다. 그리고 상권에 변화에 발맞추어 상인들의 변화를 요구하기 시작했다. 근대적 상회사가 설립되고 운영되었으며, 기선회사, 창고업자 등이 등장했다. 특히 일본 상계를 주름잡는 상인들의 등장은 주목되는데, 이들은 점차 극장업에도 신경을 쓰기 때문이다. 기선회사를 운영했던 정치국은 부산의 극장업을 유망한 사업으로 인정하여 다른 도시로 전파했고, 일본 상계의 거두였던 迫間房太郎과 大池忠助 등은 도래한 사업가로 성공하여 결국에는 극장업에도 투신하는 선택을 감

---

5) 홍순권, 『근대도시와 지방권력』, 선인, 2010, 40~63면.

행하기에 이른다.

　이러한 부산 상권의 중심은 장수통을 중심으로 한 현대 부산의 구도심 지역이었다. 1876년 용두산을 중심으로 한 11만 평의 부지가 일본조계지로 할당되었고, 이 일본제국전관거류지는 점차 확산되기에 이르렀다. 경술국치 전에는 전관거류지로 설정된 이 공간 내에 1880년대부터 일종의 도시 계획이 시행되었다. 1876년 일본 공간 내에 우체국이 설립되고 1880년에는 '부산일본인상업회의소'가 설치되었다. 초량 왜관시절부터 동광동 동관과 대각사 인근의 서관으로 나누어졌는데, 이러한 기준은 용두산을 중심으로 하여 동관 지역(용두사-용미산 간, 부산역 방향)과 서관 지역(용두산 서쪽, 이후 서정 지역)으로 적용되기에 이르렀다. 부산의 상권은 이러한 동관과 서관을 중심으로 한 좌우 영역과 그사이를 잇는 도로(장수통)을 근간으로 삼고 있다. 행정과 상업의 중심지였던 이곳(동-서관) 내에는 극장들이 밀집하기 시작했다.[6]

　마산 역시 개항장으로 일찍부터 개항된 도시이다. 비록 최초의 세 개항장에 속하지는 않았지만, 러시아나 일본의 경제적 충돌 지역으로 부상하면서 일찍부터 그 중요성이 강조된 항구였다. 일본의 조차지역이 설정되면서 극장 건설은 가속화되었다.

　마산과 다른 해항이 다른 점은, 역사적 연원이 상당한 지역이었다는 점이다. 실제로 마산의 옛 이름인 합포는 고려시대(고려 원종) 때 붙여진 명칭이다. 합포는 원의 일본 정벌을 돕기 위한 '정동행성'이 위치했던 곳으로, 함선 건조지와 군사 훈련지 그리고 출정 본거지로 한

---

6) 홍순권, 『근대도시와 지방권력』, 선인, 2010, 87~109면.

동안 주목받던 요지였다. 이후 조선시대에 임진왜란의 주요 격전지이
자 주둔지가 되는 비운을 겪었고, 조선 후기(1760년)에는 대동법이
시행되고 조창이 설치되면서 다시 주목을 받기 시작했다.[7]

작금의 '마산'은 조선 현종 때부터 불린 '마산포'라는 명칭에서 유래
했다. 특히 18세기 후반에 조선에 해로유통권이 생성되기 시작했는
데, 이로 인해 마산포는 동해의 '원산'이나 서해의 '강경'에 버금가는
포구로서, 남해의 물산 집산지이자 상업 중심지로 발돋움하였고 자연
스럽게 주요 지역 거점으로 부상하였다. 마산포의 해운과 물산을 이
용한 '마산포장'은 구마산의 중심 근거가 되었고, 훗날 일본인들에 의
해 '(구)마산시장'으로 불리게 되었다.[8]

외국 국적 선박들이 자유롭게 출입하는 개항장이 된 것은 마산포가
1899년 5월 개항되면서부터이다. 개항 당시에는 항만 시설이 미흡했
으나, 1912년 방파제를 축조하면서 한결 안전한 항구로 정비되기에
이르렀다.[9] 개항 무렵에는 마산을 둘러싼 러시아와 일본의 경쟁이 치
열하게 전개되면서, 러시아와 일본의 단독 조계지가 설치되기도 하였
으나,[10] 러일전쟁 이후 일본의 영향력이 급격하게 강화되면서, 일본인
상공업자를 중심으로 하여 신시가지가 조성되기에 이르렀다.[11] 이렇

7) 손정목, 「마산의 개항-노일 양국의 추악한 각축장」, 『도시문제』(124), 대한지방행
  정공제회, 1976, 61~63면.
8) 이경미, 「일제하 시장제도 변화와 마산어시장」, 『역사민속학』, 한국역사민속학회,
  2006, 297~301면.
9) 최정달, 「마산 항만 기능에 관한 연구」, 『경남문화연구소보』(8), 경상대학교 경남문
  화연구소, 1985, 84면.
10) 일본과 러시아 그리고 영국에게 토지를 분할한 것은 러시아의 군항 설치를 저지
  하고 구마산의 조선인들을 보호하기 위한 조치였다(옥한석, 「마산시 경관의 형성
  과정에 관한 연구」, 『지리학』(17-2), 대한지리학회, 1982, 23~25면).
11) 이윤상, 「개항 전후 마산지역의 경제적 변화」, 『역사문화학회 학술대회 발표자료

게 새롭게 조성된 외국인 거류지 지역을 '신마산'이라고 칭하였고, 조
창을 중심으로 한 과거의 조선인 거주 지역을 '구마산'이라고 칭하면
서, 마산 지역 분포는 신/구 지역의 대결 양상을 띠게 된다.

통영은 일본인 이주 어민들이 건설한 항구이다. 원양어업 격으로
조선 반도로 진출한 일본인 어민들은 조선 내 기항과 숙박지가 필요
했고, 광도어촌을 만들어 반 정착 상태를 이룬다. 이러한 이주어촌은
자연스럽게 오락과 유흥의 시설을 요구하기 마련이고, 봉래좌와 통영
좌는 이러한 필요에 따라 건설된 극장이었다.

신도시 개발의 측면에서 통영은 일찍부터 일본인들이 진출한 도
시로 주목받고 있었다. 1917년 면제가 시행된 이후에는 지정면으로
선정되기도 했다. 그러니까 통영은 일본인들의 거점 도시 역할을 맡
고 있었기 때문에, 일본인 면장을 선출할 수 있었고 자발적으로 면기
채를 발행할 수 있는 권한을 보유하고 있었던 것이다. 더구나 통영은
1934년부터 1936년까지 시구개정 도로 축조 사업을 벌였고, 이 과정
에서 통영(읍)의 조선인들은 수탈에 가까운 피해를 감수해야 했으며,
반대로 통영에 거주하던 일본인들은 막대한 이익을 얻어 일본인 거주
지를 전략적으로 강화할 수 있었다.[12]

이러한 일련의 역사는 일제 강점기에 통영이 경제적으로나 정치적
으로 중요한 위상을 지니는 도시로 성장했고, 그에 따라 통영의 문화
적 환경 역시 주목받기 시작했음을 시사한다. 당시 통영의 문화적 위
상은 단순한 지역 도시의 그것에 국한되지 않았다. 통영은 해당 지역

집』, 역사문화학회, 2004, 92~93면.

12) 김재홍, 「일제 강점기 통영 도시계획의 배경과 집행 과정에 관한 연구」, 『학술대회
자료집』, 한국지방정부학회, 1999, 311~318면.

의 경제적 배경을 바탕으로 일방적으로 중앙의 문화를 수입하는 지역 도시의 면모를 이미 탈피한 것으로 판단되며, 통영청년단의 지역 순회활동(영사대회) 등을 자체 추진할 정도로 적극적으로 자신들의 문화를 다른 지역으로 확산시키는 활동을 전개할 문화적 자긍심을 확보하고 있었다. 특히 통영청년단의 활동은 그 자체로 주목되는 현상이 아닐 수 없었다.

방어진 역시 마찬가지이다. 방어진은 방어와 삼치 그리고 고등어잡이[13]로 유명한 동해안의 어업 전진 기지였다. 이 지역은 일본의 유수 기업으로 성장한 기업가의 성장처가 될 정도로 경제성과 산업성이 높았던 지역이기도 하다. 자연스럽게 이주 어촌과 각종 공장이 어우러진 산업도시로 발전하게 된다. 구룡포 역시 각종 수산물과 수산업의 전초 기지로 널리 이름을 날린 동해안의 대표적인 어항이었다.

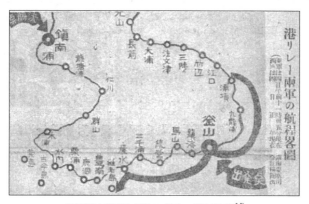

일본인이 생각한 한반도의 주요 항구(군항)[14]

---

13) 「임검관힐[林檢罐詰] 공장 1주년 기념 축하회(방어진)」, 『釜山日報』, 1934년 11월 21일, 6면.
14) 『釜山日報』, 1936년 3월 5일, 2면. http://db.history.go.kr/item/imageViewer.

이러한 어항들은 기본적으로는 선원들의 휴식처였고, 기항지였다. 항구에는 술과 매춘을 즐길 수 있는 공간이 비치되어 있었는데, 상반관이 있었던 '청루골목'(청로골목)은 노랫소리가 끊이지 않았다는 최고의 환락가이기도 했다. 이러한 주변 환경은 극장의 대상, 즉 관객으로서의 유동 인구를 상정하도록 만든다. 그러니까 기녀와 그녀의 손님, 항구를 드나드는 어업인과 해당 지역의 거주인들이 유효 관객으로서 상정되는 셈이다. 이러한 항구의 구조는 작은 규모이지만 극장을 탄생시키고 존속시키는 근원적인 힘이 된다.

위의 지도에서 부산을 중심으로 그 위쪽으로 구룡포, 포항, 강구, 죽변, 삼척, 주문진, 원산에 이르는 항구가 늘어서 있다. 반면 서쪽 즉 전라도 방향으로 진해, 마산, 통영, 삼천포가 위치하고 있고, 목포를 돌아 서해안으로 군산, 인천, 진남포 등으로 이어지고 있다. 이러한 주요 항구에 대한 관념은 다음과 같은 지도에서도 수운의 형태로 가시화되어 나타나고 있다.

이 지도에도 구룡포, 감포, 방어진, 해운대, 부산, 마산(진해만) 등의 남해안 해안의 주요 항구와, 목포/군산/인천 등의 서해안의 주요 항구가 표시되어 있다. 더구나 위의 지도에는 당시 수운(해운)의 상황도 암시적으로 표시되어 있어, 1920~30년대 조선의 항구 개념이 일목요연하게 나타난다.

---

do?levelId=npbs_1936_03_05_x0002_0930

「남조선일반교통약도」(소화 4~5년(1929~1930년) 간행)[15]

이러한 항구의 위치와 개념에 따르면, 남해안 일대의 주요 항구 도
시로는 구룡포(포항), 감포(경주), 방어진(울산), 부산(항), 마산, 통영
등을 꼽을 수 있으며, 이러한 해항 도시는 지리적/지역적/사업적/인
력적으로 연계되어 있었다. 수운으로 긴밀하게 소통하는 관계였고, 한
지역의 유지가 다른 지역에서 사업체를 복수로 운영(경영)하는 중첩
상황도 빈번하게 발생하고 있었다. 이러한 해항은 상호 교류와 자극
을 통해 독자적인 항구로 변전하면서도, 서로 간의 네트워크를 유지
하는 공동체로서의 특징도 함께 지니고 있었다.

---

15) 「남조선일반교통약도」, 『대일본직업별명세도』, 1929~1930년 간행

2.2. 극장의 생성과 지역의 요건

2.2.1. 부산 극장가(劇場街)의 생성과 확산

부산은 개화기 조선(한국)에 건립되어 운영된 극장의 시초를 보여
주는 도시 가운데 하나이다. 부산은 개항장이었고 동시에 일본인 거
주 구역을 포함한 도시였다. 이때 일본인 조계지를 중심으로 극장이
생겨났는데, 이러한 극장들은 특정 지역에 밀집되기 시작하더니, 차츰
극장가를 형성했다. 개항장 시초에는 일본인을 위한 극장이 설립되었
지만, 일제의 조선 강점이 지속되면서 차츰 조선 관객들이 드나드는
극장으로 변모했다. 그러니까 부산 내 극장들은 관객의 국적에 구애
받지 않게 되었으며, 일본인 사주 역시 일본인만을 고려한 극장 경영
에 머물 수 없었다.

당연히 부산 최초의 극장은 초량에 설치된 조계지에 위치한 극장이
었다. 전술한 대로 조계지에 거주하는 일본인을 염두에 둔 관람 시설
이었다. 개항은 상인들의 조선 진출을 촉진했고, 이러한 상인 중에는
극장업자(흥행업자)들도 포함되어 있었다. 이러한 상인들의 진출은
1890년대 중반에는 이미 시작되었던 것으로 확인된다. 부산 내에 일
본인을 위한 극장을 짓고 그곳에서 활동하는 거류민들을 위한 공연을
시행했다. 하지만 그 시점에서 운영되었던 극장의 실체를 면밀하게
증명할 수 있는 근거는 아직 발견되지 않았다.

다만 1890년대 중반 시점에, 극장 설치와 그 운영에 대한 규칙, 당
시 용어로는 '극장취체규칙(劇場取締規則)' 혹은 '제흥행취체규칙(諸
興行取締規則)'은 이미 제정되어 있었다. 이러한 극장취체규칙은 극

장 설치, 운영 그리고 상연 콘텐츠에 대한 규제와 그 기준이 명시되어 있었다. 따라서 이러한 규칙을 근거로, 적어도 1890년대 중반 시점에 개항장 부산의 조계지 내에는 (일본식)극장이 존재하고 있었다고 판단할 수 있다.

지금까지 확인된 바로는, 부산에서 건립된 최초 시점의 극장은 행좌였다. 1890년대 설립되었던 극장에 대한 직접적인 증거가 발굴되지 않은 것에 비해, 행좌의 1903년 운영 상황을 증빙하는 근거는 상당히 직접적이다. 왜냐하면 당시 행좌의 공연 정경을 담은 사진이었기 때문이다.

'행좌' 극장 명을 포착하고 있는 사진[16]

홍영철이 발굴한 이 사진으로 인해, 1903년 행좌 운영에 대한 결정적인 근거를 확보할 수 있었다. 이로 인해 작금까지 행좌는 부산에서 공식적으로 그 존재를 확인할 수 있는 극장 가운데 첫 번째 극장이라

---

16) 「영화의 뿌리 부산 영화의 도시」, 『부산일보』, 2019년 10월 1일.
   http://www.busan.com/view/busan/view.php?code=2019100118114373459

2. 항구의 극장들과 지역 극장의 탄생 33

고 해야 한다.

1903년 이후에는 적지 않은 극장이 부산 조계지 내에서 설립되어 운영되었다는 증거가 속출하고 있다. 그러한 근거에 따라 당시 운영되었던 극장들을 정리해 보면, 송정좌(1903년~), 부귀좌(1905년~), 부산좌(1907년) 등이 거론될 수 있다. 이러한 극장은 흔히 1900년대 설립 운영된 극장으로 인정되고 있다. 부산에서는 1910년대에도 끊임없이 극장이 생겨나서, 변천좌(1912년~), 동양좌와 질자좌(1912년~), 욱관(1912년~), 보래관(1914년~), 초량좌(1914년~) 등이 운영되었다는 정황이 확인되었다.[17]

이러한 극장들은 부산 장수통(광복동)을 중심으로 그 인근에 자리를 잡고 있었는데, 이로 인해 극장 수가 늘어나면서 극장가('극장거리')가 자연스럽게 형성되었다. 이러한 극장의 수는 상당했는데, 그중에서 1900년대 극장 행좌와 그 후신에 속하는 행관과 소화관, 1910년대의 대표극장 중 하나인 변천좌와 부산좌, 1930년대 3대 영화관에 포함된 상생관 등은 특히 주목되는 극장이 아닐 수 없었다. 전소된 이후 소화관이 탄생했고, 상생관이 변천좌의 후신 격 극장이라고 할 수 있는데, 이 두 극장과 보래관은 흔히 부산의 3대 극장으로 지칭되었다.

우선, 부산 극장의 시초인 행좌와 행관에 대해 살펴보자. 지금까지 연구에서는, 행좌(幸座)가 부산 최초의 극장으로 인정되고 있다. 영화사가 홍영철이 1903년 부산에 운영되던 행좌의 실체를 제시하면서, 학계와 세간의 상식은 보편적 사실이 되었고, 이러한 견해는 공식적

17) 홍영철, 『부산극장사』, 부산포, 2014, 73면.

으로 공인되기에 이르렀다.[18] 다만 행좌는 실제로는 1903년 이전에도 운영되었을 가능성이 매우 크며, 어쩌면 행좌 이전에도 더 많은 극장이 존재했을 가능성도 나타난다.

일본 전관 거류지 내 행좌의 위치를 표시한 지도[19]

행좌 표시

극장 행좌의 존재는 위의 지도(1908년 간행)를 통해서도 분명하게 확인된다. 해당 지도에는 행좌에 대한 별도의 표식이 존재하고 있다. 지도상의 일러두기를 통해, 행좌에 대한 관련 정보를 특별하게 제공하고 있는 셈이다. 그러니까 1908년 당시 부산 지도에서 그 위치를 비정해야 할 정도로 주목되는 건축물이자 전관 거류지 내 주요 시설이었다고 해야 한다.

기록상으로 행좌는 1915년까지 운영되었다. 행좌는 이후 개축되었고, 개축된 이후에는 행관으로 운영되었다. 행좌가 개축된 이유는 '노후' 때문으로 설명되고 있다. 노후된 극장의 문제를 해결하기 위하

---

18) 홍영철, 『부산극장사』, 부산포, 2014, 69면.

19) 「한국대지도(부산항)」, 영남대학교 박물관 소장, 1908, 김기혁 편, 『부산 고지도』, 부산광역시, 2008, 250면에서 재인용.

여, 기존 행좌는 철거할 수밖에 없었다. 철거 이후 인근 주변의 부지를 120평 확보하였고 확보된 부지 위에 행관을 건축하였다.[20] 이러한 신축 과정을 중시하면, 행관은 행좌와 그 맥락과 기원은 동일하지만 별개의 극장으로 여겨질 수도 있다.

구체적으로 그 과정을 살펴보면, 행좌는 1915년 10월 무렵 개축을 단행했고, 그 이후 '모범적인 활동사진 상설관'으로 거듭났다. 그러니까 연극 극장에 가까웠던 행좌는 극장 시설의 대대적인 변신을 통해, 영화상설관 행관(幸館)으로 변모했다.[21] 당초 행좌의 개축 이유는 노후였지만, 그 결과는 영화상영관으로의 대대적인 혁신이었다고 볼 수 있다.

다음으로, 부산좌의 기원에 대해 고찰해 보자. 부산좌는 1907년에 개장(개장식 거행)한 극장이었다.[22] 부산좌 개장식이 시행된 시점은 7월 15일이었다.[23] 1907년 7월(15일)에 개장한 부산좌는 1910년대를 거치면서 가장 활발하게 운영된 부산의 극장 중 하나였다. 하지만 1923년 화재로 인해 부산좌는 전소되었다. 이후 소실된 부산좌에 대한 재건 논의가 이어지곤 했다.

초기 부산좌에 관한 기사를 살펴보자. 우선 1914년 『부산일보』에 게재된 기사를 보면, 이 기사는 부산좌가 1910년대에 운영되고 있다

---

20) 홍영철은 행좌는 '부산 최초의 극장'으로, 행관은 '발성 영화가 처음 상영된 극장'으로 그 특징을 요약하고 있다(홍영철, 『부산극장사』, 부산포, 2014, 69~134면).
21) 「행좌[幸座] 개축공사 ; 모범적 활동 선진 상설관」, 『釜山日報』, 1915년 10월 15일, 5면. http://db.history.go.kr/item/imageViewer.do?levelId=npbs_1915_10_15_w0005_0800
22) 「부산좌[釜山座]의 모양 교체 ; 3층을 없애다」, 『釜山日報』, 1916년 4월 16일, 5면.
23) 「부산좌의 개량 ; 경영자는 천세[千歲] 소방조 소두[小頭]」, 『釜山日報』, 1915년 10월 13일, 5면.

는 증거로 유력하다. 그리고 이 기사를 참조하면, 부산좌는 당시에 이
미 성업 중이기까지 했다.

자선연예회의 부산좌 개최 소식[24]

 이 기사에 따르면, 1914년 12월 10~11일 부산좌에서는 '자선연예
회'가 개최되었다. 이러한 연예회를 주관한 단체는 부식농원이었다.
부식농원은 당시 전국적인 영향력을 가진 굴지의 단체로, 일본인 이
주민의 농업 정착을 돕고 조선 내 토지 분배를 담당하기 위하여 설립
한 회사였다.[25]
 부식농원은 일본의 과잉 인구를 조선 내 농촌으로 이주시키기 위한
농업 정책을 수행하는 기관이었다. 이러한 단체는 응당 경북철도 연
선이나 낙동강 유역을 중심으로 거주하는 일본인을 위한 정책을 지지
할 수밖에 없었다. 자연스럽게 그러한 일본인들이 즐겨 찾는 장소에
관심을 가질 수밖에 없었다. 이러한 사회적 맥락을 고려할 때, 당시 부

---

24) 「부식농원[扶殖農園] 자선연예회 ; 오늘 밤 부산좌[釜山座]」, 『釜山日報』, 1914년
 12월 10일, 5면.
25) 손경희, 「1910년대 경북지역 일본 농업 이주민의 농장경영:부식농원을 중심으
 로」, 『계명사학』(11), 2000, 29~58면.

산좌는 조선 내 대규모 일본인 거주지인 부산의 공연장으로 인정받았다고 해도 과언이 아니다. 즉 부산좌는 1910년대 부산을 대표하는 극장이었는데, 여기서는 그 이유를 고찰할 필요가 있다.

특히 이 시점의 기사를 참조하면, 1915년을 기점으로 부산좌가 크게 변화한다는 점이 주목된다. 그 구체적인 시점은 1915년 10월 경이다. 표면적으로 이 시점에서 부산좌가 개량되는 변화를 내보이기도 한다.

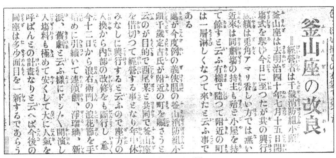

부산좌의 개량[26)]

안타깝게도 1914년에서 1915년에 이르는 시기에 부산좌의 운영 정책이나 극장 상황에 대해서는 거의 알려져 있지 않다. 더구나 1915년을 기점으로 부산좌의 경영 철학이 달라진 점은 유의미한 변화에 해당한다. 따라서 위의 기사에서 말하는 개량의 확실한 의미를 파악하기란 그렇게 간단한 일이 아니다. 그럼에도 부산좌의 개량은 두 가지 측면에서 확실하게 진행된 것으로 판단된다.

---

26) 「부산좌의 개량 ; 경영자는 천세[千歲] 소방조 소두[小頭]」, 『釜山日報』, 1915년 10월 13일, 5면.

우선, 사주 내지는 관주가 아닌, 극장의 흥행주(경영주)가 별도로 등장했다는 사실이다. 흥행주는 소위 말하는 위탁 경영자를 일컫는 개념인데, 극장을 실질적으로 소유한 인사와 별개로 극장 경영을 전반적으로 책임지는 실질적인 경영자를 가리키는 개념이다.[27] 이러한 흥행주 개념은 극장의 상연 레퍼토리를 주로 책임지고 수익 일체를 관리하는 달라진 극장 운영 방식의 도입을 동시에 의미한다. 그러니까 1915년 무렵, 부산좌의 경영(권)은 千歲定吉(부산 소방조 조두)에게 실질적으로 위임된 것으로 여겨진다.

이러한 전문 경영자의 등장이 의도하는 바를 살펴보자. 이 무렵 극장 운영의 측면에서 실질적인 경영권 이양 혹은 인수의 사례를 다른 지역 극장에서 찾을 수 있다. 가령 함흥의 지역 극장 동명극장 사례를 들어보자. 함흥 상인들이 결성한 '함흥상업회'는 '흥화조합'을 만들어, 지역 극장으로서 동명극장을 건립하고 그 운영을 조율한 바 있었다. 그런데 그 과정에서 극장 경영을 위해 김영선이라는 위탁 경영자를 지목하고 그에게 극장 운영을 일임한 적이 있었다.[28]

흥행주 김영선은 1920년대 동명극장에서 연예부의 운영을 담당했으며, 1930년대에도 재신임을 얻어 그 위탁 경영 방식으로 이어간 바 있었다.[29] 이러한 운영 방식이 성공적이었는지, 인근 영흥극장이 개관할 무렵에는 이 극장도 운영할 것이라는 관측도 제기된 바 있었다.[30]

---

27) 이호걸, 「식민지 조선의 문화사업 극장업」, 『대동문화연구』(69), 성균관대학교 대동문화연구원, 2010, 181~183면.
28) 김남석, 「함흥의 지역극장 동명극장 연구」, 『동북아문화연구』(44), 동북아시아문화학회, 2015, 79~83면.
29) 「동명극장처분문제 임대차제로 낙착」, 『조선일보』, 1936년 5월 17일, 7면.
30) 「영흥극장(永興劇場) 수개관(遂開館)」, 『동아일보』, 1935년 10월 13일, 3면.

이러한 관련 정황을 종합하면, 김영선은 함경도에서 극장 운영과 관련하여 전문 경영자로 인정받기에 이른 인물이었다고 하겠다.

千歲定吉의 위치는 동명극장의 김영선과 유사했다. 흥행주 千歲定吉의 등장은 1915년을 기점으로 부산좌의 경영 방식이 변모했다는 객관적인 증거에 해당한다. 이러한 변화의 주요 내용은 무엇인가, 이 무렵, 그러니까 1915년 10월 전후 당시 부산좌 관련 정황을 취합하면 그 변모점을 알 수 있다.

기본적으로 흥행주의 선임은 극장 운영의 효율성 혹은 이익 추구의 합리성을 증대하기 위한 혁신 방안이라고 해야 한다. 따라서 부산좌의 사례에서도 千歲定吉의 선임을 통해 변모한 사안을 찾을 수 있다면, 극장 경영의 효율성을 위한 조치로 간주할 수 있겠다. 관련 자료(기사)를 통해 확인할 때, 1915년 10월 시점에서 부산좌 운영에서 주목할만한 변화는 연쇄극의 기용과 등장이었다. 시점으로 확인하면, 千歲定吉 흥행주 취임 이후 연쇄극 상영은 집중적으로 강화되기에 이르렀다.[31]

한편, 1910년대 변천좌의 생성과 운영도 주목되는 사안 중 하나이다. 그러한 까닭 중 하나는 변천좌의 경우에 운영상 변화가 뚜렷하게 감지되는 사례이기 때문이다. 게다가 변천좌가 시간이 흘러 상생관으로 변화되면서, 새로운 극장 경영에 관한 유효한 사례를 확보할 수 있다.

부산 변천좌가 설립된 시점은 1912년으로 추정되고 있다. 이러한

---

31) 「부산좌의 연쇄 연극」, 『釜山日報』, 1915년 10월 17일, 5면 ; 「부산좌의 연쇄 연극」, 『釜山日報』, 1915년 10월 21일, 5면 ; 「부산좌의 연쇄연극 대할인」, 『釜山日報』, 1915년 10월 25일, 3면.

주장을 제창한 홍영철은 그 관련 근거를 부산상업회의소가 1912년
에 발간한 『부산요람』에서 찾고 있다.[32] 이러한 홍영철의 추정은 지
금까지도 신빙성이 매우 크다고 해야 한다. 하지만 이러한 근거 있는
주장에도 불구하고, 분명하게 짚고 넘어가야 할 사항이 없는 것은 아
니다. 그것은 현재 알려진 '낭화절 상설관'으로서의 변천좌, 그러니까
훗날 滿生峰次郞이 인수한 극장의 원형(전신)로서의 변천좌가 운영
을 시작한 시점은 1914년 9월이라는 사실이다.[33] 당시 기록에 따르면,
1915년 9월 변천좌는 개관 1주년 기념 공연을 치러야 했고, 이러한 1
주년을 맞이하여 해당 사건의 의미를 더욱 강조하고자 했다.[34] 이러한
기록을 중심으로 변천좌의 기원을 해석한다면, 기존 변천좌는 1914년
에 새롭게 설립되었고, 훗날 滿生峰次郞이 전략적으로 인수하는 극장
으로서의 경영 노선을 그때부터 다져나갔다고 할 수 있다.

　1914~5년 시점 변천좌 좌주는 京山花丸(교야마 하나마루)이었
다.[35] 京山花丸이 사주였던 변천좌에서는 1915년부터 공연 기록이 발
견되고 있다. 일례로 1915년 오사카(大阪) 지역에서 방문한 극단의
공연 내력을 들 수 있다.[36] 이러한 사례를 통해, 변천좌 역시 적어도
1910년대에 부산에서 운영했던 극장이었음을 확인할 수 있다. 1914
년 이후 변천좌는 낭화절(浪花節) 상설극장으로 널리 알려지게 된다.

32) 홍영철, 『부산극장사』, 부산포, 2014, 85면.
33) 1912년에서 1914년 사이에도 '낭화절 상설관으로서 변천좌' 이전 모습이 존재할
　　가능성은 여전히 남아 있다고 해야 한다.
34) 「경산약환[京山若丸] 오다 ; 변천좌 1주년 축하회」, 『釜山日報』, 1915년 9월 11일,
　　5면.
35) 경상남도청, 「경상남도 안내」, 조선시보사, 1914년 11월 1일 참조 ; 홍영철, 『부산
　　극장사』, 부산포, 2014, 85면.
36) 「변천좌의 약구[若駒]」, 『釜山日報』, 1915년 5월 11일, 5면.

변천좌의 京山(교야마) 일행 공연[37]   변천좌의 일본식 만담 공연[38]

그다음으로, 영화상설관을 표방한 극장으로 보래관은 부산을 대표하는 극장 중 하나였다. 지금까지 조사된 자료로는 1915년에 개장하였으며,[39] 개장 이후 연속하여 '대입' 즉 '관객 만원'에 도달할 정도로 성황을 이루며 인기를 끌었던 극장이었다.[40]

개관 시점에서 보래관은 '기석(寄席) 보래관(寶來舘)'으로 호칭되곤 했다. 이러한 호칭을 통해 보래관이 "관객에게 입장료를 받고 재담·만담·야담 등을 공연하는 대중적 연예장"의 성향을 지향하고 있었음을 확인할 수 있다.

이러한 부산 극장의 건립과 분포 그리고 운영 양상은 1910년대 부산 극장가의 변화와 무관하지 않다. 부산의 극장가에서는 1910년 중반 1차 '지각 변동'이 일어났다. 1910년 이전부터 일본인 전관 거류지

---

37) 「변천좌의 경산약구[京山若駒]」, 『釜山日報』, 1915년 5월 14일, 5면.

38) 「변천좌의 만담[落語]」, 『釜山日報』, 1915년 5월 25일, 5면.

39) 홍영철은 보래관의 창립 시점을 1914년으로 추정했는데, 지금으로서는 그렇게 추정할 단서가 충분하다고는 할 수 없다(홍영철, 『부산극장사』, 부산포, 1914, 107면).

40) 「보래관[寶來舘]의 낙어[落語]」, 『釜山日報』, 1915년 1월 10일, 5면.

로서 부산의 일부 지역(현재의 초량, 남포, 광복동 일대)은 일본의 통제를 받는 지역이었다. 당연히 그곳에서 거주하는 일본인을 위한 각종 편의시설이 증대될 수밖에 없었고, 그 와중에서 일본식 극장이 들어서기 시작했다. 현재 가장 오래된 극장으로 공인되는 행좌는 1903년부터 그 존재감이 입증되고 있지만, 실제적으로는 1890년대에 이미 극장이 존재했을 것이라는 추정이 상당한 설득력을 얻고 있다.

1910년이 지나면서 부산 지역에는 아무래도 크고 작은 변화들이 일어났다. 일단 지역 극장의 측면에서 보면, 단순 거주자 혹은 소수의 거류민을 위한 공간에서 탈피할 필요성이 증대되었다. 일본인 유입 인구는 증대되었고, 일본 문화의 유입 역시 가속화되었다. 극장 문화는 점차 조선인들에게도 익숙한 상태에 도달했다. 그러자 1914~1916년 사이에 부산의 극장가에서는 대대적인 변화가 일어났다. 그 변화의 골자는 영화 전문 상영관, 이른바 활동사진 상설관이 탄생한 것이다.

이러한 변화는 이 시기 또 다른 주요 극장인 행관에 의해 주도되었다. 특히 행좌는 가장 오래된 극장으로 공인될 정도로 일찍부터 자리 잡은 극장이었는데, 극장 사주 迫間房太郎은 1915년 행좌를 철거하고 행관 신축에 나섰다. 더 정확하게 말하면, 1915년 10월 무렵 행좌는 '개축'을 공표하고 '모범적인 활동사진 상설관'으로의 변화를 천명했는데, 그 결과 새롭게 탄생한 극장이 행관(幸館)이었다.[41]

이러한 변화는 비단 행관만의 것은 아니었다. '낭화절 상설관'으로 이름을 날리고 있던 변천좌 역시 1916년 10월 상생관으로 간판을 바

41)「행좌[幸座] 개축공사 ; 모범적 활동 선진 상설관」,『釜山日報』, 1915년 10월 15일, 5면.

꾸어 달면서, 활동사진 상설관의 면모를 갖추었다(31일 개관).[42] 훗날 행관, 상생관과 함께 초기 활동사진 3대 극장으로 손꼽히는 보래관 역시 '연극 중심' 극장에서('기석 보래관')에서 활동사진관으로 일신하는 변화를 꾀한 바 있었다. 보래관은 1916년(9월) 신축을 단행하여 12월 준공하면서,[43] 이른바 활동사진 상설관의 대열에 들어섰다.[44]

이러한 변화를 되짚어 보면, 3대 영화관이 들어서면서, 급격하게 재편되는 부산 극장가에서 연극 중심 극장의 위상을 돌아볼 수 있다. 즉 부산 극장가에서 여러 극장이 영화(활동사진)의 우위와 비중을 인정하고 그 상연 위주로 극장을 재편하면서 실제로 연극 공연장, 혹은 무대 행사를 개최할 극장의 수와 기능은 상대적으로 위축될 수밖에 없었다.

2.2.2. 마산 극장들의 분포와 분리

부산에서 근대적 극장이 1900년대나 1910년대에 건립되어 점차 극장가를 형성한 것처럼, 마산의 극장도 1910년대를 전후하여 마산항을 중심으로 해당 지역 곳곳에서 자리를 잡고 운영을 시작하였다. 이 시기 마산의 극장 건립과 그 분포는, 1900년대 마산의 시가 재편 과정이나 지역민들의 거주 양상과 상당히 밀접한 관련을 맺고 있다.

이 중에서 1905년 이후 마산항에서의 교역과 일대 주거(지) 정책은

---

42) 「본정 1정목 상생관[相生館] 개관식 : 오는 31일 거행」, 『釜山日報』, 1916년 10월 25일, 7면.
43) 「보래관[寶來館] 신축」, 『釜山日報』, 1916년 9월 29일, 7면 ; 「보래관[寶來館]의 준공」, 『釜山日報』, 1916년 12월 27일, 5면.
44) 다만 보래관이 영화상설관의 이미지를 지녔다고 해도 영화만을 상영하는 극장으로 남지는 않았다.

주목되지 않을 수 없다. 이 시기 마산의 상업 정책과 거주/이주 시책은 조선으로 활동 무대를 옮기는 일본(인) 위주로 마련되었다.[45] 그러자 마산과 그 주변 일대는 일본의 전략과 상업 정책에 따라 그 기능이 결정되고 심지어는 강화되기에 이르렀다. 그리고 마산의 행정 구역 재편이나 각종 도시 인프라의 유입 역시 이러한 추세에 보조를 맞추어 이루어졌다. 특히 개항장 관련 시설과 교통편의 위주의 철도 시설 증편은 개항장이자 근대 도시 마산의 성장과 확대를 촉진하는 요인으로 작용했다.

그에 따라 마산은 일본(인)의 유입이 늘어나고 각종 상권이 장악되는 상황을 맞이했다. 민족에 따라 거주지가 분리되는 양상도 뚜렷해졌다. 오래전부터 조선인의 거주지인 구마산과, 일본(인)이 개척한 신도심으로서의 신마산이 분명하게 구획되며 그 경계선이 분명해지는 양상도 내비쳤다. 이러한 도시 구획 상황은 마산을 관통하는 철도 시설과 그 내부를 획정한 행정구역에 의해 점차 고착화되는 양상마저 보였다. 구체적으로 살펴보면, 1908년 신마산 구역은 행정구역상으로 11개의 '정(町)'으로 구획되었다. 각각 본정, 경정, 빈정, 서정, 욱정, 앵정, 수정, 파정, 녹정, 영정, 그리고 유정이 이에 해당하는 '정'이다.[46] 행정구역의 구획과 변화는 비단 신마산 구역에서만 일어난 것은 아니었다. 구마산 지역에서도 행정구역이 변경되면서, 1909년에 행정, 부

---

45) 『조선산업지』, 754~755면 ; 『마산상공회의소 백년사』, 2000, 132~135면.

46) 옥한석에 따르면 '수정'은 신마산과 구마산에 모두 존재한 것으로 나타나지만, 1919년 지도를 보면 신마산에 수정은 존재하지 않았다. 대신 선정(扇頂), 도정(都町), 궁정(宮町) 등의 새로운 '정'이 행정구역으로 표기되어 있다. 신마산의 '선정'에는 공설시장이 설치되어 있었다. 해당 시기 신문기사를 참조해도 수정은 신마산이 아닌 구마산의 행정구역으로 취급하고 있다.

정, 신정, 원정, 석정, 만정, 표정, 그리고 수정 등의 행정 명칭 부여되기에 이르렀다.[47]

이 중에서도 지역 극장 수좌(壽座)는 구마산 구역 수정(壽町)에 자리 잡고 있었고,[48] 또 다른 극장 도좌는 철도역(마산역) 부근에 위치하고 있었으며(행정구역으로 따지면 도정(都町)), 그리고 유서 깊은 환서좌는 일본식 행정 구역 중심이자 신마산의 심장에 해당하는 본정과 경정 근처에 설립되어 있었다. 수좌는 수정(마산)에 위치했기 때문에, 지역의 명칭을 활용하여 작명된 극장 명(칭)이었다. 이 시기 일본은 신도시 혹은 신시가지를 조성하면서, 자신들의 행정구역 명칭을 이용하여 수정이라는 세분된 지명을 다수 조성했다. 그런데 만일 이러한 '수정'이 행정 구역으로 존재하는 곳에서는 '수좌'의 작명을 붙인 극장이 설립되는 경우가 간혹 존재했다.

극장 명으로 수좌를 상용했던 범례를 먼저 살펴볼 필요가 있다. 우선, 초기 수좌(壽座)라는 명칭은 1910년대에 경성에 있었던 극장 이름 수좌(壽座)에서 찾을 수 있다. 이 경성의 수좌는 신파극의 선구자 임성구가 일하던 극장이었다. 혁신단을 이끌기 이전 임성구는 수좌(앞 가판대)에서 일했는데, 이때 이 극장에서 공연하는 연극을 자주 구경한 것으로 알려져 있다.[49] 경성의 수좌는 1920년대까지 운영된 일본식 극장이었다.[50]

---

47) 옥한석, 「마산시 경관의 형성과정에 관한 연구」, 『지리학』(17-2), 대한지리학회, 1982, 27면.
48) 「마산동인회 창립은 20일」, 『동아일보』, 1927년 3월 15일, 4면.
49) 「눈물 연극을 견(見)한 내지(內地) 부인(婦人)의 감상」, 『매일신보』, 1914년 6월 28일, 3면.
50) 「현물시장 창립회, 來 15일 수좌(壽座)에서」, 『매일신보』, 1920년 4월 30일, 2면.

수좌라는 극장 명칭은 평양에서 발견된다. 박노홍은 1909년에서 1913년에 수좌(壽座)가 평양 수정(壽町)에서 건립되었다고 주장했다. 아쉽게도 이 평양 수좌에 대해서는 밝혀진 바가 많지 않지만, 전체적인 외관은 목조 단층 건물이었고 내부에 다다미를 설치한 일본식 극장이었다는 사실은 확인되고 있다.[51]

이러한 범례에서도 확인되듯, 수좌라는 극장 명은 널리 사용되는 이름이기도 했다. 비슷한 사례로, 신천(信川)에 수좌를 들 수도 있다.[52] 신천에서는 지역의 숙원이기도 했던 극장을 건립하면서 극장 명칭을 '수좌'라고 정했는데,[53] 이 사례에서도 수좌라는 명칭이 보편적으로 사용되었음을 확인할 수 있다. 지역의 숙원 사업을 완수하면서 건축된 극장에 '수좌'라는 이름을 붙인 것은 이 극장이 지닌 남다른 의미를 내보인다고 하겠다.

마산의 수좌 역시 일본식 극장으로, 마산 지역민의 지지를 받는 극장이었다. 이 수좌 역시 수정이라는 행정구역에 위치했는데, 행정구역 명이 극장 이름의 연원을 부여한 것으로 보인다. 엄격하게 말해서 수좌는 마산에 건립된 최초 극장으로 공인된 극장은 아니지만, 매우 오래된 역사를 지닌 극장이라는 점에서 이러한 작명은 주목되지 않을 수 없다. 게다가 수좌의 지리적 위치는 더욱 주목을 끈다. 왜냐하면 일제 강점기 일본인의 거주 구역인 신마산이 아니라, 조선인 거주 구역인 구마산에 설립된 거의 유일한 극장이었기 때문이다.

---

51) 김의경 · 유인경, 『박노홍의 대중연예사(1)』, 연극과인간, 2008, 293면.
52) 「신천극장(信川劇場) '수좌(壽座)' 25일 낙성식(落成式)」, 『조선일보』, 1934년 11월 28일, 3면.
53) 「신천(信川)에 극장 수좌(壽座) 낙성식」, 『매일신보』, 1934년 11월 28일, 5면.

따라서 마산의 지역 극장 중 수좌의 위상에 대해 우선 주목할 필요가 있다. 수좌는 이러한 위치상 특징으로 인해 조선인 극장으로 일찍부터 활용되었다. 이러한 용처는 조선인 사주가 부재했던 시절에도 동일했다. 조선인들은 조선인 사주가 부재하는 마산의 지역 극장에서 특히 수좌를 대체 극장으로 삼은 흔적이 역력하다. 그 대표적인 사례가 조선인 문화 공연장으로서 수좌의 용도이다.

이 시기 조선의 지역 극장들은 연극 공연장(전문관)이나 영화상설관으로 지목되었다고 해도, 그 밖의 문화 행사를 위한 공연장으로 활용되는 사례가 일반적이었다. 가령 음악, 무용, 체육(스포츠) 등의 제 분야를 망라해서, 강연장이나 야담 공연장으로 활용되었고, 시민대회나 부민대회 등을 유치하는 공공 기능도 담당했다.

마산 수좌도 이러한 사례에서 벗어나지 않았기에, 이에 따른 다양한 활용 사례가 확인된다. 이러한 용처 중에서 특히 연주장으로서의 수좌는 두드러지는 비중을 차지한다. 더구나 수좌에서의 음악 행사는 그에 상응하는 상당한 의미를 지니는 경우도 많았다.

대표적인 사례로 해삼위(블라디보스토크)에서 조선에 입국한 조선인학생음악단 일행이 1921년 5월(27~28일 경) 순회공연 일환으로 마산을 방문하여 연주한 공연을 꼽을 수 있다.[54] 이 음악단은 이미 북선 일대(사리원)를 순차적으로 방문 연주하고 반도의 남쪽으로 남하하는 일정을 수행하고 있었다. 그러니 마산 수좌에서 공연은 그 남선 방문 공연 일정에 포함되는 공연이었다.[55] 이 공연은 마산야소교청년면려회와 마산구락부가 공동으로 주최했고, 동아일보사(마산지국)가

---

54) 「해항학생(海港學生) 환영 준비」, 『동아일보』, 1921년 5월 19일, 4면.
55) 「해삼악단(海蔘樂團) 사리원(沙里院) 착(着)」, 『동아일보』, 1921년 5월 12일, 4면.

후원하였다. 첫(날) 공연은 문창예배당에서 개최되었고, 둘째(날) 공연이 수좌에서 열렸는데, 이때 입장료는 일반인 1원(학생 50전)으로 상당히 고가였다.[56] 이 공연단은 거의 40여 일 동안 23회의 전국 순회 공연을 시행하면서, 다양한 음악과 각종 성악, 그리고 민속 악기 연주와 민속춤 등을 선보인 바 있었다.[57]

음악연주회 사례는 상당히 다양하게 발견된다. 1922년 8월 마산체육기성회를 선전하고 사업비를 충당할 목적으로 마산 수좌에서 음악연주회가 개최되었다. 이 음악회는 20~50전까지의 입장료를 다양하게 구별하여 부가한 사례였다.[58] 이 밖에도 수입금을 모으거나 사업비를 보용할 목적으로 개최된 음악회는 상당했다. 1926년 마산청년회가 활동 재개를 위한 사업비를 마련하기 위하여 음악회를 열었고,[59] 1927년에는 구성야구단(九星野球團)이 시민들을 위하여 하기 음악가극회를 시행했으며,[60] 1930년에는 마산공립보통학교남녀동창회가,[61] 1933년에는 마산중앙유치원이 무용대회를 곁들인[62] 연주회를 개최하였다. 연주회는 이처럼 다양한 이유로 개최되었는데, 특히 자선과 모금을 위한 연주회가 주류를 형성했다. 기근에 시달리는 동포들과 수재민을 돕기 위한 행사도 빈번하게 개최되었는데, 마산예기조합 남선

56) 「해항학생(海港學生) 환영 준비」, 『동아일보』, 1921년 5월 19일, 4면.
57) 양민아, 「1920년대 러시아한인예술단 내한공연의 무용사적 의미」, 『무용역사기록학』(34), 무용역사기록학회, 2014, 37~39면.
58) 「마산 음악연주회」, 『동아일보』, 1922년 8월 23일, 4면.
59) 「음악연예(音樂演藝) 성황 소인극(素人劇)은 불허」, 『동아일보』, 1926년 11월 17일, 4면.
60) 「하기 음악 가극회」, 『동아일보』, 1927년 8월 7일, 3면.
61) 「마산 추계 음악」, 『동아일보』, 1930년 10월 15일, 6면.
62) 「납량음악성황(納凉音樂盛況)」, 『동아일보』, 1933년 7월 12일, 3면.

권번의 연주회가 대표적인 사례이다.[63]

수좌에서 개최된 연주회 중에서 조선인 관련 단체들의 연주회는 상당수에 달했다. 마산에 거점을 둔 조선인 단체들과 개인들은 연주회를 개최할 때, 수좌를 공연 공간으로 삼는 경향이 강했다. 일종의 관례처럼 지역민들에게 여겨져서, 1920년대 수좌에서는 음악 관련 연주회가 빈번하게 시행되었다.

이러한 현상과 관례는 당시 지역 내 사회적 동향을 엿보도록 만든다. 마산 지역민들은 수좌를 활용하여, 구마산을 중심으로 조선인 계열 문화적 성과를 이어가고 조선인의 문화적 범위를 공고히 해야 한다는 여론을 공유하고 있었다. 마산 지역의 많은 극장이 일본인 위주로 운영되고 있었기에, 수좌를 중심으로 한 이러한 모색은 다소 옹색한 것도 사실이었다. 하지만 당시로서는 제한적 환경을 획기적으로 변혁할 방안이 요원한 것도 부인할 수 없는 사실이었다.

한편, 조선인을 위한 대체 극장이자 문화공간의 접수처로서 수좌가 선호되었다면, 수좌 이외의 여타 극장들은 이러한 용도와 다소 차이를 보이거나 대비되는 용처를 선보이곤 했다. 이러한 여타 극장에서 가장 대표적인 극장이 환서좌인데, 환서좌는 여러모로 수좌와 대비되는 극장이었다. 우선, 환서좌는 신마산에 건설된 대표적인 극장으로

63) 「마산예기(馬山藝妓) 구제연예(救濟演藝)」, 『동아일보』, 1922년 10월 13일, 4면 ; 「마산예기 구제연주(救濟演奏)」, 『동아일보』, 1923년 9월 9일, 4면 ; 「예기조합(藝妓組合) 연주 기근 구제 목적으로」, 『동아일보』, 1924년 10월 29일, 3면 ; 「마산에 기근(饑饉) 음악」, 『조선일보』, 1924년 10월 30일, 2면 ; 「마산권번 연주」, 『동아일보』, 1929년 6월 4일, 5면 ; 「마산 구제 연주」, 『동아일보』, 1929년 6월 11일, 5면 ; 「눈물에 저즌 동포들의 선물」, 『동아일보』, 1931년 11월 22일, 5면 ; 「놀애 판돈 내논 예기(藝妓) 경낭(傾囊)한 어시고인(魚市雇人)」, 『동아일보』, 1934년 8월 15일, 2면.

이 지역은 일본인 집중 거주 구역이었다. 게다가 환서좌는 수좌보다
더 이른 시점에서 건립되어 해당 거주민과의 교류와 유대가 더욱 공
고한 상태였다.

일찍부터 환서좌가 건립 운영되었기 때문에, 1930년대에 들어서자,
환서좌의 개보수(증개축) 작업이 절실하게 요구되었다. 이 시점에서
지역 유지들은 환서좌의 운영 방안으로, 지역 상인들이 적극 개입하
는 주식회사 형태를 제안했다. 극장 경영 방식의 변화 모색은 함경도
의 동명극장(함흥) 혹은 원산관(원산) 내지는 개성좌(1930년대 개성)
의 경영 과정에서 모습을 드러내는 해당 지역 유지들의 집단 발의나
참여와 흡사하다. 지역을 대표하는 극장의 명맥을 보존하고 그 특성
을 부활시키기 위하여, 개인의 투자나 독립 경영이 아니라 집단적인
운영 체계를 적극적으로 추천하고 고려한 것이다.

극장의 (재)건립과 이에 따른 운영 방안은, 해당 극장이 중요하고 지
역적 필요성을 인정 받을 때 나타날 수 있는 양상이었다. 관습적으로
환서좌는 신마산 구역을 대표하는 극장이었고, 이러한 지리적 특색은
구마산을 대표하는 수좌와 필연적 차이를 형성할 수밖에 없었다.

두 극장의 중간 점이지대에 위치한 극장이 도좌였다. 이러한 위치
는 도좌의 운영 역시 중립적으로 유도했다. 도좌는 마산역이라는 철
도 교통의 중심(지)에 자리잡고 있었는데, 이러한 특색으로 인해 일본
인 전용 극장의 운영 방침을 고수하기는 어려웠다. 유동 인구가 상당
했고, 조선인과 일본인이 고루 뒤섞이는 지리적 특색 때문이었다. 결
과적으로 환서좌는 일본인이 선호하는 극장으로 기능하기에 적절한
위치를 점유하고 있었고, 수좌는 조선인 거주민에게 선호되는 위치이
자 성향을 보이는 극장이었으며, 도좌는 그 사이에서 양 민족의 관심

을 받는 극장으로 성장할 수 있었다.

이러한 극장의 위치와 특색은 마산 지역에서 극장의 분포를 분산하고 산포하는 결과를 낳았다. 참고로, 부산 영화가(극장가)는 지금의 광복동인 장수통을 중심으로 극장들이 응집하여 이루어졌다면, 마산 극장들은 남북 분산과 산포로 배치되면서 집중화된 거리가 아니라 세부 구역을 대표하는 특성을 담보하기에 이른다.

2.2.3. 통영의 극장과 문화적 기반

다음은 1916년 통영의 지형을 담은 지도이다. 이 지도를 통해 1916년 통영의 지형과 지역적 특색을 살펴볼 수 있다.

좌) 대화정과 길야정 포함 확대 지도[64]   우) 대화정 일대 정경 확대한 통영면 지도

위의 지도를 보면, 행정구역 '대화정'과 그 남쪽에 위치한 '길야정'을 확인할 수 있다. 1916년 시점은 '길야정'에 통영좌가 세워지기 이전이므로, 통영좌의 자취는 위 지도에서 찾을 수 없다. 그런데 대화정

---

64) 「통영」, 『1/10000 지도』, 조선총독부, 1931.

을 확대한 우측 지도에도 봉래좌가 나타나지 않는다. 이것은 상당히 안타까운 일이 아닐 수 없다.

봉래좌의 주소는 대화정(大和町) 159-25번지였기 때문에, 우측 지도의 왼편에 위치한 대화정 인근에 위치했을 것으로 판단된다. 우측 지도의 중앙 부분을 보면 '군청'이 위치하고 있고, 그 위로 '보통학교'가 자리 잡고 있다. 그리고 우측 지도의 중앙 하단에는 경찰서가, 그리고 가장 하단에는 우편국이 위치하고 있다. 이러한 기간 시설들은 대화정 인근을 따라 우측 블록을 형성하며 수직적인 형태로 늘어서 있는 특징을 보인다. 이것은 대화정의 상징적 위치를 보여 준다고 하겠다.

일단 대화정은 군청과 학교 그리고 면사무소 등이 위치한 통영의 중심이었고, 그로 인해 유동 인구와 상주인구가 집중되는 번화가를 형성하고 있었다. 극장의 입지는 관람 인구(잠재 인구)에 따라 결정되므로, 통영에 극장을 세우려는 이들은 당연히 이 중심 지역을 염두에 둘 수밖에 없었다.

아쉬운 점은 이러한 중심 지대에도 문화적 시설은 충분하지 않았다는 점이다. 사실 통영은 통영청년단의 활사대회 활동이나, 삼광영화사, 선일영화부 등의 예술 관련 단체의 활동이 활발했던 도시였다. 이러한 활발한 문화예술 활동은 인근에서 그 유래를 찾기 어려울 정도이다. 그럼에도 통영에는 1916년 시점에 봉래좌를 제외하고는 이렇다 할 극장이 없었으며, 다른 문화 관련 시설도 전무했다. 열악한 환경 조건을 감안한다면, 통영의 봉래좌가 선구적인 극장이었으며, 지역 문화 예술을 직간접적으로 뒷받침하는 문화 인프라 역할을 맡았던 공간임을 재삼 확인할 수 있겠다.

통영극장('통영좌' 명칭 혼용)는 통영읍 길야정(항남동)에 위치한 극장으로,⁶⁵⁾ 설립연도는 1920년대로 추정된다. 건립 이후 통영극장은 봉래좌와 더불어 통영 지역의 각종 대회와 문화 행사를 개최하는 극장으로 활용되었다. 그러니 그 활용 용도만 놓고 본다면, 봉래좌의 그것과 현격하게 다르다고는 할 수 없었다.

결과적으로 통영극장도 군민(부민)대회장으로 즐겨 사용되었고,⁶⁶⁾ 각종 단체와 조합의 행사장(혹은 총회장)으로도 각광을 받았으며,⁶⁷⁾ 강연회장으로 활용되는 경우도 드물지 않았다.⁶⁸⁾

희귀한 활용 사례 중에서 1939년에 통영극장에서 열린 권투대회는 주목을 끄는 행사이다. 이 권투대회는 '통영권투회'의 자존심을 건 대회였다. 통영권투회는 이전부터 시도 대항 권투대회를 열어 부산, 마산, 진주, 밀양, 대구 등지의 권투회와 자웅을 겨루는 행사를 치른 바 있고, 1939년 1월에는 목포(군)을 초청하여 대항전을 개최하기도 했다. 이때까지 전승을 거두고 있었던 만큼, 목포군과 대결은 초미의 관심사가 되고 있었다.⁶⁹⁾ 이 대회는 통영극장(통영좌)에서 개최되었는데, 봉래좌와는 달리 스포츠 대회를 개최하였다는 점에서 차이점과 개성을 드러낸 경우라고 하겠다.

하지만 전반적으로 봉래좌에 비해 통영극장에서 개최되는 지역 행사 의존도(지역민의 선호도)는 낮은 것으로 평가된다. 통영좌에서의

---

65) 「광인광태(狂人狂態)에 통행인 수난」, 『동아일보』, 1939년 6월 16일, 3면.
66) 「통영법청(統營法廳) 부활 군민대회 개최」, 『동아일보』, 1933년 6월 1일, 3면 ; 「통영임항철도(統營臨港鐵道) 촉성(促成)」, 『동아일보』, 1935년 7월 27일, 7면
67) 「일 년 담배값 이원 십구전」, 『동아일보』, 1933년 10월 27일, 5면 ; 「통영산조(統營産組) 임시총회」, 『동아일보』, 1938년 6월 7일, 3면.
68) 「영남지방(嶺南地方)」, 『동아일보』, 1928년 1월 17일, 4면.
69) 「통영권투회(統營拳鬪會) 도시대항(都市對抗) 권투대회」, 『동아일보』, 1939년 1월 28일, 7면.

행사는 봉래좌에 비해 다양한 형태로 나타나지 않고 있으며, 그 빈도 수도 아무래도 낮은 것으로 판단된다. 그만큼 봉래좌에 대한 통영 지역민의 정서적 친밀도와 장소애가 높았다고 볼 수 있다. 그것은 통영극장이 지닌 일종의 한계였고, 뒤늦게 출범한 극장이 지니게 되는 약점이기도 했다.

하지만 통영 내에서의 불리한 여건에도 불구하고 통영극장은 주식회사 체제를 이루면서 합리적인 경영을 강조한 극장이었고, 봉래좌만큼은 아닐지라도 유서 깊고 인기 있는 극장이었다고 말할 수 있다.

2.2.4. 방어진 환경과 극장의 생성

방어진은 일제의 간접적인 침략 시점부터 어업 전진 기지이자 동해 교역의 중심 항구로 그 주가가 높았던 동해안의 대표적인 항구였다. 일제 강점기 조선의 3대 어항 중 하나로 손꼽힐 정도의 규모였으며, 당시에는 보기 드문 부촌으로 그 이름이 널리 알려져 있었다. 다음 사진은 이러한 성세를 보여주는 100년 전의 사진이다.

이 사진은 널리 알려진 사진인데, 일제 강점기 방어진(항)의 성세를 보여주는 대표적인 자료이다. 사진 속의 방어진 항은 어선들로 빼곡하고 배 위에서 분주하게 일하는 어부들의 모습이 포착되어 있다. 근경 너머에는 항구의 모습이 어렴풋하게 나타나 있다. 일제 강점기에는 세련된 건축 양식에 속하는 건물들이 항구를 배경으로 나란히 들어서 있고, 석축을 쌓아 올린 근대 항구의 모습도 드문드문 엿보인다. 전체적으로 호황을 맞은 항구의 모습이 인상적으로 포착된 포구의 정경이다.

100년 전 울산 방어진(항)의 풍경[70]

　방어진이 당시로서는 예외적일 정도로 근대적 의미의 어항으로 급변할 수 있었던 이유는 일본인들(어부들)의 이주에서 찾을 수 있다. 일본 어부들이 방어진항의 가치를 인식하는 계기는 다음과 같다. 1897년 일본 강산현(岡山縣) 화기군(和氣郡) 일생촌(日生村)의 주민들은 방어진 근해에서 삼치를 잡으려고 출어했다가 삼치유망을 잃어버리고 피난하는 도정에 우연하게 방어진(항)을 발견하게 된다.[71] 그들로서는 불행 중 다행인 사건이었고, 이후 그들은 방어진의 풍요와 가치를 인식하고 개발과 정착 그리고 어업 공조에 적극적으로 매진했다. 이에 따라 방어진은 일제의 동해 어업 중심기지 중 하나로 부상할 수 있었고, 근현대사의 번영과 함께 아픔을 동시에 인식하는 도시의

70) http://cafe.naver.com/mamj8836/74343
71) 조선수산회, 「조합행각(11)」, 『조선지수산(朝鮮之水産)』(131), 81면 ; 이현호, 「일제시대 이주어촌 '방어진'과 지역사회의 동향」, 단국대학교 동양학연구소 편, 『일제 강점기 울산 방어진 사람들의 삶과 문화』, 채륜, 2011. 147면.

자격으로 식민지 역사에 재등장할 수 있었다.

하지만 방어진(항)은 일찍부터 주목받는 전략적 요충지이자 무역
교류처였다. 세종 무렵 대마도와 교역을 위해 개항한 3항구(3포) 중
염포는 방어진이 속한 동면에 위치한 항구이다. 조선은 이곳에 염포
영을 설치하고, 만호·첨사를 주둔시킨 바 있다. 일제 강점기에는 울
산 동면에 소속되었고, 1925년(12월)에는 동면사무소가 이전한 바 있
다.[72]

1928년 방어진에는 방파제(축항)가 조성되어 동해안에서도 손꼽
히는 항구로 발돋움했으며, 1929년에는 방어진 철공조선소도 설립되
었다.[73] 이러한 변화를 통해 방어진은 울산뿐 아니라 동남해안에서도
손꼽히는 해항으로 성장하였다. 실제로 방어진은 천혜의 항구 조건을
갖추고 있었다. 울산의 동면은 동해가 동/남/서 방향으로 감싸고 있는
반도 형상의 지역이었는데, 방어진은 그 동면의 중심에 자리 잡은 항
구이다.

이러한 방어진은 1937년 동면의 행정 구역이 읍으로 승격되면서 방
어진읍이 되었다. 그 이전에는 '울산군 동면 방어리'로 행정 구역이 편
입되어 있었다. 따라서 읍으로 행정 구역이 변화한 사실은, 상반관을
이해하는 데에 중요한 지침이 될 수 있다. 상반관은 이때 읍 승격에 걸
맞은 단장을 위해 임시 휴관에 들어서기도 했다.

방어진(방어리)의 인구는 상반관의 운영 규모를 살피는 데에 중
요한 기준이 될 수 있을 것이다. 방어진이 속한 동면의 1929년부터
1931년의 주민 호수는 대략 2300~2700호 남짓이었다. 그중 430~

---

72) 한삼건 역, 『1933년 울산군 향토지』, 울산대곡박물관, 2016, 28~54면.
73) 한삼건, 「방어진 글로벌 건축문화거리조성 연구 용역 최종보고서」, 14면.

530호 정도는 일본인 호수였다. 인구는 1929년에 11,080명, 1930년
에 12,994명이었고, 이중 1,500명 정도가 일본인이었다. 이 시기 호수
의 증감은 대체로 미미했고, 인구는 1,500명 정도 증가하는 수준이었
다. 주목되는 사항 중 하나는 총 호수 대비 일시 거주자의 비율이 32%
에 달했는데, 이는 울산의 다른 면에 비해 상당히 높은 수치이다.[74]

인구 관련 수치와 통계는 방어진항을 중심으로 한 동면 일대가 경
제/산업/지역적으로 융성했으며 높은 인구 유동성을 보이는 지역임
을 간접적으로 알려준다. 따라서 상반관은 기본적으로는 방어진의 인
구와 경제 규모를 감안한 극장이었다고 할 수 있다. 하지만 상설관으
로 운영하기에 상반관의 인구 규모는 충분해 보이지는 않는다.

관련 사례를 전국에서 찾아보자. 애관은 인천의 지역 극장으로 표
관, 가무기좌 등과 함께 인천의 극장가를 형성한 주요한 극장이었
다. 사주는 조선인으로, 전국에 소수만 존재하는 조선 극장으로 알려
진 극장이기도 했다. 1930년대 중엽 인천 애관의 한 해 입장 관객 수
는 15만 명에 이른다. 이 중 12만 명에 해당하는 80%의 관객이 유료
관객으로 조사되었다. 이러한 호황은 당연히 고수익을 남겨 당시 수
익이 28,284원 50전에 달했다.[75] 여기서 더욱 주목되는 바는 평균 관
객 수와 입장 수익이 매년 급증하는 추세를 보였다는 점이다. 1936년
에 12만 명에 달하던 유료 관객 수는 그 이듬해인 1937년에 14만 5천
명으로 증가하였다. 그 입장 수익 역시 약 2만 8천원에서 4만 4원으로

74) 한삼건 역, 『1933년 울산군 향토지』, 울산대곡박물관, 2016, 61면.
75) 「영화관 출입 인원 삼십여만명 돌파」, 『동아일보』, 1936년 1월 11일, 3면.

증폭되었다.[76] 이러한 상승률은 거의 20%의 성장세를 의미했다.[77]

다른 비슷한 사례로 부산의 경우를 살필 수 있다. 부산의 영화가(映畵街)에서 소화관, 상생관, 보래관은 흔히 3대 상설영화관으로 꼽히는 극장이었다. 1939년 극장 관객 수에서 소화관은 4만 3000명, 상생관이 2만 8000명을 기록했고, 1940년 극장 관객 수에서는 보래관이 4만명, 소화관이 3만 3000명, 그리고 상생관이 2만 6000명을 기록하였다.[78]

이러한 인천의 애관과 부산 극장가의 관객 수치는 흑자 경영을 보여주는 수치에 해당한다. 문제는 대도시에 속하는 인천과 부산의 상황을, 울산 동면 방어리에 일방적으로 대입할 수는 없다는 점이다. 그러니 전체 인구 12,000명 정도로 1년 관객 3~4만 명의 유료 관객을 기대하는 것은 다소 무리라고 해야 할 것이다. 더구나 상반관이 일본인 소유 극장이었다고 해도 1,500명 정도의 일본인만을 위한 극장으로만 운영될 수는 없었을 것이다.

정체 호구(인구)와 일본인 인구수는 상반관의 운영이 거주 민족과 상연 장르를 초월하여, 최대한 많은 유료 관객을 창출할 수 있는 방안을 겨냥해야 하는 이유를 설명한다고 하겠다. 또한 상반관이 지역 주민과 정서적으로 밀착되고 생활권을 공유하는 용도로 활용될 수밖에 없었던 이유도 자연스럽게 알려준다.

---

76) 「이제야 채산(採算) 맞는 인천의 흥행업계」, 『동아일보』, 1938년 2월 2일, 7면 ; 「불경기 모르는 인천의 흥행계」, 『동아일보』, 1938년 2월 6일, 7면.

77) 애관의 입장객과 그 수입에 대해서는 다음 책을 참조했다(김남석, 『조선의 지역 극장』, 연극과인간, 2018, 319~321면).

78) 김남석, 「부산의 지역 극장 상생관의 역사적 전개와 운영상 특질에 관한 연구」, 『항도부산』(36), 부산시사편찬위원회, 2018, 203~205면.

이러한 측면에서 다음의 사진은 시사하는 바가 크다.

1920년대 방어진 풍경[79)]

이 사진 역시 방어진의 과거 모습(융성)을 보여주는 또 다른 근거
이다. 항구 내로 촘촘히 들어온 배들로 인해 어항은 발 딛을 틈이 없을
정도였고, 그곳에 정박 중인 배들은 날렵하고 경제적인 규모를 갖추
고 있어 고기잡이에 최적화된 인상을 풍기고 있다.

특히 이 사진이 촬영되고 게재된 1928년은 주목되는 시점이 아닐
수 없다. 1925년 방어진 항구는 을축년 태풍을 겪고 엄청난 피해를 입
은 바 있었고, 이를 복구하기 위해서 소실된 항구 시설을 보완하면서
새롭게 방파제를 쌓아 그 이미지를 변모시킨 바 있다. 1928년은 상대
적으로 시설이 보완되고 항구 사정이 나아진 시점이라고 할 수 있는
데, 위의 사진은 그러한 방어진의 안정기를 보여주고 있다.

이러한 안정기의 방어진은 상반관의 운영 기반을 확충하는 배경으
로 작용했을 것으로 보인다. 특히 상방관이 1920년대에 운영을 시작
했다고 본다면, 1928년의 모습은 방어진항에서 상반관의 유효 관객이

---

79) 『釜山日報』, 1928년 1월 1일, 6면.

일본인뿐만 아니라, 거주 조선인과, 어업 종사자, 항구를 내방하는 선원들 그리고 이들과 연계된 직종의 종사자들이었다는 사실 역시 시사하고 있다고 하겠다.

이러한 번화한 해항의 환경은 극장 건립을 유도했다. 그렇게 만들어진 극장이 상반관과 대정관이었다. 그중에서 상반관은 이 지역을 대표하는 극장으로 이름을 떨쳤다. 오랫동안 상반관은 '방어진(항)의 유일한 오락 기관'으로 꼽히는 극장이었고,[80] 1930년대 후반에는 울산군내 유일한 극장으로 인식되기도 했다.[81] 사실 울산에는 울산극장이 존재하고 있었지만,[82] 이러한 구 울산극장('역전극장')을 '구역(舊驛) 한 모퉁이에 다 쓸어저 가는 폐물의 헌 창고'로 파악하는 견해도 분명 존재했다.[83] 이러한 견해를 가진 이들 – 구 울산극장이 극장이 아니라 창고에 불과하다고 생각하는 사람들 – 에게 울산에는 극장이 존재하지 않는다고 해도 과언이 아니었고, 그러한 측면에서 방어진의 상반관은 울산을 대표하는 유일한 극장으로 인식될 수 있다.

공중의 집회 장소, 공회당 한 개 전무한데 시민의 오락기관인 극장이
일개소(一個所)도 없으니 울산 인사는 이렇듯이 모임에는 등한(等閒)
한 것인가. 여러 말은 고만두고 근래 왕성해지는 흥행 단체에서 울산은

---

80) 대정관이라는 또 하나의 극장이 1910년대 존재했다는 주장을 감안하면, 1930년대 상반관이 전성기를 누리던 시절에는 대정관이 부재했다고도 볼 수 있다. 신춘희도 1930년대 이전에는 울산 방어진에 대정관과 상반관이 있었다고 주장하고 있다(신춘희, 『노래로 읽는 울산』, 울산이야기연구소, 2015, 149~150면).
81) 「방어진상반관(方魚津常盤舘) 확장」, 『동아일보』, 1937년 10월 3일, 7면.
82) 「회합」, 『동아일보』, 1932년 11월 18일, 3면 ; 김남석, 「울산의 지역 극장 '울산극장'의 역사와 문화적 의의 연구」, 『울산학연구』(10), 울산학연구센터, 2015, 7~84면.
83) 「울산극장 문제」, 『동아일보』, 1936년 4월 9일, 4면.

홍행할 극장이 없으니 못 간다는 말을 들으며 사실 오기를 꺼린다. (…
중략…) 사실인즉 울산 지방만큼 홍행 성적의 양호한 곳은 타처(他處)
에 그 비(比)가 없다고 이것은 홍행 당사자 간의 정평이다. 게다가 다른
데 홍행 장소가 없음을 호기로 극장세를 이삼십원씩 지불케 된다하니
아무리 좋은 홍행일지라도 빚을 지매 탐악한 홍행 단체는 멋모르고 왔
다가 해산의 비운에 빠지는 단체가 비일비재이었다 한다. 이 어찌 울산
의 체면상으로나 문화상으로 손실이 아닐 것인가. 인군(隣郡) 각지(各
地)를 보아도 제반 시설과 지방 자체로 볼지라도 울산보다 훨씬 떠러진
다고 보는 지방일지라도 단 한 개의 극장이라도 갖었음에도 불구하고
울산에만 없다함이 아무리 생각해도 큰 의문이라고 생각한다. 그러면
과연 세인의 말과 같이 울산에서 극장경영은 아주 채산에 맞지 않으며
수지가 상반한 것인가[84] (밑줄:인용자)

위 기사는 울산에 극장이 없는 것을 비판하고, 울산의 극장이 필요
한 이유를 토설하는 내용을 담고 있다. 특히 경성의 공연 단체들이 홍
행할 극장이 없어 울산에 갈 수 없다는 내용을 토설하거나, 극장세를
지나치게 고리로 받아 문제가 되는 상황을 지적하는 목소리가 거세
다. 그리고 이러한 문제를 해결하고 울산 지역민들의 문화적 요구를
감당하기 위해서는 극장 건립이 필요하다는 견해를 피력하고 있다.
상반관이 언제부터 존재했는지를 지금으로서는 정확하게 고증하
기 어려운 상황이다. 다만 1936년 무렵 울산에서 극장 건립에 대한 여
론이 조성되고 있을 무렵,[85] 상반관도 이에 보조를 맞추기라도 하려는

84) 「공회당(公會堂)과 극장(劇場)을 급설(急設)하라!」, 『동아일보』, 1936년 4월 17
일, 4면.
85) 「공회당(公會堂)과 극장(劇場)을 급설(急設)하라!」, 『동아일보』, 1936년 4월 17

듯 확장 작업에 들어선 것은 확인된다. 이러한 상반관에 대해 살펴보기 이전에, 방어진에서 극장의 자취를 더듬어 보자.

앞에서 살펴 본 대로, 방어진은 일본인 이주자들, 이른바 최초에는 오카야마현 히나세 어민(有吉龜吉 아리요시 가메키치)의 1905년 이주를 시작으로 현재의 도시 형태로 재정비되기에 이르렀다. 그러면서 현재 방어진항의 구조가 조성되기 시작했는데, 그때 영화관(극장) 역시 설립된 것으로 판단되고 있다.[86] 이러한 흔적은 '강산여관'이나 '일생탕' 등의 상호 명으로 확인된다.

극장의 설립과 운영이 어느 정도 확인되는 시점은 1909년 무렵으로, 매년 증가된 이주자로 인해 각종 시설이 요구되기에 이르렀고, 그 중에는 해안가에 세워진 '가소사(假小舍)' 형태의 극장도 포함된 것으로 보인다.[87] 1918년에는 방어진에서 영업하는 업체 중 하나로 극장이 포함되어 있었다.[88] 다만 1918년 영업 극장이 상반관이라는 확증은 아직 발견되지 않은 상태이다. 하지만 1900년대와 1910년대에도 방어진에는 극장(혹은 영화관)이 존재하고 있었다는 직간접적인 증거는 발견되고 있다고 하겠다.

1920년대에는 방어진에 유일한 영화관으로서 방어진상설활동사진

일, 4면.
86) 한석근, 「울산 방어진 어항의 형성 과정」, 단국대학교 동양학연구소 편, 『일제 강점기 울산 방어진 사람들의 삶과 문화』, 채륜, 2011, 103~104면.
87) 농공상부수산국, 『한국수산지』(2), 1910, 500~501면 ; 이현호, 「일제시대 이주어촌 '방어진'과 지역사회의 동향」, 단국대학교 동양학연구소 편, 『일제 강점기 울산 방어진 사람들의 삶과 문화』, 채륜, 2011, 148~149면.
88) 『朝鮮時報』, 1918년 9월 2일 참조 ; 이현호, 「1920~30년대 울산 동면(東面) 지역의 사회운동」, 부산대학교 석사논문, 2005, 15면.

관이 있었다는 기록이 남아 있다.[89] 이 사진관의 정식 명칭은 확인되지 않지만, 전후 맥락을 고려할 때 상반관으로 여겨진다. 더구나 1926년 일본 극단의 공연장이 상반관이었다는 점을 고려하면,[90] 『조선일보』가 기록한 '방어진상설활동사진관'은 바로 상반관이었다고 해야한다. 또한, 1930년대 방어진의 지역 극장으로 '상반관'이 확인된다. 1915년 생인 천재동은 '상반관〔도끼와깡〕'이 '일본 신흥 키네마영화사 개봉관'이었다고 증언하고 있다.[91] 다만 방어진에 영화관으로서의 (활동)사진관 이외에도, 별도의 사진관이 존재했다는 증거도 발견되고는 있다.[92]

한편, 당시 기사에서 흔히 발견되는 방어진항의 유일한 오락 기관이 '상반관'이라는 언술(표현)로 볼 때, 1900~1910년대 방어진항에 설립되었던 극장 역시 상반관과 일정한 연속선상에 놓일 가능성이 높으며, 적어도 상반관의 존재가 확인되는 1926년 이후에는 방어진에서 당분간 다른 극장이 운영되지 않았음을 확인할 수 있다.[93]

---

89) 『조선일보』, 1926년 3월 31일 ; 『조선일보』, 1926년 4월 11일 참조.

90) 「'방어진' 상반관(常盤館)의 가부키(歌舞伎)」, 『釜山日報』, 1926년 3월 4일, 4면.

91) 천재동, 『아흔 고개를 넘으니 할 일이 더욱 많구나!』, 동아정관, 2007, 34면.

92) 『釜山日報』, 1928년 1월 1일, 6면.

93) 예외적으로 천재동은 '대정관'이라는 또 다른 극장의 존재에 대해 증언하고 있는데, 이 극장의 위치는 1930년 시점의 지도에는 표기되어 있지 않다. 신춘희 역시 천재동의 주장을 수용하여, 1910년대에 대정관이 건축되었다고 주장하고 있다 (신춘희, 『노래로 읽는 울산』, 울산이야기연구소, 2015, 149~150면).

3. 초기 극장의 모습

3.1. 행관과 1910년대 극장의 모습

행관은 1910년대 부산 극장(가)의 건축 양식을 대표하는 극장 중 하나이다. 부산 극장가에서 최고(最古) 극장으로 손꼽혔던 행좌가 극장 신축을 단행하여, 그 극장 명칭이 행관으로 변화하는 시점은 1915년이다.

행좌의 신축을 알리는 기사[1]

---

1) 「조선 제일이라고 자랑하는 활동상설관 : 부산 행관의 신축」, 『釜山日報』, 1915년

신축된 행관은 당시에는 '조선 제일'을 자랑할 정도로 선진적인 영화관이었다. 노후된 행좌는 안정상 위험이 높아 현실적인 극장으로 기능하기 어려웠고, 이를 해결하기 위하여 새로운 극장(영화상설관)을 건축해야 할 필요성이 높아졌다. 이러한 요구는 행관의 외관과 규모 그리고 역할을 결정했다.

행좌는 총 건평 120평의 2층 구조의 건축물이었다. 용도는 활동사진 상설관이었고, 공사비용은 1만 2000원이었다. 일찍 상설관이 되는 바람에 욱관이나 보래관 혹은 그 이후의 상생관 등과 함께 초기 상설 영화관으로서의 장점을 취득한 극장이기도 했다.

행관의 건축 양식은 독특했던 것으로 확인된다. 좌우 첨탑을 거느린 수평적으로 세 부분 분할이 가능한 건물이었으며, 전체적인 구조는 '凹'의 형상을 따르고 있었다. 이러한 구조와 비슷한 건물로는 인천 표관을 들 수 있다.

행관 모습[2]   표관의 모습[3]

10월 25일, 3면.

2) 김승 · 양미숙 편역, 『신편 부산대관』, 선인, 2010, 591면.

3) 「사진에 비친 인천 100년(22)」, 『인천일보』, http://www.incheonilbo.com/?mod=news&act=articleView&idxno=741675

두 극장은 건축 방식만 유사한 것이 아니라, 설립 시기 역시 유사했다. 행관이 1915년에 출범한 극장이었다면, 표관은 1914년에 설립된 극장이었다.[4] 1910년대는 부산에서 영화상설관이 주목받으면서 유행한 시기였고, 표관 역시 이러한 변화와 같은 흐름 속에서 탄생한 극장이었다.

두 극장은 형태 면에서 양쪽에 첨탑이 솟은 디자인을 지니고 있었다. 또한, 중앙에 위치한 메인 건축물 1층에 입구를 설치하는 설계 방식도 공유하고 있었다. 자연스럽게 중앙의 입구는 레퍼토리 홍보나 관련 광고물의 전시를 위한 공간으로 활용되었다. 두 극장의 전경을 포착한 두 사진에도 입구 위에 간판과 예제가 적혀 있는 광경이 담겨 있다. 이러한 사진 속 풍경은 두 극장의 유사성을 확인시켜 준다.

이러한 두 극장의 면모와 실체는 홍영철이 발굴한 설계 도면으로 더욱 확연하게 드러난다. 홍영철이 제시한 행관 설계도를 보면, 건축 당시 행관의 구조와 표관의 구조가 비슷하다는 사실을 확인할 수 있다. 앞에서도 말했지만, 행관과 표관의 외형성 공통점은 삼각형 모양의 디자인과 첨탑 양식의 지붕 형태였다.

홍영철은 행관의 설계 도면을 통해, 다음과 같은 설명을 이끌어 낸 바 있다.

---

4) 「인천활동사진관의 대성황」, 매일신보, 1914년 11월 3일, 3면.

"극장 외형의 좌우 첨탑의 분위기는 러시아풍을 연상시키며 극장 몸통은 르네상스식에 속하고 있어 이러한 유형은 양풍을 가미한 서양 건축 도입 시기의 일본 절충식이라고 볼 수 있다. 당시 일본인들이 부산에 세운 극장 중 가장 나아 보이는 건물의 하나이다."

행관의 도면과 이에 대한 설명[5]

　홍영철은 행관의 건축 양식을 '일본 절충식'으로 이해했다. 홍영철은 행관이 서양 건축 기법(양풍)을 가미하여 건축한 일본식 건축 양식이라는 견해를 피력한 바 있다. 일종의 화양절충식 건물이자 건축 방식이라 하겠다. 일본이 근대화를 추진하는 시점에, 일본 고유의 건축 양식과 서양에서 유래한 건축 양식을 혼합한 건축 양식이 탄생했는데, 이것이 화양절충식 기법이다. 이러한 관점에서 본다면, 표관은 화양절충양식으로 기획 축조된 극장이었다.[6] 실제로 이 양식은 1860~1920년대 일본이 수용한 근대 건축 양식을 전래의 건축 양식과 혼합하는 과도기에 탄생한 건축 양식이었다. 1883년 인천영사관을 필두로 조선 내에서 상당 기간 유행한 건축 양식이기도 했다.[7] 이러한 건축 양식이 1910년대 인천뿐만 아니라, 부산에서도 극장으로 현시한 셈이다.

---

5) 홍영철, 『부산극장사』, 부산포, 2014, 127면.
6) 김남석, 「인천 표관 연구」, 『민족문화연구』(71), 고려대학교 민족문화연구원, 2016, 208면.
7) 서민원, 「인천 조계지 형성과정과 건축 양식의 특성 연구」, 『디자인지식저널』(11), 한국디자인지식학회, 2009, 56~58면.

3.2. 1910년대 부산 극장가의 대표 극장 부산좌

부산좌가 부산 극장가를 대표하는 극장이 될 수 있었던 중요한 이유 중 하나가 극장 외관의 아름다움이었다. 부산좌는 우아한 외형과 부드러운 곡선미로 주목을 받은 극장이었다. 부산좌의 외관과 관련 정경을 보여 주는 사진은 상당히 여러 장이기 때문에, 부산좌의 조형적 아름다움 이외에도 기능적 필요성을 확인할 수 있다.

다음 사진은 1915년 부산좌의 정면과 1층 풍경(시설)을 상세하게 포착한 사진이다. 아쉽게도 건물 전체를 포착하지는 못했지만, 1915년 무렵 부산좌의 한 면모를 관찰하는 데에는 무리가 없다고 해야 할 것이다.

1915년 8월 부산좌 1층 광경[8)]

부산좌 1층 확대 사진

위 왼쪽 사진은 부산좌의 입구와 극장 매표소, 그리고 그 옆에 비치된 광고판(상연 예제 적시)을 보여 준다. 극장 입구는 아치를 이루고 있는 중앙 쪽 통로이고, 그 오른쪽에 상연 예제를 걸어 둔 게시판이 자리 잡고 있다. 중앙 현관 왼쪽은 물건들로 가로막혀 있는 인상인데, 아무래도 주 출입로는 아닌 것 같다.

---

8) 「월로[越路] 개장 전의 부산좌」, 『釜山日報』, 1915년 8월 31일, 3면.

중앙 출입로에는 사람들이 모여 있고, 왼쪽 출입로 부근에는 물건들이 적체되어 있어 자유로운 출입을 막고 있는 인상이다. 중앙 출입로에 모여 있는 사람들은 인부이거나 종업원으로 여겨지며, 그들은 통상적으로 극장 내부로 이동하는 관객들의 표를 검사하거나 안내하는 역할을 하는 사람들로 보인다.

전술한 대로, 중앙 출입구 오른편에는 상연 레퍼토리를 소개하는 광고 전단이 붙어 있는 게시판이 있다. 게시판에는 작은 차양이 있어, 상연 예제를 기록한 전단 위로 떨어지는 빗방울이나 햇빛을 차단하도록 되어 있고, 이로 인해 관객들이 유의 깊게 상연 예제를 살필 수 있도록 환경을 조성하고 있다.

건물 2층에는 테라스가 있고 외부와 맞닿는 발코니가 위치하고 있다. 발코니 좌우로 창이 있는 것으로 보아, 극장 내부의 객석은 아니고 로비나 통로에 해당한다고 해야 한다.

1916년 1월 부산좌 전경[9]

부산좌의 3층 제거 기사[10]

1915년 8월 부산좌 외관에서는 2층 아치가 네 개로 나타나는데, 그만큼 외부와 소통하는 공간이 넓게 형성된 것으로 보인다. 하지만 아

---

9) 「부산좌」, 『釜山日報』, 1916년 1월 3일, 3면.
10) 「부산좌[釜山座]의 모양 교체 ; 3층을 없애다」, 『釜山日報』, 1916년 4월 16일, 5면.

래 사진인 1916년 1월 부산좌의 풍경은 2층 아치의 숫자가 줄어들어 있다. 거리를 행진하는 깃발에 살짝 가려, 그 정확한 숫자를 가늠하기 곤란하지만, 적어도 2개 많아야 3개 정도의 '이층 테라스'가 존재하는 것으로 관찰된다. 그러니까 당초의 4개에서 줄어든 셈인데, 이러한 변화는 1915년 8월에서 1915년 12월 사이에 증축과 단장(리모델링)이 진행되었다는 뜻으로 볼 수 있다.

1916년 1월 시점에서 부산좌 정면 모습은 가장 아래에 3개의 정사각형 블록을 설치하고 그 위로 동일한 블록을 건축한 다음, 가장 위층(3층)에는 하나의 블록만을 중앙에 남겨둔 모습이다. 이러한 정면 모습은 상당히 이국적인 인상을 자아냈다. 물론 정면 풍경 뒤편으로는 극장 무대에 해당하는 안쪽 공간이 별도로 자리하고 있고, 이러한 공간은 객석과 무대를 연결하는 거대 공간으로 꾸며져 있다.

기본적으로 부산좌는 3층 건물이었다. 위의 사진에서도 지상층과 그 위의 2층이 뚜렷하게 나타나고, 중앙 건물 위쪽으로 전체 대지의 1/3 가량의 3층 건물이 축조되어 있다. 1916년 부산좌는 이 3층을 제거하기로 결정한다. 이러한 결정은 약간 의외이지만, 불필요한 목적으로 3층이 버려져 있었다면 과감하게 제거할 필요도 있었다고 해야 한다.

좌) 정면 좌측에서 본 부산좌[11]   우) 우측에서 본 부산좌와 부속 건물[12]

오른쪽 사진을 보면, 부산좌의 2층 테라스는 네 개이고, 1층 출입구
는 두 개이다. 그리고 1층 주 출입구 오른쪽으로 상연 예제를 적시한
게시판이 위치한다. 하지만 이 사진에서 더욱 주목되는 것은 부산좌
우편 목조 건물이다. 목조 건물은 2층 건물인데, 용도로 볼 때 극장 관
람객을 위한 찻집 혹은 식당이었을 것으로 추정된다.

그렇다면 부산 극장의 내부는 어떠했을까. 앞에서 말한 무대와 객
석을 아우르는 1-2층 건물의 안쪽은, 건물 외부와는 달리 일종의 정
사각형 모습을 취하고 있다. 작금까지는 도면(도)이 발굴되지 않은 상
태이기 때문에, 다음 발굴 자료는 말만 무성하던 부산좌의 내부를 비
교적 소상하게 보여줄 소중한 자료에 해당한다.

부산좌는 전형적인 가부키 극장의 형식으로 지어진 극장이다. 다음
의 사진은 개천 시장이 부산좌에서 연설하는 광경을 담고 있지만, 이
공간은 연설보다는 공연에 더욱 적합한 구조이다. 사진에서 정면에는
무대가 있고, 우측(상수 측)으로는 악사석이 마련되어 있으며, 무대와
악사 석 사이에는 화도가 설치되어 있다. 그리고 사진의 전면(가까운
곳)으로 객석이 배치되어 있고, 그곳에서 관객들이 무대를 주시하는
풍경이 포착되어 있다.

우선, 악사석의 위치와 규모는 주목되는 사항이다. 1920~30년대 조
선의 극장에도 악사석이 마련되어 있을 정도로, 당시 공연 환경에서
악사석은 중요한 공간이자 구조물이었다.[13] 영화상설관에서는 이러한

---

11) 「부산좌」, 『부산일보』, 2009년 6월 30일.
12) 「극장 부산좌」, 『한국향토문화전자대전』, 한국학중앙연구원
13) 상설극장마다 악사석의 위치는 다른 것으로 조사 분석되고 있다. 예를 들어, 조선
극장은 악사석을 2층에 두었고, 단성사는 무대 밑에 악사석을 배치했다(조순자,
「무성영화시대 상설극장 관현악단과 지방순업팀 악사들의 조직 구성 및 역할」,

악사석의 위치가 더욱 중요했는데, 비록 부산좌가 영화상설관을 표방
한 극장은 아니라 할지라도, 관련 극장들의 중요도와 선호도에 비추
어 볼 때 그 중요성을 짐작할 수 있다.

부산좌의 내부 전경[14]

무대는 넓은 편이고, 천장까지의 높이도 상당하여, 극장 내부가 광
활한 인상을 전한다. 게다가 무대 시설은 복층 구조로 짜여 있어, 웅장
한 느낌을 더하고 있다. 이러한 구조물 뒤로는 조명 라인이 설치되어
있고, 라인을 따라 현대적 조명이 달려 있었다. 무대는 박스 세트(box
set)의 형해를 따르고 있지만, 세부 장식은 일본식 혹은 동양적인 인
상을 자아내고 있다.

객석은 2층 이상이었는데, 경우에 따라서는 3층이었을 가능성도 배
제할 수 없다. 단, 1916년 부산좌에서 3층을 제거했다고 하는데, 그렇
다면 3층 구조가 객석 관람에 그다지 영향을 끼치지 않는 형태였다고

───────────

『음악과민족』(46), 민족음악학회, 2013, 113면).

14) 「본사 이전 당시의 축하회(부산좌): 개천[芥川] 사장의 연설」, 『釜山日報』, 1915년
4월 3일, 9면.

는 할 수 있겠다. 실제로 일제 강점기 극장 중에서 3층 객석을 가진 극장도 없지는 않았다.

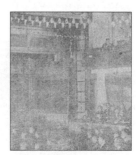

좌) 부산좌의 무대 구조와 조명 라인　　　　우) 부산좌의 상수 방향 시설 확대

　부산좌의 경우에는, 극장 시설이 정교하여 세부적으로 살펴볼 여지도 적지 않다. 위의 사진은 부산좌의 풍경 중에서 주요 부분을 확대 발췌한 사진이다. 좌측 확대 사진은 무대와, 무대 뒤의 그림(세트), 그리고 무대 위의 현판, 현판 위에 줄지은 조명 등으로 나누어 살펴볼 수 있다. 무대는 좌우 폭이 크고 깊이(심도)가 상대적으로 작은 형태이다. 무대에 오른 시장의 인상으로 볼 때, 가로 길이는 매우 길고, 세로(깊이) 폭은 매우 협소한 것으로 보인다. 물론 무대 뒤로 보이는 세트가 무대의 깊이를 일부러 제약하고 있다고 볼 수도 있다. 그러니까 본래 무대는 훨씬 더 깊은데, 연설을 위해서 공간을 줄이고 심도 폭을 제약한 상태인 것이다.

　무대 위에는 현판 내지는 플랜카드가 내걸려 있는데, 그 위에는 관객들이 읽을 수 있도록 관련 정보가 기록되어 있다. 현재 사진 상태에서는 해당 글자를 해독할 수 없지만, 정황상으로 볼 때 무대에서 공연되는 콘텐츠를 관객들이 이해하는 데에 필요한 부수적 정보로 판단된다. 아무래도 연사의 이름 혹은 강연 제목이 아닐까 싶다.

그리고 그 위로 조명기가 보인다. 조명은 현대처럼 복잡한 기능과 외형을 따르고 있지는 않지만, 가스등 형태로 설치되어 있으며 아래를 향하여 빛을 발산하도록 배치되어 있다. 위의 사진만 보면 5개의 전등이 설치된 것으로 보이는데, 부산좌에 배치된 무대 전등은 6개였다.[15] 이러한 빛은 무대 위에서 일정한 간격을 두고 설치되어 있어, 빛의 집중이나 편중으로 인해 전반적인 조도의 문제가 생기지 않도록 고려된 것으로 보인다.

우측 확대 사진에서 오른쪽 2층을 보자. 관객들이 느긋하고 편안하게 앉아 있는 모습이 보인다. 넓은 객석에 단 2명만 앉아 있고, 그 사이의 간격이 상당한 편이다. 더구나 두 사람은 음식물을 섭취하고 있는 듯하다.

2층 객석 밑에는 악사석이 마련되어 있다. 일본의 전통 연극에서 음악 반주는 매우 중요했기 때문에, 악사들은 이를 위해 항상 무대 위에 대기하고 있어야 했다. 일본식으로 좌정하고 객석과 무대를 바라보고 있는 모습이 일사불란하고 대단히 절도가 있어 보인다.

악사석 옆에는 본 무대와 떨어져 작은 방이 마련되어 있다. 마치 작은 창고처럼 마련된 방은 방문이 닫혀 있는 인상이지만, 상황에 따라서는 공간 활용을 할 수 있는 용처를 확보하고 있다. 사진상으로는 잘 닫혀 있는 인상이지만, 언제든지 무대 일부로 편입되거나 그 자체로 개방될 수 있도록 축조한 흔적이 역력하다.

무대 위로는 나무 장식과 축하 끈이 걸려 있다. 사진이 포착한 시점은 공연이 아니라 연설 시점이었기 때문에, 이러한 장식이 가능했다

---

15) 『조선실업』(26), 1907년 8월 참조.

고 여겨지지만, 이러한 극장의 구조는 사실 서양의 그것과는 다소 차
이를 보이는 것이라고 해야 한다.

이제 시선을 돌려, 다른 발굴 자료를 살펴보자. 아래 사진은 무대 하
수(객석에서 바라본 무대 왼쪽)에서 상수 방향(객석에서 바라본 무대
오른쪽) 객석(후면 모퉁이)을 바라본 정경을 담고 있다. 당시 공연에
서는 단체 관람한 기생들이 객석에서 들어섰기 때문에, 객석을 채운
관객 대부분은 기생일 수밖에 없었다.

부산좌 상수(편) 객석 광경[16)]

위 사진은 1915년 부산좌를 단체 관람한 기생들의 모습을 포착한
사진이다. 객석에는 기생들이 앉아 있는데(부산좌의 객석 구조는 방
석을 깔고 앉는 방식), 좌우로 앉은 기생들의 숫자는 약 20여 명이다.
그리고 이러한 좌우 열이 15~20 줄로 배치되어 있다. 그러니 위 사진
에만 1층 객석에 300~400명 정도의 인원이 수용된 상태라고 할 수 있
다. 또한 위 사진에 의하면 2층에 객석이 존재했고, 비록 포착된 2층
객석이 여유로운 좌석이라고 할지라도, 양 옆으로 100~200석 규모의

---

16) 「녹정 예창기의 부산좌 총견[總見](단체관람)」, 『釜山日報』, 1915년 8월 9일, 3면.

관객은 충분히 수용할 정도로 여겨진다. 객석 뒤편이 이보다 훨씬 조밀하다고 할 때, 적어도 1층 정도의 관객을 수용할 수 있는 규모로 예상된다.

홍영철은 『조선실업』 자료를 바탕으로, 객석 무대 정면이 99석, 좌우측이 225석으로 총 입장 가능한 객석이 1540석에 이른다고 기술하고 있다.[17] 이러한 추정은 얼추 비슷할 것으로 여겨진다. 왜냐하면 위의 사진이 증거 하는 객석(주로 1층) 규모와 아래 사진이 보여주는 2층 객석의 규모를 감안하면, 부산좌가 1000석 이상의 대극장 규모를 갖추고 있었다는 점은 의심의 여지가 없어 보인다.

이를 보다 면밀하게 관찰하기 위해서, 부산좌의 객석을 포착한 사진을 살펴보자. 부산좌의 극장 입구는 무대 반대편에 있었고, 입구 위쪽으로는 객석 2층이 자리 잡고 있었다. 극장 객석에는 만국기를 비롯하여 각종 깃발이 걸려 있었고, 아래로 내려뜨려 공간의 안온한 느낌을 강조하려고 했다.

부산좌에서 열린 행사 광경[18]

17) 홍영철, 『부산극장사』, 부산포, 2014, 80~81면.

위 사진은 부산좌의 2층 객석을 보여준다. 당초 예상보다 넓은 면적을 차지하고 있고, 높이 역시 상당하여 적지 않은 관객들이 2층에서 관극을 했을 가능성을 제기할 수 있다. 전체적으로 천정이 높은 편이고, 천정에 깃발(국기)을 게양할 수 있을 정도로 편의 시설을 갖추고 있었다.

부산좌는 전체적으로 안온한 분위기와 인상을 창출하는 극장이었다. 무대 전면은 고풍스럽고 또 정교한 편이었으며, 화도와 악사석은 가지런하고 아늑하게 축조되어 있었다. 객석 역시 상당한 크기를 지니면서도, 무대 가까운 객석은 특별석으로, 출입구 방향 객석은 상당한 숫자의 객석으로 분리되어 배치되었다. 이로 인해 다양한 취향의 관객을 수용할 수 있고, 객석에 맞는 수입(입장료)을 책정할 수 있는 기반 시설이 마련될 수 있었다.

3.3. 화려한 외관으로 주목받은 극장 상생관

1920년대 부산좌에 비견되는 화려한 외관으로, 세인의 주목을 받은 극장이 상생관이었다.

세간에 널리 알려진 상생관의 외양은 주로 다음 사진으로 확인되고 있다. 출입구의 질서정연한 광고판이 돋보이는 이 사진은, 1920년대 중반 개축된 상생관이 새롭게 획득한 외관으로 보인다(1925년 이전 사진이 부재하여 과거 외관을 확실하게 재구하기는 어렵다).

---

18) 「환희의 소리로 가득 찬 본사 10주년 축하회 : 아름답게 그린 부산좌의 장식, 흥미를 돋구는 여흥 여러 가지」, 『釜山日報』, 1917년 4월 5일, 7면.

상생관 전경[19]

　홍영철은 상생관의 외관이 미학적으로 탁월하다고 상찬한 바 있지만, 엄밀한 의미에서 상생관은 아름다운 극장이기보다는 기능적인 극장에 가깝다고 해야 한다. 입구의 크기와 좌편 가두 광고판, 그리고 극장 입구 위로 내걸린 간판(선전)들이 이를 말해 준다. 이를 위해서 상생관과 관련된 부산 극장들을 미학적으로 비교할 필요가 있다.

좌) 정면 좌측에서 본 부산좌 정경[20]　　　우) 정면 풍경이 부각된 보래관 정경[21]

19) 『부산향토문화전자대전』, http://terms.naver.com
20) 「부산좌」, 『부산일보』, 2009년 6월 30일, http://news20.busan.com/controller/
　　newsController.jsp?newsId=20090629000193
21) 「보래관」, 『NAVER 지식백과』, https://terms.naver.com/entry.nhn?docId=177561

부산의 극장들은 아름다운 건축양식으로 일찍부터 인정받고 있다. 부산좌는 3층의 화려한 외관과 우아한 건축 양식이 특징적이고, 보래관은 1층 상가를 거느리고 있으면서도 길모퉁이를 안정적으로 장악한 인상이 특징적이다. 부산좌는 높이를 증대할 수 있는 건축 양식을 전면에 부각했다면, 보래관은 넓이의 측면에서 그 효과를 극대화할 수 있는 방안을 모색하였다. 그래서 보래관은 관련 인파의 흡수와 관련 광고 효과의 증대를 목적으로 꾀했고, 부산좌는 해당 공간을 즐기고 감상할 수 있는 여유를 제공하는 데에 일정한 심력을 기울였다고 해야 한다.

부산의 극장들은 자신들이 위치한 지역의 특성과 경영 목표에 맞게 극장의 외관을 다듬고 이를 효과적으로 드러낼 수 있는 방안을 모색하고 있었다. 이러한 모색이 부산 영화가의 미적 특성과 개성을 더욱 북돋울 수 있는 긍정적 요인으로 작용했다. 따라서 이러한 외관의 차이와 다양화는 결국 그 뒤에 담겨 있는 경영 전략과 운영 정책을 보여준다고 해도 과언이 아닐 것이다.

0&cid=49330&categoryId=49330

4. 부산 극장가의 분포와 전체 지형

4.1. 부산 극장가의 기원과 구성

일제 강점기 부산(일본 전관 거류지)의 기본 구획(도)부터 살펴보자.

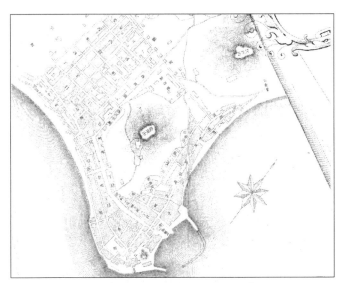

일본 전관 거류지로서의 부산 행정 구역[1]

전관 거류지 행정 구획(도)에 따르면, 용두산을 둘러싼 일본 전관 거류지로서의 부산(현재의 동구와 중구)은 크게 7~8개의 행정 구역으로 나눌 수 있다. 일단 지도의 오른쪽 상단부터 '북빈정', '본정', '상반관'으로 명칭이 부여되어 있었다(용두산 동쪽). 북빈정은 현재의 좌천동 일대로 향하는 부산역 북쪽(영주동 일대)에 해당하는 구역이고, 본정은 부산역(자리)을 지나 영사관까지의 해안도로를 중심으로 펼쳐져 있었으며, 그리고 본정의 안쪽(용두산 인접 구역으로)으로 상반정이 자리 잡고 있었다. 영사관을 기점으로 좌측 상단 방향으로 네 개정도의 행정 구역이 구획되어 있는데(용두산 남쪽), 차례로 '금평정', '변천정', '행정', '남빈정'이 그것이다. 금평정이 용두산에 인접한 구역이고, 남빈정이 해안가에 근접한 구역이었다. 마지막으로 용두산에서 좌측 방향(용두산 서쪽)으로 펼쳐진 제법 넓은 공지 위에 '서정'과 '부평정'이 배정되어 있었다.

이러한 구역 배치는 1910년대 이후 일제 강점기에 들어서도 그 개략적인 형해는 그대로 유지되었다. 영사관이 부청이 되고, 그 전면에서 본정이 들어오는 변화를 제외한다면, 행정 구역상의 두드러진 변화는 그야말로 미미했다고 보아야 한다. 부산의 영화가로 불렸던 극장가는 변천정(변천좌에서 상생관으로 변모)에서 시작하여 행정과 남빈정을 거쳐 부평정으로 이어지는 주도로를 따라 집중되었다.

변천좌가 있었던 시절에는 해당 구역의 행정 구역이 변천정이었고, 이후 변천좌는 상생관으로 바뀌는데 변경 시점에서의 행정구역은 본

---

1) 「경부철도 한국경성전도(부산일본거류지)」, 김기혁 편, 『부산 고지도』, 부산광역시, 2008. 249면에서 재인용.

정이었다.[2] 행정 1정목, 그러니까 현재의 남포동과 광복동의 시작 지점에 행관(행좌의 후신)이 자리 잡고 있었고,[3] 보래관은 행정과 남빈정을 가르는 도로(주요 도로)에 면하고 있었다. 보래관은 행정 구역상으로는 행정(2정목)에 신축되었지만,[4] 그 위치는 실상 남빈정 3정목과도 맞닿아 있는 위치였다. 이러한 보래관 인근에 태평관이 자리 잡고 있었고, 훗날 행관의 후신 격인 소화관이 이전하기도 했다. 소화관은 보래관과 마주한 구역에 설립되는데, 이로 인해 행정구역이 남빈정과 행정(남빈정에서 행정으로 유동)을 오가는 형세를 겪게 된다.[5]

이러한 변화들은 극장들의 위치 이전과 신축 과정을 겪으면서 다소 혼란스러운 양상을 보이지만, 결과적으로는 다음과 같은 틀을 형성하며 그 개략적인 구도를 완성하게 된다.

1910년대 말에 작성된 다음 지도를 보면, 가장 왼쪽으로 펼쳐진 부평정에 부산좌가 위치하고, 그 아래 좌측 끝에 대흑좌가 위치하고 있다. 대흑좌에서 해안도로를 따라 오른쪽으로 이동하면 남반정을 마주본 행정에 보래관, 더 오른쪽 행정에는 행관이 자리 잡고 있으며, 더 오른쪽으로 이동하면 상생관이 위치하고 있다. 대흑좌 – 보래관 – 행관 – 상생관 라인이 이후 더욱 융성해지고 1930년대에 영화가라는 호칭까지 얻는 부산 극장가이다. 이 극장가를 중심으로 욱관, 태평관, 소

---

2) 「본정 1정목 상생관[相生館] 개관식 ; 오는 31일 거행」, 『釜山日報』, 1916년 10월 25일, 7면 ; 홍영철, 『부산극장사』, 부산포, 2014, 136면.

3) 「조선 제일이라고 자랑하는 활동상설관 : 부산 행관의 신축」, 『釜山日報』, 1915년 10월 25일, 3면.

4) 「보래관[寶來館] 신축」, 『釜山日報』, 1916년 9월 29일, 7면.

5) 「압세자살(壓世自殺) 양건(兩件)」, 『동아일보』, 1934년 5월 10일, 5면 ; 「협박장(脅迫狀)으로 금품 강요」, 『동아일보』, 1938년 4월 10일, 3면 ; 「관극중(觀劇中) 대금(大金) 유실」, 『동아일보』, 1938년 9월 9일, 3면.

화관 등이 위치하게 된다.

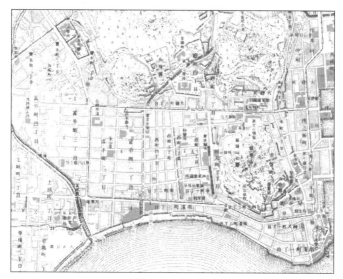

1919년(대정 8년) 간행 부산부 지도

　대생좌(그 전신은 중앙극장)은 이러한 메인 극장가(영화가)와 다소 떨어진 지역에 위치했다. 지도의 오른쪽 상단으로 더 나아가면 초량정(현재의 초량동) 근처에 공동시장(共同市場)이 자리 잡고 있는데, 그 입구에 위치한 극장이 초량좌였고, 그 맞은편에 위치한 극장이 대생좌(최초 중앙극장)이었다.

　이렇게 형성되기 시작한 부산의 극장가는 1930년대에 들어서면 본격적인 영화가로 확고한 위치를 점유한다. 1920~30년대 부산의 극장가는 크게 다섯 개의 구역으로 나눌 수 있었다. 행관이 위치했던 구역은 상권이 가장 집중되어 있었던 곳으로, 일찍부터 행좌와 송정좌 등이 자리 잡고 있었던 교통과 상업의 요지였다. 행관이 행좌의 후신이라고 할 때, 행관은 상권과 교통을 장악한 구역의 대표 극장이었다고 해야 한다.

다음으로, 변천정 혹은 본정 일대를 대표하는 극장은 상생관(변천 좌의 후신)이었다. 이 지역은 관공서와 유동 인구로 인해 일종의 정계 1번지와 같은 상징성을 지니는 공간이었다. 상업 지역의 밀집도는 남 빈정이나 행정에 비해 떨어지지만, 관공 시설과 상징성에서 부산 극 장가의 또 다른 중심이라고 할 수 있다.

세 번째 구역은 보래관을 중심으로 한 상권 외곽 지대이다. 1930년 대가 되면 이 지역도 더 큰 상권으로 편입되면서 장수통 일대의 거대 상권의 일익을 담당하지만, 1920년대만 해도 상권의 중심에서 다소 떨어져 있는 인상이었다.

네 번째 구역은 부산좌를 중심으로 한 부평정 일대이다. 부평정 일 대는 상권과는 다소 떨어져 있는 지역인 것은 분명했지만, 부귀좌나 부산좌는 이 지역에 설립된 극장이었다. 특히 부산좌는 1910년대와 1920년 초반 각광받는 극장이었지만, 1923년 화재로 전소되면서 그 실체가 사라지는 비운을 겪었다.[6] 1930년대에 들어서면 이 네 번째 구역은 실질적으로 사라진다고 해야 한다.

다섯 번째 구역은 초량 일대이다. 초량 일대에는 부산좌를 부흥시 키려 했던 大池忠助가 대신 축조한 (부산)중앙극장이 위치하고 있었 다. 전통적인 상권과는 거리가 있지만, 조선인 밀집 구역이라는 장점 이 있어 滿生峰次郎 가문에 의해 인수되어 대생좌라는 극장으로 거듭 나기도 한다.

---

6) 「부산시에 대화재(大火災)」, 『동아일보』, 1923년 3월 23일, 3면.

이러한 다섯 지역 중에서 보래관 지역은 1920~30년대 부상하는 구역이었다. 보래관 자체가 변신을 거듭하면서 3대 상설영화관으로서의 입지를 굳혔고, 이웃에 존재했던 욱관이나 태평관도 일정한 힘을 실어주었기 때문이다. 여기에 행관의 후신 격인 소화관이 이전하면서 주요한 극장들이 밀집하는 시너지 효과를 파생시켰다.

앞에서도 말한 대로, 행관의 전소와 새로운 소화관의 탄생은 이러한 측면에서는 부산 극장가의 새로운 이동을 발생시켰고, 대형극장을 향한 암묵적인 열망이 존재한다는 사실을 상기시켰다. 극장가의 경쟁이 가중되고, 제각각 자신의 역할이 결정되면서, 어쩌면 극장들은 자신의 임무와 분포를 스스로 결정해야 하는 상황을 인지한 것으로 보인다. 그것은 새로운 시너지 효과를 향한 극장가의 자연스러운 선택이었다고 해도 과언이 아닐 것이다.

이러한 극장 중에서 일부를 부연 설명해 보자. 부산 최초의 극장은 행좌로 공인되고 있는 실정이다. 적어도 지금까지는 그러한데, 이러한 행좌가 행관이 되는 현상은 여러모로 주목된다. 특히 행좌에서 행관으로 이전하는 시점에서[7] 두 가지 측면이 주목된다. 첫째, 이러한 변화가 일어나는 시점이다. 전술한 대로 1910년대 중반, 특히 1914~1916년에 이르는 시점은 부산 극장가가 크게 요동치는 시점이다. '낭화절(浪花節) 상설관'이었던 변천좌(辨天座)가 '상생관'으로 변모하는 시점이 1916년(10월 31일 개관)이었고,[8] '기석(寄席)' 보래관

---

7) 「조선 제일이라고 자랑하는 활동상설관 : 부산 행관의 신축」, 『釜山日報』, 1915년 10월 25일, 3면.

8) 「본정 1정목 상생관[相生館] 개관식 : 오는 31일 거행」, 『釜山日報』, 1916년 10월 25일, 7면.

역시 1916년 9월 신축을 시작하여 12월에 준공되면서 상설활동사진
관으로 그 면모를 일신한 시점이 이 무렵이었다.[9]

'3관의 명화'로 소개된 보래관/상생관/행관과 각각의 상영 영화[10]
(세 극장 상영 영화 스틸 사진이 게재되어 있고, 각 영화의 개요가 소개되어 있다.)

　이 세 극장은 1920년대 부산 극장가를 대표하는 '활동(영화) 상설
관'으로 이름이 높았으며,[11] 매우 높은 관객 점유율로 여타 극장을 압
도한 대표적인 영화상설관이라고 할 수 있다.[12] 이러한 극장(들)이
1915~1916년 무렵에 일제히 영화관으로 변신을 도모했던 것이다. 따
라서 이러한 극장들이 대대적으로 극장 변화를 선언(공표)한 1910년
대 중반은 주목되는 시기가 아닐 수 없다.

---

9)「보래관[寶來館] 신축」,『釜山日報』, 1916년 9월 29일, 7면 ;「보래관[寶來館]의 준
　공」,『釜山日報』, 1916년 12월 27일, 5면.

10)「3관의 명화」,『釜山日報』, 1925년 9월 4일, 4면

11) 1920년대『부산일보』에는 '3관의 명화'라는 제명으로, '보래관', '상생관' 그리고
　'행관'의 영화 소개를 위한 지면이 별도로 할애되기도 했다(「3관의 명화」,『釜山日
　報』, 1925년 9월 4일, 4면). 이러한 주목은 1920년대 내내 유지되었다(「키네마 ;
　행관, 상생관, 보래관의 상영소식」,『釜山日報』, 1925년 11월 19일, 7면 ;「영화계 ;
　보래관, 행관, 상생관」,『釜山日報』, 1930년 7월 4일, 4면).

12) 세 극장은 경쟁 관계에 있었다는 점에서도 이 시기 부산을 대표하는 극장이라고
　할 수 있다(「연예풍[演藝風] 부록 ; 행관, 상생관, 생구일좌, 동양좌」,『釜山日報』,
　1917년 2월 5일, 3면).

실제로 이러한 사례는 더 찾을 수 있는데 대표적인 경우가 욱관(旭館)이다. 1912년 9월에 개관한 욱관은 부산 내에서 가장 먼저 활동사진관을 표방한 극장이었지만,[13] 1916년 화재로 소실되자 재건축 모델로 행관을 선택할 정도로[14] 당시 행관의 행보는 파격적이었다. 욱관은 이미 1914년에 상설관을 표방한 극장이었지만,[15] 1915년 행좌의 개축과 행관의 탄생을 목격한 이후에는 더욱 확고하게 영화상설관으로의 경영 논리를 강화한 조치였다고 볼 수 있다. 비록 화재라는 사고가 개입하기는 했지만 사고 후에도 영화상설관의 위상을 포기하지 않았던 점을 감안한다면, 욱관 역시 1915~1916년경에 활동상설관으로서의 경영 체제를 재천명한 사례에 포함될 수 있겠다. 이렇듯 부산 최초의 영화상설관마저 1916년 이후의 행관의 위상과 비중에 동참해야 할 정도로, 행관의 변화는 주목되는 변화였다고 해야 한다.

상생관으로 변모하기 이전의 변천좌는 '낭화절'이라는 일본 전통 연희를 공연하는 극장이었고, 보래관은 '기석'이 의미하듯 "재담·만담·야담 등을 공연하는 대중 연예장"의 형식을 담보하고 있었다. 행좌 역시 각종 행사와 무대 연극 그리고 일본 대중문화가 시행되는 극장이었다가(행좌에서는 활동사진이 상영되기도 했다), 결국에는 신축되어 행관이라는 근대식 영화관으로서의 면모를 담보하게 되었다.

이러한 변화는 1910년대 중반에 집중적으로 일어나는데 이를 통해 부산의 전통적인 극장을 영화관(활동상설관)으로 변화시키는 근원적

---

13) 개관 당시에는 연극 극장으로 출발했지만, 일단 1914년 영화활동상설관으로 변모했다.
14) 「활동사진상설관 욱관[旭關] 재건축 : 행관[幸館] 이상을 건축」, 『釜山日報』, 1916년 4월 28일, 5면.
15) 홍영철, 『부산극장사』, 부산포, 2014, 103면.

인 동력이 작동했음을 확인할 수 있다. 행좌의 경우에는 노후화와 시설 개선이 그 이유에 포함될 수 있다. 즉 19세기 후반에 이미 부산(지금의 남포동과 자갈치 시장 일대)은 일본전관거류지(日本專管居留地)로 조차되었기 때문에, 부산 거주 일본인을 위한 극장 시설이 설비되었을 것으로 여겨진다. 이러한 설비로 인해 극장의 내구성이 다하는 시간대가 1910년대에 도래했을 가능성을 상정할 수 있다. 즉 1910년대는 극장의 교체해야 하는 시점에 해당한다는 뜻이다.

더구나 1910년 경술국치 이후에 부산을 비롯한 조선 전 영토는 일본의 식민지로 전락했다. 일본인들은 조계지에서 제한적으로 살아야 했던 지난 시간을 떨치고 일어나, 조선의 전역을 자신의 땅으로 삼을 수 있었다. 이주자들이 늘어났고 사업 분야도 확산되었다. 인구 증가와 자본/유통의 확대는 결과적으로 유흥/오락 시설로서의 극장(업)의 활기를 가져왔다. 1910년대 한일합방은 일본인들에게는 조선에서의 사업(이 연구에서는 극장업)에 매진할 수 있는 호기를 가져왔다.

문제는 일찍부터 일본인 거류(조차) 지역이었던 부산에는 극장가가 형성될 정도로 '일류 극장'이 많았으며, 극장 증가 추세는 1920~30년대를 지나서도 좀처럼 줄어들지 않았다는 점이다. 결국 극장주들은 기존의 극장과 차별화되는 극장을 지어야 했고, 상생관이나 보래관처럼 다른 극장과 분별되는 극장 건립에 나설 수밖에 없었다.

그리고 이러한 극장의 개성은 점차 건물 외관으로까지 확대되기에 이르렀다.

상생관 전경[16]   정면 풍경이 부각된 보래관 정경[17]

　행좌에서 행관으로 변모하는 이유 역시 기본적으로는 이러한 극장
들의 변화 요인과 크게 다르지 않았다. 그것은 외적으로는 극장의 개
축이었고, 내적으로는 극장 운영 방식(경영 방침)의 변화를 동반하고
있었다. 외형적으로 볼 때, 행관이 되는 과정에서 재건축이 필요했던
이유는 기존의 낡은 시설을 교체하는 과정에서 불가피한 사안이었다
고 판단된다. 대신 행좌를 허문 자리에 행관을 다시 지어 그 연속성을
이어갔고, 행좌만큼 도전적인 포부로 발성영화 상영을 시도했던 것이
다. 발성영화의 도래는 다른 극장들을 긴장시키지 않을 도리가 없었
고, 영화상설관 보래관과 상생관의 탄생을 부추길 수 있었다.

　하지만 동시에 이 시기 극장(주)들 사이에는 스스로 변모해야 한다
는 당위성도 통용되고 있었다고 보아야 한다. 가장 두드러진 이유는
영화라는 매체의 급상승과 이를 염원하는 관객들의 요구였다고 해야
한다. 특히 행좌가 행관으로 변모하면서 발성영화를 향한 갈망은 우
선적으로 달성해야 할 목표로 상정되었다.

---

16) 『부산향토문화전자대전』, http://terms.naver.com
17) 「보래관」, 『NAVER 지식백과』, https://terms.naver.com/entry.nhn?docId=177561
　　0&cid=49330&categoryId=49330

4.2. 행관 중심의 극장가 구역

행관의 전신이었던 행좌는 부산부 행정 1정목에 위치한 극장이었다.[18] 행좌는 노후된 시설을 개선할 목적으로 개축되었고 그 결과 새로운 극장 행관이 탄생하였다. 그러니 행관의 주소는 행좌의 주소와 기본적으로 동일할 수밖에 없다. 다만 1918년 그리고 1930년 시점에서 행관 주소를 남빈정으로 표기하는 기사가 나타나기도 했다.[19] 이러한 인식 변화는 1920~30년대를 거치면서 실제적인 주소 변경으로 확인된다.[20]

건립 이후 행관은 1910~20년대 부산을 대표하는 영화상설관으로 운영되었으며, 당시에는 부산 주민들에게 '3대 영화관' 중 하나로 공인되었다.[21] 행관의 마지막은 화재와 관련된다. 1930년대 이 지역에 화재가 발생했고, 인근 지역을 광범위하게 전소시키는 사건이 발생했다. 이때 화재 발생 지역의 행정 구역은 남빈정으로 기록된 바 있다. 이 화재로 인해 행관과 주변 건물까지 전소되고 말았다. 그런데 이 화재의 발화지는 행관이었다. 기사 中村三郎이 필름저장소에서 필름을 다루는 과정에서 전등불이 옮겨붙으며 화재가 일어난 것이다.

---

18) 「조선 제일이라고 자랑하는 활동상설관 : 부산 행관의 신축」, 『釜山日報』, 1915년 10월 25일, 3면.
19) 「철도종사원의 위안회 : 행관에서 개최」, 『釜山日報』, 1918년 2월 13일, 4면 : 「부산 남빈정에 대화(大火) 행관(幸館) 전소 3호 반소」, 『동아일보』, 1930년 11월 12일, 3면.
20) 행관을 중심으로 한 부산 극장가의 특성에 대해서는 전반적으로 다음의 글을 참조했다(김남석, 「영화상설관 행관(幸館)의 신축과 운영으로 살펴 본 부산 극장가의 변전과 그 의미 연구」, 『항도부산』(38), 부산시사편찬위원회, 2019, 325~362면).
21) 「가을바람의 중심에 서서 (1) 부산 키네마 작품 희활극[喜活劇] 〈부서진 협정〉」, 『釜山日報』, 1928년 10월 5일, 6면.

이 화재는 행관을 전소시키고, 그 인근에 위치한 행관 사주 櫻庭(藤夫) 집(사택)과 일본 요리집 '梅家(우메노야)'와 '히로갓스' 등 총 세 채의 집을 반소시켰다. 특히 이 불은 행관 건물 전체를 전소시켰고, 피해 대상에는 필름뿐 아니라 영사 기계나 비품 등도 포함되었다. 총 피해액은 20여 만 원에 달했고, 이 화재로 행관 일대, 즉 남빈정이나 변천정에 전기의 공급이 중단되는 사태도 발생했다. 이때의 혼란은 '암흑천지'로 묘사될 정도로, 당시 부산 지역민은 일대 혼란을 경험해야 했다. 행관 한 극장이 가져온 피해가 엄청났다고 보아야 한다.[22]

행좌의 위치를 보여주는 변천정/남빈정/행정 일대 지도(대정 8년, 1919년)

위 지도는 이러한 피해 상황이 일어나게 된 배경을 분명하게 확인하도록 해준다. 행관은 부산의 극장가가 집중된 구역 도로 변에 인접한 극장이었다. 이 도로는 부산역으로 이어지는 주도로인데, 변천정-

22) 사고 경위와 피해 상황에 대해서는 다음의 기사를 참조했다(「부산 남빈정에 대화(大火) 행관(幸舘) 전소 3호 반소」, 『동아일보』, 1930년 11월 12일, 3면).

남빈정-행정을 관통하면서 상생관(변천좌의 후신, 변천정 혹은 금평
정 소재, 지도 우측)-행관(남빈정 2정목 소재, 지도 중앙)-보래관(행
정 1정목 소재, 지도 좌측)을 지나고 있다.

세 극장은 1910년대 중반부터 1920년대까지 부산의 극장가를 대표
하는 극장이었다. 이중에서 행관이 전소된 이후에는 그 역할을 소화관
이 맡은 바 있다. 그러니까 당시 언론과 지역민들은 부산의 핵심 극장이
밀집된 지역과 그 지역을 관통하는 도로(유형/무형의 의미에서)를 부
산의 극장가(혹은 영화가)라고 불렀다. 이후의 지역적 관점과 역사적
연원을 동원해도, 그렇게 지칭될 만한 여지는 충분했다고 볼 수 있다.

일제 강점기 이 거리(극장가를 이루는 남빈정과 장수통 그리고 행
정 일대)는 일본인 상권이 차지한 곳으로, 일본인 거류민과 일반 거주
민을 위한 극장 시설이 집중된 곳이기도 했다. 주도로에는 전차가 운
행했고, 상가와 건물이 늘어서 있었으며, 부청으로 대변되는 관공서
거리부터 유동 인구가 상대적으로 많았던 지역이었다. 그러니 이 지
역은 유효 관객으로 전환될 수 있는 잠재 관객을 다수 포함하고 있는
지역이라고 할 수 있겠다.

특히 화재로 참담한 피해를 입은 사건에서도 확인되는 것처럼, 이
지역에는 건물이 밀집되어 있었다. 화재 기사에서도 언급된 梅家나
'히로갓스' 같은 상점은 이러한 밀집된 건물 배치를 보여주는 시설이
다. 다음에 인용되는 사진은 행정의 건물들이 밀집해 있었다는 사실
을 기본적으로 확인시킨다. 아래 우측 사진은 불타고 있는 행관 일대
의 광경을 담고 있는데, 해당 사진 속에서 행관의 모습이 담겨 있다.
게다가 다음(좌측) 지도와 관련 기사를 참조하면, 당시 행관의 지리
적/물리적 입지를 구체적으로 확인할 수 있다.

행관의 위치와 주변 환경[23]   행관 일대의 화재 장면(사진)[24]

당시 동일 화재를 다룬『부산일보』기사를 참조하면, 해당 화재는
행관에서 발생했으며, 이로 인해 주변 건물 7동 12호가 전소되었고, 1
동 1호가 반소되는 참상이 벌어졌다.[25] 더구나 이 화재는 영사 도중에
발생했기 때문에, 명백하게 행관의 문제로 기록될 수밖에 없었다.

위의 지도에 따르면, 행관의 '입구'와 마주 보는 길 건너편에 국지의
원(菊地医院, 혹은 국지병원)이 위치하고 있었다. 또한 행관 인근에는
'주가(밀주가)'도 자리 잡고 있었다. 그러니 행관 주변에 일반 상점이
밀집해 있었다는 사실은 증빙된다고 하겠다. 이밖에 관조각(觀潮閣)이
나 권번 등이 주변에 자리잡고 있었고,[26] 근처에는 부립병원도 있었다.

남빈정 관조각은 1928년에 화려하게 등장한 명소로,[27] 1928~1930

23) 「부산 은좌[銀座]의 번화가 맹화에 휩싸여 ; 앵정[櫻庭]상회 영화창고에서 발화 8
동 13호를 태우다, 10일 밤 남빈정[南瀕町] 근처 대화재」,『釜山日報』, 1930년 11
월 12일, 4면.
24) 「부산 은좌[銀座]의 번화가 맹화에 휩싸여 ; 앵정[櫻庭]상회 영화창고에서 발화 8
동 13호를 태우다, 10일 밤 남빈정[南瀕町] 근처 대화재」,『釜山日報』, 1930년 11
월 12일, 4면.
25) 「부산 은좌[銀座]의 번화가 맹화에 휩싸여 ; 앵정[櫻庭]상회 영화창고에서 발화 8
동 13호를 태우다, 10일 밤 남빈정[南瀕町] 근처 대화재」,『釜山日報』, 1930년 11
월 12일, 4면.
26) 「부립병원에서도 환자가 허둥대다 용두산 뒤쪽으로 피난국지[菊池]병원도 위험
에 처하다」,『釜山日報』, 1930년 11월 12일, 4면.
27) 「방천각[芳千閣]의 부흥 ; 관조각[觀潮閣] 화려하게 개업」,『釜山日報』, 1928년 5

년에 이곳에서는 사은회,[28] 번영회,[29] 송별회[30] 등이 활발하게 개최된
바 있다. 변천정에 위치한 부립병원은 1915년 8만여 명의 환자가 치
료를 받을 정도로 각광 받는 의료기관이었다.[31] 화재로 인해 부립병원
환자들이 대피하는 소동이 일어나기도 했다. 국지병원도 화재 지역에
근접한 위치에 있는 건물이었기 때문에, 심각한 위기에서 마냥 자유
롭지 못했다.

　지도 하단부에 표기된 '장수통(長水通)'은 1930년대 부산 최대의
번화가(중심지대)로 꼽히는 지역으로,[32] 흔히 부산의 은좌(銀座)로 불
리는 곳이었다.[33] 일제 강점기 장수통은 훗날 '광복동'으로 변경되는
데,[34] 1930년대 당시에도 야시(夜市)로 이름이 높았던 상가였다.[35] 더
구나 장수통은 일반 차량과 전차 그리고 행인이 모두 지나는 교통의
요지로,[36] 전차 복선(화)을 추진할 때 가장 논란이 되었던 지역이기도
하다.[37] 행인들이 다치는 사고나, 전차와 자동차의 교통사고가 빈번할
정도로, 장수통은 유동 인구가 많았던 지역이었다.

월 10일, 4면.
28) 「봉브도이[蜂ブドー] 사은회 ; 관조각[觀潮閣]에서 성대한 연회」, 『釜山日報』, 1928년 10월 5일, 6면.
29) 「부산번영회 예회[例會], 25일 저녁 관조각[觀潮閣]에서 열리다」, 『釜山日報』, 1929년 4월 23일, 3면.
30) 「서원송별회 관조각[觀潮閣]에서」, 『釜山日報』, 1930년 7월 5일, 4면.
31) 「8만여의 환자 : 작년(1915) 중의 부립병원」, 『釜山日報』, 1916년 1월 15일, 5면.
32) 「대도시의 부세확장안(府勢擴張案) 11」, 『동아일보』, 1936년 1월 12일, 7면.
33) 「부산 번화가 장수통 재차(諸車) 야간 통행금지」, 『동아일보』, 1939년 5월 7일, 7면.
34) 「근세풍물야화(近世風物夜話) 20 기생」, 『경향신문』, 1974년 9월 23일, 4면.
35) 「대창정(大倉町) 측에서 야시(夜市) 이전 운동」, 『동아일보』, 1934년 11월 19일, 3면.
36) 「질주자동차(疾走自動車) 전차(電車)와 충돌」, 『동아일보』, 1930년 3월 29일, 7면 ; 「전차 충돌로 승객 1명 중상」, 『동아일보』, 1940년 2월 2일, 3면.
37) 「부산의 전차 복선(復線)을 착수」, 『동아일보』, 1932년 8월 25일, 4면.

1930년 행관 화재 당시 장수통에 모인 사람들[38]　　약종가 '대흑남해당(大黑南海堂)
전면 장수통 풍경[39]

　더구나 장수통에는 야시뿐만 아니라, 철물점,[40] 시계점,[41] 양품점,[42] 약방[43] 등이 있었다. 위의 사진은 1930년에 발생한 남빈정 화재 시, 장수통 야시 근처에서 화재 광경을 바라보는 군중들을 포착하고 있다. 이로 인해 이 사진은 야시에 운집한 사람들의 규모를 짐작하도록 만드는 자료 역할을 한다. 상당한 규모의 유동 인구를 상정할 수 있는 광경이 아닐 수 없다.

　당시 행관은 도로로는 장수통과 연계되고, 해안 쪽으로는 상가를 끼고 있는 입지를 보유하고 있었다. 이 시기 해당 지역에서 장수통은 단순 도로 기능을 넘어, 상가 생성과 물자 유통 그리고 인구 이동을 뒷

---

38) 「부산 은좌[銀座]의 번화가 맹화에 휩싸여 ; 앵정[櫻庭]상회 영화창고에서 발화 8동 13호를 태우다, 10일 밤 남빈정[南濱町] 근처 대화재」, 『釜山日報』, 1930년 11월 12일, 4면.
39) 「사진 대흑남해당영업소」, 『동아일보』, 1930년 1월 10일, 5면.
40) 「훈계하는 구장(區長)에게 폭행하려다 피체(被逮)」, 『동아일보』, 1938년 6월 5일, 7면.
41) 「내객(來客)의 백금시계(白金時計)를 '크롬(제)'로 교환 사취」, 『釜山日報』, 1937년 11월 13일, 7면.
42) 「원가육십할폭리(原價六十割暴利) 악덕 상인 적발 부산서 엄중 경고」, 『동아일보』, 1938년 12월 8일, 7면.
43) 「조선의 현관(玄關)에서 약업계의 수부(受附)노릇」, 『동아일보』, 1930년 1월 10일, 5면.

받침하는 주도로의 책무를 맡고 있었다. 행관 입지에서 가장 유리한
점은 장수통을 끼고 있었다는 점이다. 이를 통해 우로는 상생관, 좌로
는 보래관과 경쟁할 수 있는 입지와 이점을 확보할 수 있었다.

다른 각도에서 행관의 입지와 주변 구역을 검토할 필요가 있다. 이
러한 검토 작업에 다음 지도는 유용한 참조점을 제공할 것이다. 아래
지도는 1929년에서 1930년 사이에 발행된 지도로, 상업지구에 속하
는 행관과 그 주변 환경을 이해하는 데에 유용한 정보를 담고 있다.

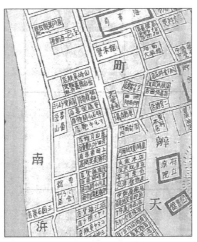

남빈정 일대 지도[44]

위의 지도는 1929~30년에 간행된 부산(부)의 지도로, 편의상 남빈
정 일대를 발췌한 대목이다. 위 지도의 우편에는 (부산)부립병원이 위
치해 있고, 좌편에는 현재의 자갈치 시장 앞 바다에 해당하는 바다가
있었다. 그 사이에 주도로(장수통)가 있고, 그 좌우에 상가들이 밀집

---

44) 「부산부」, 『대일본직업별명세도』, 1929~1930년 간행.

해 있는 형국이었다.

위의 지도는 크게 두 부분으로 나누어 살펴볼 수 있다. 지도(발췌 대목)의 상단에 위치한 보래관(寶來舘)을 중심으로 한 지역과 하단에 위치한 행관을 중심으로 한 지역이 그것이다. 지도상에서 남빈〔南浜町)으로 표시된 부분을 보자. 행관은 남빈정의 핵심에 위치한 극장으로, 바로 옆에는 櫻庭藤夫의 경영 회사인 'サクラバ商會'가 자리 잡고 있다. 이 상회는 남빈정 대화재로 인해 소실된 이후에, '사쿠라바(サクラバ)商事(株)'로 다시 태어났다.[45] 이 사쿠라바상사의 설립일은 1931년이고, 설립 당시의 주소는 남빈정 2정목 22였으며 전무이사가 櫻庭藤夫였다. 이 사쿠라바상사의 행정 주소는 1930년대 행정 2정목 46으로 변화하는데,[46] 회사 자체의 변화가 아닌 행정구역상의 변화로 여겨진다.

사쿠라바상사와 아울러 부산권번도 주목된다. 사실 사쿠라바상사와 부산권번은 櫻庭藤夫라는 일본인 사업가와 관련이 깊은데(櫻庭藤夫 이사 재직), 이 櫻庭藤夫는 행관의 사주이자 소화관(행관 이후)의 경영자로 널리 알려져 있다. 櫻庭藤夫 이외에도 '坂本龜藏'도 두 회사의 이사로 재직한 바 있다.[47] 이와 관련된 내용은 다음의 장에서 구체적으로 논하기로 한다.

위의 지도에서 주목되는 것은 (지도) 하단(부)에서부터 サクラバ

---

45) 中村資良, 『조선은행회사조합요록(朝鮮銀行會社組合要錄)』(1933년 판), 동아경제시보사, 1933.
46) 中村資良, 『조선은행회사조합요록(朝鮮銀行會社組合要錄)』(1935년 판), 동아경제시보사, 1935.
47) 中村資良, 『조선은행회사조합요록(朝鮮銀行會社組合要錄)』(1929년 판), 동아경제시보사, 1929.

商會-행관-부산권번이 이어져 있고(일정한 간격을 두고 사업체가 줄지어 연결되어 있고), 행관 전소 이후 새로운 극장인 소화관이 이러한 선상에 위치한다는 점이다. 보래관 맞은편 공터에 소화관이 자리 잡게 되는데, 櫻庭藤夫는 남빈정을 중심으로 한 해안가에 사업(체) 연쇄 블록을 설정한 셈이다. 그러니까 미래의 소화관과 櫻庭藤夫의 사택까지 포함하면, 櫻庭藤夫와 그의 사업체는 남빈정의 해안가 블록을 타고 존재하고 있었고, 이러한 존재감은 보래관 이후의 넓은 공지가 개발되면서 그 가치와 영향력이 상승하는 결과를 불러왔다.

행관과 길을 마주하고 있는 구역의 상점으로 '하천소간물점(夏川小間物店)', '궁기간□점(宮崎間□店) 등을 꼽을 수 있고, 그 다음 구역에서는 '환금본점'이나 '홍진□물점(弘津□物店)'. '안천약국(安川藥局) 등을 들 수 있으며, 또 다른 이웃 구역에서는 삼중정오복점(三中井吳服店), 굴강잡화점(堀江雜貨店)이나 상전악기점(上田樂器店), 송보과실문점(松浦果實問占) 등을 발견할 수 있다. 보래관 근처에는 부산무진(釜山無盡)(株), 문화당서점, 산기오복점(山崎吳服店), 지전(池田)인쇄소 등도 자리 잡고 있었다.

위의 지도에서 환금본점(丸金本店)은 특히 주목되는 회사이다. 1930년 이전에 설립된 '환금(丸金)' 관련 부산 소재 회사로는 환금주조(丸金酒造)가 유일한데, 이 회사의 본점 주소가 부산부 부평정 1정목 12였다.[48] 1920년대 후반의 주소도 거의 변동을 하지 않고 부평정 1정목 10번지를 유지했다.[49] 환금본점은 이 환금주조의 본점으로 여

---

48) 中村資良, 『조선은행회사조합요록(朝鮮銀行會社組合要錄)』(1921년 판), 동아경제시보사, 1921.
49) 中村資良, 『조선은행회사조합요록(朝鮮銀行會社組合要錄)』(1927년 판), 동아경

겨지며, 1900년대부터 이 일대를 대표하는 회사로 성장한 대표적인 회사였다.

환금본점에서 대각선에 위치한 삼중정오복점은 일본인 中江勝次郎이 설립한 회사로, 대대로 포목상을 계승하던 집안의 유산을 이어받아 조선에 설립한 포목점의 원조 격 회사였다. 1905년 최초 본점은 대구에 설립되었고, 1906년에는 진주에 지점이 설립되었으며, 1911년에는 본점이 경성(본정 1정목 14번지)으로 이전한 바 있다.[50] 1931년 시점 삼중오복점(株)의 경성 본점 주소는 경성부 본정 1정목 45였다.[51] 1920년대에 이미 이 회사의 지점이 부산(부)에도 위치하고 있었던 셈이다.[52] 삼중정오복점은 1922년(1월 24일) "오복(吳服), 잡화 판매 기타 그것에 부대하는 사업을 운영하는 것을 목적"으로 삼는, 자본금 200만원 불입금 150만원의 주식회사로 (재)설립되었으며, 당시 사장으로 中江勝治郎이, 이사로는 西村久治郎, 中江富十郎, 中江準五郎, 山脇五三郎, 奧井和一郎 등이 참여하였다.[53] 삼중정오복점은 경성 본점뿐만 아니라[54] 부산 지점 역시 조선을 대표하는 상점으로 인정되고 있었던 굴지의 사업체였다.[55]

제시보사, 1927.
50) 中江勝次郎과 三中井吳服店에 대해서는 다음의 자료를 참조했다(『실업인명』, 126면 ; 『신사명감』, 249면 ; 한국사데이터베이스 참조).
51) 中村資良, 『조선은행회사조합요록(朝鮮銀行會社組合要錄)』(1931년 판), 동아경제시보사, 1931.
52) 「직공촉전즉사(職工觸電卽死)」, 『동아일보』, 1923년 6월 11일, 3면.
53) 中村資良, 『조선은행회사조합요록(朝鮮銀行會社組合要錄)』(1923년 판), 동아경제시보사, 1923.
54) 「근고(謹告)」, 『동아일보』, 1933년 4월 9일, 2면.
55) 「인환불능(引換不能) 정지시(停止時) 우선변제(優先辨濟)를 규정(規定) 상품권 취체령개정(商品券取締令改正)」, 『동아일보』, 1938년 1월 8일, 4면.

굴강잡화점은 굴강상점(堀江商店)(합자)을 뜻한다. 이 회사는 자본금 2,500원으로 설립된 '메리야스, 모자, 양품' 등의 잡화를 취급했던 회사로, 사장은 堀江優였다.[56] 부산무진 역시 부산을 대표하는 회사로 자본금 100,000원, 불입금 40,000원으로 출발한 금융신탁 관련 회사였다.[57] 부산무진은 보래관과 부산권번 사이에 위치하고 있었다.

이러한 상점과 상사들의 배치와 조합이 의미하는 바는 비교적 명확하다고 해야 한다. 행정(남빈정) 근처에는 이미 각종 회사(상사)를 비롯하여, 주요 상점(잡화점)과 약국이 자리 잡고 있으며 인근에 밀집된 상권이 형성되어 있었다는 점이 그것이다. 남빈정 화재에서도 일부 확인되었듯이, 행관은 이러한 상권을 끼고 자리 잡은 대표적인 영화관이었다. 상권 그 자체만 놓고 본다면, 보래관이나 부산좌 혹은 상생관(본정)도 행관의 핵심 역할에는 도달하지 못하고 있다. 이처럼 행관은 부산부 상권 중에서도 최고의 핵심을 차지한 극장이었고, 그 만큼 극장 운영에는 유리한 요소가 적지 않았다. 경영주 역시 이러한 상권을 활용한 사업체를 구상하고 그 혜택을 수용하려는 의지를 지닌 인물이었기에, 자신이 관여하는 각종 사업(체)를 집중시키는 선택을 감행한 것이다.

이러한 측면에서 행관의 화재는 다시 한번 그 손실 규모를 상기하도록 만든다. 이러한 핵심 상권 지대에서의 화재는 결과적으로 대단한 경제적 손실을 야기했고, 행관의 새로운 건축(화재 대비)을 꿈꾸게 만들었으며, 1930년대 전국 극장 현황을 감안할 때 보다 큰 극장(대극

56) 中村資良, 『조선은행회사조합요록(朝鮮銀行會社組合要錄)』(1929년 판), 동아경제시보사, 1929.
57) 中村資良, 『조선은행회사조합요록(朝鮮銀行會社組合要錄)』(1929년 판), 동아경제시보사, 1929.

장)의 준공을 겨냥하도록 은근히 종용했다. 기존 행관의 부지는 가격이 높고 인근 공터가 작아, 차라리 이를 변경시키는 선택을 고려하도록 만들었다. 그 결과 상권에서는 다소 뒤처지지만, 밀집도가 낮고 그 미래가 밝은 남빈정의 외곽에 소화관을 짓는 결정을 내린 셈이다.

행관의 위치를 현재 지도(2018년)에서 찾아보면 다음과 같다.

과거 행관의 현재 위치[58]

과거 행관의 현재 풍경[59]

지도 위에 '할매(집)회국수'로 지정된 곳이 과거 행관이 위치했던 곳이다. 더 정확하게 비정하면, '할매(집)회국수'와 '서울깍두기' 사이의 좁은 골목에 행관의 터가 위치하고 있다. 현재의 지도에서 나타나듯, 이곳은 상점가가 밀집해 있고, 이른바 '패션거리'로 지칭되는 도로가 인접해 있다. 구도심으로 분류될 수 있는 광복동-남포동 일대는 이른바 상점가와 식당가로 채워져 있으며, 좁은 골목과 유동 인구로 인해 항상 붐비는 곳으로 알려져 있다.

행관이 있었던 지역 남빈정은 남포동과 그 일대로 변모하였다. 장수통 일대는 광복동으로 변모하면서, 현재 부산의 광복-남포동이 형

58) 『네이버 지도』, 2018년 6월 17일 검색.
59) 「부산 영화지도를 그리다 1」, 『부산일보』, 2013년 8월 1일, http://news20.busan.com/controller/newsController.jsp?newsId=20130801000036

성되었다. 위의 지도에는 현재 부산에 남아 있는 극장으로서 '부산극
장', '대영시네마', 'CGV남포' 등을 들고 있다. 행관은 광복동 일대를
관통하는 중심 상권(지금은 2차선 내측 도로로 변경)에 면하여 위치
하고 있었고, 당시의 상권은 1950~80년대까지는 부산 최고의 상권으
로 인정되며 각종 극장과 상점들을 입점시켰다. 지도상에서는 이러한
내측 도로 바깥으로 한 겹의 더 큰 도로가 생겼는데, 이 도로는 현재
지하철과 차량이 주로 운행하는 주도로 역할을 맡고 있다(1990년대
이후 그 의존도는 더욱 커졌다).

  행관은 그 후신 격에 해당하는 소화관과 함께 내측 도로, 즉 과거의
주도로에 면하고 있었고, 그 길 맞은편에 욱관, 보래관, 태평관 등이 자
리 잡고 있으며, 1900년대에는 송정좌 역시 그 자취를 남긴 바 있다. 결
론적으로 과거의 극장가는 현재(2010년대) 부산 남포/광복동의 내측
도로를 끼고 형성되어 있었으며, 그러한 분포는 결과적으로 행좌에서
시작하여 행관을 거쳐 소화관으로 이어지는 한 쪽 라인과 주도로(내측
도로) 건너 욱관-태평관-보래관-송정좌를 건너 결국 이어지는 변천
좌(상생관)의 조합(맞은편 극장 라인)으로 이루어져 있다고 하겠다.

  두 개의 거리 풍경은 그 사이를 메운 숱한 상점과, 다시 그 상점과
극장을 오가는 행인(유동 인구)으로 인해 부산한 풍경을 자아냈으며,
화재와 같은 상황에서 큰 피해를 몰고 올 정도로 집중도가 높았다고
해야 한다. 이러한 극장가의 풍경은 해방 이후 줄곧 부산 극장가의 주
요 풍경으로 자리 잡았으며, 부산국제영화제의 태동과 밀접한 관련을
맺는 부산 영화의 근간이 되었다.

4.3. 행정 1번지의 극장 상생관 중심 구역

1903년 부산부청 일대 그러니까 금평정과 변천정이 속한 행정구역을 살펴보면, 변천좌 시절의 극장 건물은 존립 당시에는 '변천정'에 위치했을 가능성이 매우 높으며,[60] 시간이 흘러 변청정이나 금평정 등의 행정구역이 변모하자 그때에서야 상생관의 주소가 본정으로 변화되었을 가능성도 전면 배제할 수 없다. 그러니까 일제 강점기 어느 시점에서 금평정의 일부가 본정이 되면서, 또한 상생관의 행정 소속이 달라졌던 것으로 볼 여지도 충분하다고 보아야 한다.

1930년대 변천정 일대의 모습[61]

---

60) 마산 수정에 위치한 극장이 수좌라는 명칭을 단 것처럼(「마산동인회 창립은 20일」, 『동아일보』, 1927년 3월 15일, 4면), 1910년대 극장 명칭 중에는 행정구역의 명칭을 딴 극장 명칭이 간헐적으로 나타난다. 사실 한국 연극 도입기에 수좌라는 명칭은 마산뿐만 아니라, 경성, 평양, 신천 등지에도 존재했다(「눈물 연극을 견(見)한 내지(內地) 부인(婦人)의 감상」, 『매일신보』, 1914년 6월 28일, 3면 ; 「현물시장 창립회, 來 15일 수좌(壽座)에서」, 『매일신보』, 1920년 4월 30일, 2면 ; 김의경 · 유인경, 『박노홍의 대중연예사(1)』, 연극과인간, 2008, 293면 ; 「신천(信川)에 극장 수좌(壽座) 낙성식」, 『매일신보』, 1934년 11월 28일, 5면).

61) 『한국사데이터베이스』, http://db.history.go.kr/item/imageViewer.do?levelId =npbs_1932_10_09_w0002_0300

하지만 행정구역의 명칭 변화보다 근본적으로 주목해야 할 점은 상생관(혹은 이전의 변천좌)이 자리 잡고 있는 위치였다. 그러한 위치가 지니고 있는 의미, 즉 부산부 본정(부청 주변)이라는 중심 구역이 지닌 상징성에 집중할 필요가 있다. 그만큼 상생관은 부산의 정치, 사회, 지역의 핵심에 속하는 지역에 위치하고 있었다. 비록 상권은 용두산 공원의 서쪽(지도의 좌측)에 위치한 행정 일대로 확산되는 경향을 보였지만, 행정 1번지로서의 상징성과 자부심은 변함없었다고 해야 한다.

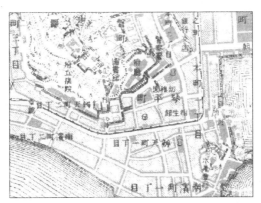

대정 8년(1919년) 본정(1정목)과 남빈정(1정목) 일대

지도 좌측 상단에는 용두산(공원)이 위치하고 있다. 한편, 정상 지점에서 우측 하단으로 산세가 흘러내리면서, 그 경사가 완만해지는 지점(제시된 지도의 중앙부)에 부청이 자리 잡고 있다. 부청은 산을 등지고 바다를 바라보는 위치에 건립되었는데, 그 전면으로 몇 겹의 도로가 건물을 휘감고 있는 형상으로 건설되었다. 우상단으로 수직 상승하는 도로는 '부산역'으로 향하는 주도로였고, 이 도로는 용두산을 감싸면서 현재의 남포동을 지나 송도 방향으로 이어지고 있었다.

이 도로는 당시에는 전차가 다니는 핵심 도로이기도 했다.

이러한 주변 정황을 볼 때 본정은 부청이 있는 핵심 구역이므로, 지도에 표기된 본정 일대의 구역은 '부산역'으로 이어지는 주도로를 끼고 있는 상황을 특기할 수밖에 없다. 상생관은 부청 아래, 즉 부산역에서 부청으로 이어진 도로가 구부러지는 곡각 지점에 위치하고 있으며 상생관 도로 건너편에는 남빈정이 펼쳐져 있다.

이러한 주변 구역 현황(환경)은 상생관이 부산의 극장가에 위치한 극장 중에서도 메인 극장으로 도약한 이유를 지리적 상징성으로 설명한다. 현재의 부산 지도를 참조하면, 이 지역은 '남포동'이나 '자갈치시장' 등으로 흔히 대표되는 구도심의 핵심에 해당한다. 이른바 과거 부산의 중심이었으며, 오래된 극장이 밀집되어 있는 전통 구역이기도 하다. 그것은 조차지(조계지) 혹은 개항장 시절부터 일본인이 이 구역(일본전관거류지(日本專管居留地))을 집중적으로 육성하여, 그들이 원하는 새로운 도심(당시에는)으로 조성했기 때문일 것이다.

이후 남빈정이 더욱 확장되어 바다 방향으로 확대되면서 자갈치 시장이 조성되었고, 기존 용두산 끝자락의 공간(틈새)은 대로와 건물로 뒤덮여서 결국 구시가지의 조건을 더욱 극명하게 완성할 수 있었다. 이러한 지형 변화 속에서도 상생관은 부청으로 대변되는 행정구역의 최정점에 편입된 극장으로, 전반적으로 '행정 1번지'의 성격을 고수하며 번화가의 인구 유동성을 폭넓게 확보한 공연장으로 유지될 수 있었다. 이러한 주변 환경과 극장 위상을 감안하여, 홍영철도 상생관 이전 변천좌의 위치를 "일본 거류지 내 은행가의 중심지"에 위치한 극장

이었다고 품평한 바 있다.[62]

　이러한 지리적 위치를 특정할 수 있는 자료는 당시 상황을 이해하는 데에 도움을 줄 것이다. 위의 지도에서 표시되어 있는 상생관 앞 도로에는 전차가 운행되고 있었다. 이 전차는 상생관 앞을 지나는 대로를 따라 운행했는데, 부산부민들은 이러한 전차를 주요한 교통수단으로 삼은 바 있다.[63] 특히 상생관 앞은 전차가 교차하는 핵심 정거장이 마련되어 있었기 때문에, 상생관의 영업 현황(관객 수)은 결국 전차 노선 조정에도 관여할 정도로 상생관의 지리적 중요성은 컸다고 해야 할 것이다.[64]

상생관 앞 주도로 풍경[65]　　과거 소화관 전경[66]
(1930년대 중후반 이후 정경으로 추정)

---

62) 홍영철, 『부산극장사』, 부산포, 2014, 85면.

63) 「간선전차개통(幹線電車開通)되자 경찰이 운전 정지」, 『동아일보』, 1934년 11월 17일, 5면.

64) 「부산간선로(釜山幹線路)에 전차를 운전」, 『동아일보』, 1934년 11월 15일, 5면.

65) 「간선전차개통(幹線電車開通)되자 경찰이 운전 정지」, 『동아일보』, 1934년 11월 17일, 5면.

66) 홍영철, 『부산극장사』, 부산포, 2014, 182면.

　1932년 실질적인 영업을 시작하며 개관한 소화관은[67] 이러한 주도
로의 중요성을 십분 이해한 극장이었다. 1930년대 들어서면 부산의
극장가는 주도로 서쪽으로 차츰 이동하여 보래관, 태평관 등을 낳았
고, 결과적으로는 1930년대 소화관마저 탄생시켰는데, 이러한 극장
들은 하나 같이 주도로 - 부산역에서 출발하여 본정을 지나(구부러져
서) 행정과 남빈정을 나누며 송도 방면으로 이어지는 부산 교통의 근
간 - 를 끼고 건립되었고, 이 주도로를 중심으로 부산의 극장가는 서
쪽으로 확장되는 추세를 보였다. 심지어는 소화관 등의 주소가 행정
과 남빈정으로 나뉘는 것도 이 도로를 둘러싼 행정구역상의 혼란으로
추정될 정도이다. 그만큼 이 도로는 부산의 중심가를 관통하는 주요
도로였다.

　상생관 - 넓은 의미에서 부산 초기의 극장가 - 은 관공서와 교통의
요지를 차지하고 있었다. 이로 인해 확보할 수 있는 가장 큰 장점은 유
동 인구의 증가와 광고 효과의 증대일 것이다. 그러니까 상생관은 유
동 인구를 유효 관객으로 포섭할 이점을 지니고 있었고, 광고 효과가
커서 많은 이들의 접근 가능성이 매우 높은 극장이었을 것이다. 이것
은 극장주의 입장에서는 중요한 경쟁력이 아닐 수 없었기에, 이후의
많은 극장주들이 이러한 입지를 어떻게든 활용하려 했던 이유가 될
수밖에 없었다.

　상생관은 해방 이후 부산 부민관으로 변모하여, 상당한 기간 동
안 부산 시민이 애호하는 극장으로 운영된 바 있다. 아래 좌측 사진
은 상생관에서 외관 장식이 제거된 건물로 운영되었던 부민관의 모습

---

67) 「폭탄 3용사 소화관[昭和館]에서 상영」, 『釜山日報』, 1932년 3월 14일, 2면.

(1946~1953년)을 포착하고 있다.[68] 아래 우측 사진은 그 상생관이 있던 자리에 현재(2018년) 새로운 건물이 들어선 광경을 담고 있다.

1940~50년대 부민관으로 변모한 상생관[69] 2000년대 상생관의 자리[70]

68) 위의 사진은 1940~50년대 모습으로 판단된다.
69) 홍영철, 『부산극장사』, 부산포, 2014, 140면
70) 상생관은 부민관을 거쳐 폐관 철거되었는데, 그 자리는 현재(2017년) 부산 광복동 롯데백화점 맞은편 건물이다(https://blog.naver.com/tstop?Redirect=Log&logNo=30169996071)

5. 남도의 항구 도시와 항구 도시의 극장들

5.1. 부산의 극장과 극장의 거리

일제 강점기 부산을 대표하는 극장으로 부산좌, 상생관, 보래관, 중앙극장 등을 꼽을 수 있다. 현재 부산 남포동과 자갈치 시장을 중심으로 한, 당시의 본정, 남빈정 일대에는 여러 극장이 분포하고 있어, 일종의 영화의 거리(극장가)를 형성하고 있었는데, 이 중에서도 위의 극장들은 어떠한 방식으로든 부산을 대표하는 극장이라고 할 수 있다.

5.1.1. 부산 극장가의 지각 변동, 행좌에서 행관으로

1910년대부터 본격 조성된 '부산의 극장가(혹은 영화가)'[1]에서는

---

1) 과거 부산의 중심이었던 행정/변천정/남빈정/장수통 등에는 극장들이 들어서기 시작하면서 일종의 극장가(극장 벨트)를 형성하기 시작했다. 이러한 극장가는 1920~30년대를 지나면서 더욱 확산되었고, 결국에는 아름다운 외관을 갖춘 극장들의 거리로 변모하였다(「명장화[明粧化]된 부산의 영화가 ; 보래관과 상생관의 신축, 당당한 3층의 근대 건축미 실현」, 『釜山日報』, 1937년 3월 27일. 3면).

특징적인 몇 가지 현상이 두드러지게 나타났다. 그중 하나가 극장의 신축(증축 혹은 개축 포함) 붐이었는데, 이러한 신축 양상은 흔히 극장의 용도 변경(극장 운영 변경)과 병행되는 것이 일반적인 현상이었다. 즉 기존 극장(대부분 20세기 초에 운영되던 일본식 가부키 극장)을 새롭게 리모델링하거나, 아예 새로운 극장을 지어 변화하는 부산 극장가의 중심으로 부상하고자 하는 경영상의 의도를 강하게 담지하고 있었다. 물론 이러한 움직임은 일본전관거류지에서 버젓한 식민지로 변모한 부산에 대한 일본인들의 상권 장악 의지도 함께 포함되어 있었다.

이러한 극장가의 일신 풍조는 결과적으로는 영화관의 증설과 파급으로 이어졌다. 영화상설관의 증설은 또 다른 특징으로 분류될 수 있을 것이다. 그 이전에 일본전관거류지 부산에 이미 지어졌던 일본인 극장들은 일본 전통연희나 신파극 공연을 위한 무대(대표적인 경우가 화도)를 갖춘 경우가 많았는데, 극장업자들이 이를 영화(활동사진) 관람 조건에 적합하도록 변경하면서, 동시에 극장의 개념을 연극 공연장에서 영화 관람관으로 이전하는 데에 주력하는 인상이었다. 이러한 두 가지 변화는 상호 맞물려 있는 경우가 대부분이었기 때문에, 이러한 변화를 통해 궁극적으로는 극장가의 새로운 변화가 강화되는 인상이었다.

행관은 이러한 변화를 주도한 극장 중 하나로 파악된다. 일본전관거류지 시절 초고의 극장으로 여겨지는 행좌를 과감하게 허물고 신축을 통해 등장한 행관이었기에, 과거의 전통(역사)이 새로운 현실과 접변하는 대목을 상징적으로 보여주는 데에 적합했기 때문이다. 또 하나는 이러한 행관의 변화를 주도한 사주, 즉 迫間房太郎이 부산 극장가를 실질적으로 장악한 5인의 경영자 중 으뜸이었으며, 실제로 다른

일체의 사업체를 통해 부산의 상권과 재력을 독점한 사업가 중 하나
였기 때문이다. 그의 선택(행관의 신축)은 남다른 목표와 의도를 지닌
선택으로 판단될 수밖에 없다.

이렇게 극장가의 새로운 변화를 예고한 행관[2]은 1915년 새롭게 단
장한 이래 다양한 콘텐츠를 상연하는 극장으로 운영되었다. 원칙적으
로는 영화상설관을 표방했지만, 다른 장르의 무대 연행 예술에도 그
자리를 대여하곤 했다. 하지만 기본적으로는 영화상설관으로서의 입
지를 고수하는 데에 주력했다. 그 유력한 증거로 1925년 행관이 구입
한 영사기(2대)를 들 수 있다.[3]

행관은 1917년에도 극장을 새롭게 수리한 흔적이 나타나고 있다.
관련 근거에 따르면 1917년 9월에는 재개관하면서 부활의 피로연을
개최한 바 있는데,[4] 이러한 행사를 통해 수준 높은 극장 이미지를 제
고하기 위해 꾸준히 각종 방안을 모색했음을 확인할 수 있다.

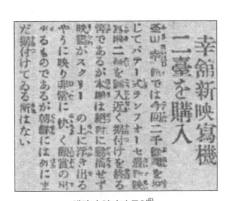

행관 부활 피로연[5] 　　　　　　행관의 영사기 구입[6]

---

2) 다만, 가장 먼저 영화(상설)관으로 변신한 극장은 욱관으로 판단된다.

3) 「행관 신영사기 2대 구입」, 『釜山日報』, 1925년 9월 4일, 4면.

4) 「행관[幸舘] 부활 피로연 : 첫날부터 화려한 개장」, 『釜山日報』, 1917년 9월 28일, 4면.

행관은 새로운 영사기를 구입하여 극장의 관람 여건을 일신하고자
했다.

행관이 부산 극장가에 미친 또 하나의 변화 역시 강렬한 인상을 남
기고 있다. 그것은 행관의 폐쇄(전소)와, 그 이후의 새로운 출발과 연
관된다. 행좌에서 행관으로의 변화가 부산 극장가에 새로운 바람을
불러온 것처럼, 행관에서 소화관(후신 격 극장)으로의 변화는 극장가
의 중심 이동을 예고했다.

8동 13호의 피해로 기록된 1930년 남빈정 화재[7)]

5) 「행관[幸館] 부활 피로연 ; 첫날부터 화려한 개장」, 『釜山日報』, 1917년 9월 28일,
   4면. http://db.history.go.kr/item/imageViewer.do?levelId=npbs_1917_09_28_
   v0004_0740
6) 「행관 신영사기 2대 구입」, 『釜山日報』, 1925년 9월 4일, 4면.
7) 「부산 은좌[銀座]의 번화가 맹화에 휩싸여 : 앵정[櫻庭]상회 영화창고에서 발화 8
   동 13호를 태우다. 10일 밤 남빈정[南濱町] 근처 대화재」, 『釜山日報』, 1930년 11월
   12일, 4면.

행관은 1930년에 문을 닫았다. 1903년부터 그 존재가 공인되는 행좌로부터 따지면 27년만의 폐관이고, 1915년 중간 신축으로부터 하면 15년만의 폐관이다. 부산 극장가의 초기 시작이자 중기 번영점으로서의 행관은 1930년(11월) 남빈정 일대 화재로 전소 붕괴되어 부산 극장들의 역사 속으로 사라지게 되었고, 결과적으로는 행좌-행관으로서의 사명은 모두 마치게 되었고, 이후 소화관으로 변형하여 재탄생되는 길을 남겨두고 있었다.

남빈정의 화재는 궁극적으로 행좌와 행관의 시대를 청산하는 계기가 되었다. 행관의 마지막 사주였던 櫻庭藤夫는 화재에 강한 건물을 짓고 새로운 극장 소화관을 건설했다. 흥미로운 사실은 소화관을 행좌-행관 자리에 지은 것이 아니라, 당시 행관과 함께 3대 극장으로 손꼽히던 보래관(나머지 하나는 상생관)의 길 건너편에 지었다는 사실이다. 이를 통해 본격적으로 보래관과의 경쟁 체제에 돌입할 수 있었으며, 다른 한편으로는 극장가의 새로운 중심을 보래관 구역으로 옮겨오는 계기를 마련할 수 있었다. 실제로 보래관 옆에는 태평관이 자리하고 있었어, 소화관의 이적은 극장가의 중심 이동을 뜻한다고 해야 한다.

5.1.2. 미려(美麗)한 건축미의 극치 부산좌

일제 침략기 부산좌는 부산을 대표하는 극장으로 공인된 대표적 지역 극장이었다.[8] 해당 시기에 부산에 이미 많은 극장이 운영되고 있었

---

8) 부산좌에 대한 연구 결과는 다음의 논문을 원용했다(김남석, 「부산의 극장 부산좌 (釜山座) 연구 - 1907년에서 1930년 1차 재건 시점까지」, 『항도부산』(35), 부산시

고, 그중에는 부산좌보다 더 일찍 건립된 극장(행좌)도 존재하고 있었
지만, 부산좌는 여러 측면에서 당시 부산의 극장가를 대표하는 극장
으로 인정되는 극장이었다. 그 이유는 아무래도 부산좌가 대형 극장
이었고, 건축 양식이 독특할 정도로 미려한 극장이었으며, 실제로 부
산의 요지를 차지한 극장이라는 특성에서 연유할 것이다. 물론 부산
좌의 경영을 주도하는 이가 부산을 대표하는 상인이었다는 점도 이러
한 보편적인 인식을 확산시키는 주요 요인이라고 할 수 있다.

　하지만 의외로 이 극장에 대해 지금까지 실시된 연구 혹은 조사 결
과는 극히 소략하기 이를 데 없다. 다만 예외적으로 홍영철의 연구가
제기되면서 일정 부분 해명된 부분도 있지만, 사실 홍영철이 조사한
결론 역시 아직은 소략해서 전반적인 논의에 이르지는 못했다. 다만
그의 기존 조사는 부산좌에 관한 중대한 오류를 밝히고 있다는 점에
서 연구의 기반으로 삼아 마땅하다고 판단된다.

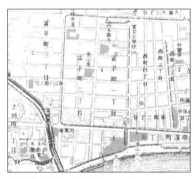 

대정 8년(1919년) 부산부 지도(1/10000)　　　네이버 지도(2017년 부평동)[9]

사편찬위원회, 2018, 303~349면).
9) http://map.naver.com/(2017년 6월 17일 검색)

부산좌는 부산부 부평정(釜山府 富平町, 현 부평동)에 자리 잡은 극장이었다.[10] 더 정밀하게 고구하면, 부평정 2정목에 위치한 극장이었는데, 위의 지도는 당시 상황을 객관적으로 보여 준다. 1919년 지도에서 부평정은 해안가와 수직의 방향으로 펼쳐져 있다. 해안가를 점유하는 행정 구역은 '남빈정'이었다. 용두산 공원 방향에서 차례로 1정목, 2정목, 3정목이 구획되어 있고, 그중 부평정 2정목 중간에 부산좌가 위치하고 있다. 그 인근에 해당하는 부평정 1정목에는 서본원사가 위치하고 있고, 2정목 북측으로는 일한시장이 자리 잡고 있었으며, 부평정 2정목과 만나는 남빈정 3정목에는 대흑좌(大黑座)라는 또 다른 극장이 있었다.

일제 강점기 행정구역과 도시 구획 정황은 현재(2010~2020년대)에도 그 큰 틀은 변함이 없다. 당시 부평정을 바둑판처럼 구획하던 도로와 도로를 따라 배치된 건물의 형세는 그 원형을 지키고 있다. 또한, 부평정 옆으로 펼쳐진 서정(西町)의 오밀조밀한 골목과 도로도 당시의 도시의 지형과 형해를 지키고 있다. 변화를 보이는 지형도 나타나는데, 가령 토성정과 부평정 3정목을 가르며 비스듬하게 흐르던 개천은 복개되었고, 복개 이후에는 도로로 사용되고 있다. 이 도로(개천) 2010년~2020년대에도 토성동과 부평동을 구획하는 기준으로 인정되고 있다.

해안선의 변화도 일부 관찰된다. 이 일대의 해안선은 해안 매립으로 인해 과거보다 훨씬 전진한 상태이다. 해안 일대가 매립되면서 과거 남빈정 이남에, 작금의 자갈치 시장과 종합시장 그리고 소규모 상

---

10) 「부산시에 대화재(大火災)」, 『동아일보』, 1923년 3월 23일, 3면.

가가 조성되었다. 이러한 배치와 형세를 통해, 부평동 일대의 지역이 일제 강점기뿐만 아니라 작금에도 핵심 상업 지구로 기능한다는 사실을 확인할 수 있다.

따라서 당시 부평정에 들어선 극장이 부산좌라는 사실은 시사하는 바가 적지 않다. 부산좌가 부평정이라는 핵심 상업 지구에 자리 잡고 확보한 이점으로, 지리적 이점을 들 수 있다. 주변 위치를 살펴보면, 북쪽으로 일한시장이 존재하고 있었고, 동쪽으로 서본원사와 실습 여학교가 위치하고 있었다. 서본원사는 일제의 도시 구획에서 중요한 종교 시설이었고, 실습여학교 역시 교육 기관으로서의 위상을 자랑하는 시설이었다. 특히 실습여학교의 경우 1915년 4월 17일에 개최한 연예회를 부산좌에서 시행한 바 있다.[11] 비록 단편적인 사례이기는 하지만, 당시 입지를 통해 부산좌가 중요한 고객이자 관객을 확보할 수 있는 이점을 지니고 있음을 확인할 수 있는 사례임에 틀림 없다.

한편, 남빈정 방향으로는 편리한 교통망을 연계할 수 있었다. 남빈정에는 부산항(만)이나 경부선 철도와 연결되는 해안 도로가 위치했는데, 부평정까지 연계되는 해당 도로는 근간 도로로 사용되기에 충분한 크기였다. 이러한 조건을 따져 보면, 부평정이 소위 말하는 교통과 상업의 요충지에 해당하는 지역이었음을 확인할 수 있고, 이러한 부평동에 자리 잡은 부산좌가 실질적인 이점을 지닌 입지점을 보유한 극장이었음을 확인할 수 있다.

2000년대의 부산 부평동도 과거와 크게 다르지는 않다. 특히 부산

---

11) 「실습여학교의 연예회, 17일 밤 부산좌에서」, 『釜山日報』, 1915년 4월 15일, 7면 ; 「실습여학교의 연예회 번조, 17일 밤 부산좌에서」, 『釜山日報』, 1915년 4월 16일, 7면.

BIFF거리가 형성된 점은 주목되는 바 있다. 근대 도입기 혹은 일제 강점기 일본 극장의 밀집과 범람은 이 인근에 극장가를 형성했고, 해방 이후 특히 극장가의 맥락은 계속 이어졌으며 6.25전쟁과 함께 이러한 극장가의 위상과 기능은 확대되기에 이르렀다. 그러한 역사적 맥락이 BIFF의 최초 개최 장소로 남포동/부평동/자갈치시장 인근을 주목하도록 만든 셈이다.

1929~1930년(소화 4~5년)에 발행된 지도를 참조하면 관련 사실을 다른 각도에서 확인할 수 있다. 지도에 나타난 지역은 1923년까지 부산좌가 위치했던 자리(터)와 관련이 깊다.

소화 4~5년(1929~1930년) 간행 부평정 일대 지도[12]

안타깝게도 이 지도에는 부산좌가 표기되어 있지는 않다. 그 이유는 화재 때문이다. 1923년 화재가 발생하여 부산좌가 전소되면서, 자

---

12) 「부산부」, 『대일본직업별명세도』, 1929~1930년 간행.

연스럽게 1929년 시점에서는 그 흔적이 남아 있지 않았다. 부산좌의 자리에는 부전재목점(副田材木店)이 자리 잡고 있다. 부산좌는 사라졌고, 그 공백은 다른 극장으로 메워지지 않은 상태였다. 주변 환경과 극장 입지를 고려할 때 아쉬운 풍광이 아닐 수 없다.

따라서 부평정의 변화한 광경 속에 남아 있는 부산좌의 옛 자취를 더듬어 볼 필요는 충분하다. 부산좌는 1929년 무렵 부평정에는 실존하지 않는 극장이었지만, 이 시점에 부산에서 부산좌 재건축 논의가 일어나고 있었다.[13] 비록 1929~30년에 간행되었던 지도에서 그 자취가 목재점으로 남을 수밖에는 없었다고 해도, 당시 거주자들과 지역민들의 인식 속에서 부산좌는 여전히 그 자리를 지키고 있었다고 해야 한다.

그만큼 부산좌의 터는 1910~20년대 부산좌의 추억과 역사 그리고 극장에 대한 강력한 열망이 깃든 곳이었기에, 부산 지역민들은 이곳을 극장으로 되살려야 한다는 의견에 동의하지 않을 수 없는 공간이었다고 해야 한다. 이로 인해 부산 인근 여론은 계속해서 극장 재건축과 재운영에 대한 동의를 촉구하는 방향으로 흐르고 있었고, 종국에는 부산좌의 재건에 대한 실마리를 얻을 수밖에 없었다. 그것이 비록 부산좌의 물리적 재건과는 거리가 있었지만, 해당 의견은 부산 극장가의 확대를 불러오는 결과를 낳았다.

---

13) 「일본취미의 이상적 대극장 ; 구부산좌 터에 9만원으로」, 『釜山日報』, 1929년 3월 20일, 4면.

5.1.3. 부산 극장가의 중심 극장 상생관

상생관은 개관 이후부터 부산을 대표하는 극장 중 하나로 인정된 극장이었다.[14] 이러한 상생관은 1916년에 개관하였다.[15] 기실 상생관은 그 이전에 존재했던 극장 변천좌의 후신이었다. 기존 극장이었던 변천좌를 활동사진 상설관('활동상설'로 주로 표기)으로 전용하는 과정에서, 극장 명칭도 '상생관'으로 변경되었다.[16] 물론 개관한 상생관은 활동사진(영화) 상설관으로서의 운영 방침을 앞세웠다.

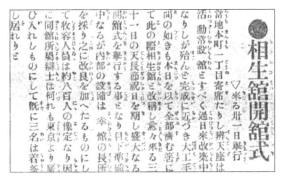

상생관 개관식[17]

상생관이 변천좌의 후신(後身)이라는 기존의 주장은 상당 부분 타

---

14) 부산의 지역 극장 상생관에 대한 논의와 관련 사실은 다음의 논문을 기본적으로 참조했다(김남석, 「부산의 지역 극장 상생관의 역사적 전개와 운영상 특질에 관한 연구」, 『항도부산』(36), 부산시사편찬위원회, 2018, 167~212면)

15) 「본정 1정목 상생관[相生館] 개관식 ; 오는 31일 거행」, 『釜山日報』, 1916년 10월 25일, 7면.

16) 「본정 상생관의 준공」, 『釜山日報』, 1916년 10월 31일, 7면.

17) 「본정 1정목 상생관[相生館] 개관식 ; 오는 31일 거행」, 『釜山日報』, 1916년 10월 25일, 7면.

당하다. 하지만 상생관과 변천좌는 기본적으로 확고한 차이를 담보한 극장이었다. 가장 큰 차이로 변천좌는 낭화절 상설극장으로서 그 이미지를 뚜렷하게 굳혔던 극장이었던 반면, 상생관은 이러한 변천좌를 영화상설관으로 변모시키는 과정에서 소유권 이전과 함께 극장 명칭을 변경하여 새롭게 조성한 극장이었다는 점을 꼽을 수 있다. 상생관은 1916년부터 1920년대(중반)까지 일관성을 지키며 영화상설관으로 운영되었고, 대내외에 해당 극장 이미지를 공고하게 쌓아나갔다.

여기서 상생관과 주변 극장(가령 중앙극장, 대생좌로 개칭)의 관련성을 이해하기 위해서라도, 상생관의 지리적 특징을 살펴볼 필요가 있다. 아래 지도에서 확인되듯, 상생관은 부산부청의 남쪽, 행정구역상으로 본정 1정목(혹은 금평정)에 위치한 극장이었다. 이곳은 본정(금평정)과 남빈정의 경계 지역이었고, 인근 주변 일대가 상당히 번화했으며, 행정적으로도 중요한 구역이었기에, 가히 부산에서 최고 요지였다고 할 수 있다.

대정 8년(1919년) 상생관의 위치

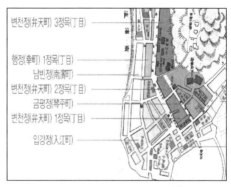

1903년 근처 금평정과 변천정[18]

18) 「1903년 지도로 보는 중구의 옛 지명」, 김승 · 양미숙 편역, 『신편 부산대관』, 선인,

1919년 지도를 참조한다면, 상생관은 본래 금평정에 속했던 극장이었다. 하지만 당시 세인과 언론의 인식 속에서 상생관의 위치는 본정으로 공인되고 있었다. 그것은 – 적어도 1919년 이전에는 – 행정구역상의 착오나 오기(誤記)라기보다는, 본정이라는 상징적인 행정구역을 대표하는 극장으로서의 이미지가 강했기 때문으로 풀이된다.

일례로 1903년 지도에서 부산부청 일대 그러니까 금평정과 변천정이 속한 행정구역을 살펴보면, 변천좌 시절의 극장 건물은 당시에는 변천정에 위치했을 가능성이 농후하며, 그 이후에 변청정이나 금평정 등의 행정구역이 변모하여 본정으로 상생관의 주소가 변화되었을 가능성도 함부로 배제할 수 없다. 이후의 어느 시점에서는 금평정의 일부가 본정으로 변모했고, 이에 따라 상생관의 행정 구역이 달라졌던 것으로 보인다.

여기서 특히 주목해야 할 사안은 이러한 행정구역상의 명칭(소속) 변화에도 불구하고 본정(부청 주변)이라는 중심 구역이 확보하고 있는 상징성일 것이다. 그곳은 부산부에서 가장 엄중한 장소이면서, 다양한 행정력이 발휘되는 장소였기에, 유동 인구나 상주 인력의 중요성을 간과할 수 없는 곳이었다. 이로 인해 상생관은 부산의 행정, 나아가서는 정치, 사회, 경제, 지역의 핵심에 해당하는 지역에 위치할 수 있었다.

상생관의 주변 약도는 다음과 같다.

2010.

대정 8년(1919년) 본정(1정목)과 남빈정(1정목) 일대

본정은 부청이 있는 핵심 구역이고, 본정 인근 구역은 '부산역'으로 이어지는 주도로와 연계되어 있었다. 극장 상생관은 부청 아래, 그리고 이러한 도로 위에 있으며, 도로 건너에는 남빈정이 펼쳐져 있었다. 이러한 주변 지역 형세는 상생관이 부산의 극장가에 위치한 극장 중에서도 핵심 극장(3대 극장)으로 도약할 수 있는 요건을 압축적으로 보여 준다.

여기에서 상생관은 부청으로 대변되는 행정구역의 최정점에 편입된 극장으로, 전반적으로 정치 1번지의 성격을 지니게 된다. 그래서 홍영철도 상생관 이전 변천좌의 위치를 "일본 거류지 내 은행가의 중심지"에 위치한 극장이었다고 품평한 바 있다.[19]

5.1.4. 후기 3대 극장으로 부상한 소화관

부산 소화관은 1931년 12월에 개관했다. 사주는 櫻庭藤夫(사쿠라

---

19) 홍영철, 『부산극장사』, 부산포, 2014, 85면.

바 후지오)였는데, 이 櫻庭藤夫는 迫間房太郎(하사마 후사타로), 大池
忠助(오이케 타다스케), 滿生峰次郎(미쯔오 미네지로) 등과 함께 부
산의 극장가를 장악한 실세 경영자 중 한 사람이었다. 櫻庭藤夫는 소
화관뿐만 아니라 행관의 사주(전소 당시 사주)로 유명했는데,[20] 행관
이 화재로 소실되자,[21] 소화관을 건립하여 자신의 배급망을 유지하는
경영 전략을 신속하게 이어나갔다.

부산 소화관의 상영 기록은 1932년 시점부터 발견되고 있다.[22] 영
화 상설관답게 영화 상영에 주력한 인상이었다. 이처럼 소화관은
1930년대에 건립 운영된 극장인 만큼 기존의 부산 극장들의 틈새시장
을 공략해야 했다. 상생관, 보래관 등이 구축하고 있었던 영화 상설관
의 이미지에 도전해야 했는데, 이로 인해 극장 위치는 처음부터 주요
관심사가 아닐 수 없었다. 부산의 극장이 밀집된 극장가에 자리 잡는
선택을 한다면, 기존 극장의 막강한 판도 사이에서 살아남을 수 있는
소화관만의 특징이 필요했다고 해야 한다.

우선, 소화관의 위치에 대해 살펴보아야 한다. 1934년 신문에 기록
된 소화관의 행정구역은 부산부 '남빈정'이었지만,[23] 1938년에는 '행
정'으로 바뀌어 있다.[24] 이러한 변화는 1930년대 중반에 행정구역이

20) 「천춘자[泉春子]와 행관주[幸館主] 앵정군[櫻庭君]의 부산에서의 기념촬영」, 『釜
山日報』, 1925년 9월 4일, 4면.
21) 「부산 은좌[銀座]의 번화가 명화에 휩싸여 : 앵정[櫻庭]상회 영화창고에서 발화 8
동 13호를 태우다, 10일 밤 남빈정[南濱町] 근처 대화재」, 『釜山日報』, 1930년 11
월 12일, 4면.
22) 「〈폭탄 3용사〉 소화관[昭和館]에서 상영」, 『釜山日報』, 1932년 3월 14일, 2면.
23) 「압세자살(壓世自殺) 양건(兩件)」, 『동아일보』, 1934년 5월 10일, 5면.
24) 「협박장(脅迫狀)으로 금품 강요」, 『동아일보』, 1938년 4월 10일, 3면 ; 「관극중(觀
劇中) 대금(大金) 유실」, 『동아일보』, 1938년 9월 9일, 3면.

변화하면서 생긴 결과로 이해된다. 비슷한 사례로 소화관의 전신이었던 'サクラバ商會'의 후신 격인 'サクラバ商事(株)'의 행정구역상의 변화를 들 수 있다. 1931년 남빈정(2정목 22)[25]이었던 이 회사는 1935년 당시에는 행정으로 변모한 바 있다.[26]

실제로 행정과 남빈정은 인접해 있는데,[27] 1919년 조사된 지도를 보면 이러한 지리적 특성을 이해할 수 있다.

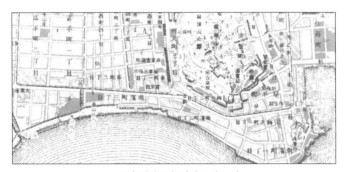

1919년(대정 8년) 간행 부산부 지도

지도 오른쪽 상단에 용두산(공원)이 위치하고 있다. 그 서쪽(좌측) 측면으로 차례로 변천정(3정목), 서정 1~3정목이 위치하고 있다. 서

---

25) 中村資良, 『조선은행회사조합요록(朝鮮銀行會社組合要錄)』(1933년 판), 동아경제시보사, 1933.

26) 中村資良, 『조선은행회사조합요록(朝鮮銀行會社組合要錄)』(1935년 판), 동아경제시보사, 1935.

27) 소화관의 사주였던 櫻庭藤夫는 과거 행관의 소유주였기도 했는데, 1930년 행관이 화재로 전소되면서 그 후신 격으로 소화관을 건설했다. 참고로 행관의 위치는 남빈정으로, 1910~20년대 행관은 관련 지도의 정중앙 지점에 위치하고 있다. 당시 櫻庭藤夫의 사업적 기반은 남빈정 일대였고, 그의 자택은 행관 바로 옆이었다(「부산 남빈정에 대화(大火) 행관(幸舘) 전소 3호 반소」, 『동아일보』, 1930년 11월 12일, 3면). 이러한 櫻庭藤夫의 성향으로 판단하면, 새로운 극장 역시 남빈정 일대에 건설하고자 했다고 볼 수 있다.

정 남쪽(바다)으로는 행정 1정목과 남빈정 3정목이 위치하고 있는데, 부산의 오래된 극장 보래관은 행정(1정목)과 남빈정(3정목)이 만나는 지점 대로변에 위치하고 있다.[28] 소화관이 보래관 그리고 상생관 (1916년 개관[29])과 함께 부산 영화극장으로 최고 수준을 자랑했다는 점을 감안한다면, 보래관의 위치는 주목되는 사항이 아닐 수 없었다.

홍영철은 소화관의 위치에 관해 설명하면서, "일본인 상권의 중심지였던 행정과 인접한 남빈정으로, 이웃에는 이미 오래전부터 경영돼 오고 있는 극장 보래관과 태평관이 자리하고 있었다"고 주장한 바 있다.[30] 실제로 위의 지도를 참조해도 행정 1정목에는 상업회의소가 자리 잡고 있었고, 해사출장소가 위치하고 있다. 또한 서정에는 동본원사와 묘각사 같은 종교 시설이 들어서 있었고, 부평정에는 서본원사가 존재하고 있었으며, 행정 2정목에는 우편소가 건립되어 있었다. 부평정 (2정목)에는 부산좌의 자취도 드러나고 있다. 이러한 도시 구역과 기간 시설은 이 지역이 상업 지구였다는 사실을 간접적으로 보여준다.

용두산 공원 정경[31]

동본원사 부산별원[32]

부산상업회의소[33]

---

28) 보래관은 1915년부터 그 운영이 확인되는 부산의 대표적인 영화상설관이다(「보래관[寶來館]의 낙어[落語]」, 『釜山日報』, 1915년 1월 10일, 5면).
29) 「본정 1정목 상생관[相生館] 개관식 ; 오는 31일 거행」, 『釜山日報』, 1916년 10월 25일, 7면.
30) 홍영철, 『부산극장사』, 부산포, 2014, 185면.
31) 『사진엽서, 부산의 근대를 이야기하다』, 부산박물관, 2007, 문재원 · 변광석, 「로컬

위의 지도가 1919년 지형을 보여주기 때문에, 1930년대에 건립된 소화관의 위치는 표기되지 않을 수밖에 없었다. 하지만 보래관으로 대변되는 메인도로와 주변 환경은 이곳에 극장이 집중되는 이유를 설명한다고 하겠다. 이웃 극장으로는 동쪽('금평정' 혹은 '본정')에 위치한 변천좌(훗날 '상생관'으로 변모), 행정 1정목을 차지한 보래관, 그리고 좌측 부평정 깊숙한 곳에 설립된 부산좌 등을 꼽을 수 있다.

1929년에서 1930년 즈음에 간행된 지도에는 이러한 상황이 보다 면밀하게 표현되고 있다.

소화관의 전신이었던 행관은 1930년 무렵까지 실존하고 있었다. 그 행관이 1930년 전소되고 난 이후에,[34] 행관의 소유주였던 櫻庭藤夫는 보래관 근처(주도로 건너)를 새로운 '극장터'로 결정했다. 다음의 지도는 보래관과 주도로를 마주보고 있는 공간이 공터라는 사실을 확인시켜준다. 이 넓은 부지를 매입하여 지은 극장이 소화관이었다.

이후 순식간에 소화관은 '전소된 행관'을 대신하여, '보래관'과 '상생관' 함께 부산의 3대 극장으로 손꼽히는 영화(상설)관으로 부상했고, 그 이후로 상당히 오랫동안 각광받는 극장으로 남을 수 있었다. 흥미로운 점은 현재에도 그 자취가 남아 있다는 사실이다.

소화관의 위치는 보래관 맞은편 공지로 다음의 지도에서 확인되는 대로, 보래관, 태평관과 마주 보는 자리였다. 다음의 지도에서 그 자리를 찾아보면, 제법 넓은 공지가 눈에 들어온다.

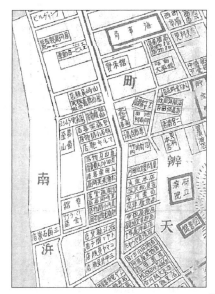

소화 4~5년(1929~1930년) 간행 남빈정 일대 지도[35]

전소된 행관의 사주로 여겨지는 櫻庭藤夫는 행관의 위치를 고집하지 않고 극장의 입지를 이동하여 보래관 블록으로 이동했다. 이러한 변화는 그 자체로 극장가의 지각변동을 보여준다고 하겠다.

5.1.5. 부산의 극장과 극장들의 권역

지각 변동의 결과를 고려하여, 부산에서 극장의 분포에 대해 살펴볼 필요가 있다. 1920년대 이후 부산에 소재하는 극장 분포지(이른바

---

35) 「부산부」, 『대일본직업별명세도』, 1929~1930년 간행.

부산 극장가)는 대략 다섯 개 권역으로 대분할 수 있었다. 1930년대까지 존속했던 행관(행좌)이 자리 잡았던 권역은 초기 부산의 상권(조계지)부터 고도로 집중된 중심지였다. 당연히 이곳에서는 행좌와 송정좌 등의 초기 극장이 들어섰고, 교통과 상업의 요지라는 특성을 바탕으로 초기 극장가의 요로를 차지했다. 행관은 행좌의 후신 격 극장이었으므로, 행관의 운영은 이 권역을 중심으로 이루어졌다. 그러니 1920년대까지 이 남빈정의 중심 극장은 행좌였다.

한편, 본정 혹은 변천정으로 불리는 지역은 남빈정과 거리를 둔 권역이었다. 이 권역을 대표하는 극장은 변천좌 그리고 그 변천좌의 후신 격 극장인 상생관이었다.[36] 이 권역은 관공서가 위치해 있었고 유동 인구 또한 적지 않았기 때문에, 일종의 정치와 행정의 중심지 역할을 수행했다. 비록 특화된 상업지구가 지니는 인구·건물 밀집도의 측면에서, 행정이나 남빈정에 비해 월등하다고는 단정할 수 없지만, 권역의 상징성이나 공공시설의 밀집도를 고려하면 부산 극장의 새로운 핵심으로 부상하고 있었다고 평가할 수 있겠다.

다음 권역(세 번째)으로는 기존 극장이었던 보래관이 자리 잡은 지역을 꼽을 수 있는데, 보래관을 중심으로 태평관 등이 위치한 영역이 그곳이다. 행정구역상 보래관의 지번은 부평정 1정목이었지만,[37] 실질적으로는 행정 혹은 남빈정과 잇닿아 있는 교통의 요로였다(행정구역이 변모하면서 행정이 되기도 한다). 이 권역은 최초에는 정통적인

36) 김남석, 「부산의 지역 극장 상생관의 역사적 전개와 운영상 특질에 관한 연구」, 『항도부산』(36), 부산시사편찬위원회, 2018년 08월 30일, 167~212면.
37) 中村資良, 『조선은행회사조합요록(朝鮮銀行會社組合要錄)』(1929년 판), 동아경제시보사.

상업 지역에서 다소 떨어진 외곽지대로 인식되었으나, 점차 인근 지역이 더 광범위한 상권에 편입되었고, 이에 따라 교통과 상권의 새로운 요로로 격상되기에 이르렀다. 특히 장수통 일대의 거대 상권이 성장하고 그 일익으로 자리 잡게 되면서, 이 거리는 새로운 극장가의 확장 지대로 여겨졌다. 이러한 인식 확장에 기여한 또 하나의 계기가 소화관의 건립이었다.

그다음 권역(네 번째)으로는 1920년대 부산을 대표하는 극장이었던 부산좌가 위치했던 부평정(일대) 권역을 꼽을 수 있겠다. 이곳은 해안선을 감싸고 도는 주도로에서 상당히 떨어진 지역이었다. 자연스럽게 중심 상권과는 상당한 격차를 둔 지역이기도 했다. 하지만 극장이 없었던 것은 아니었으니, 1900년대 극장 부귀좌와 부산좌(1907년 개관, 부평정 2정목 위치)는 이 권역을 대표하는 극장에 해당한다.[38] 부산좌는 창립 이후 줄곧 부산 극장가의 주요한 위상을 차지했고, 특히 1910년대부터 1920년 전반까지 부산 극장가를 대표하는 극장으로까지 인식되는 극장이었다.[39] 그러다가 1923년 화재가 발생하고 극장이 전소되면서 사라졌다.[40]

마지막 권역으로는 부산 광복동과는 다소 거리를 둔 초량 일대를 꼽을 수 있다. 정통적 의미에서는 1930년대 부산 극장가와는 유리된 지역이었지만, 이후 부산의 극장들이 연계를 통해 일종의 블록화를 추진한다는 점에서, 소외될 수 없는 권역이기도 했다. 이러한 초량 일

---

38) 「부산시에 대화재(大火災)」, 『동아일보』, 1923년 3월 23일. 3면.
39) 김남석, 「부산의 극장 부산좌(釜山座) 연구」, 『항도부산』(35), 부산시사편찬위원회, 2018, 303~349면.
40) 「부산시에 대화재(大火災)」, 『동아일보』, 1923년 3월 23일. 3면.

대의 권역에는 전소된 부산좌를 부흥시키려 했던 大池忠助가 대신 축조한 (부산)중앙극장이 위치하고 있었다.

부산 극장의 중심 거리에서 떨어져 있고 이른바 전통적인 상권과도 거리를 두고 있었지만, 조선인(주거) 밀집 구역이라는 장점을 지니고 이었기 때문에, 중앙극장은 満生峰次郎 가문에 의해 인수되어 대생좌라는 극장으로 거듭나기도 한다.[41]

이 다섯 개의 권역은 용두산을 둘러싸고 있는 형세이다. 더 정확하게 말한다면, 용두산 주변에 거주지, 상업지, 관공서 거리가 형성되면서, 그와 관련된 극장들이 점차 들어서기 시작했다. 1900년대(혹은 그 이전부터) 일어난 이러한 움직임은 1930년대에 들어서면서 확실한 윤곽을 그리게 된다.

그 결과 행관은 '7기 방향'에, 상생관은 '5시 방향'에, 보래관(욱관, 태평관)은 '먼 8시 방향'에, 그리고 부산좌는 '9시 방향'에, 마지막으로 초량은 '먼 2시 방향'에 위치하고 있다. 처음에는 용두산 아래 6시 방향(상대적으로 가까운 행관이나 상생관)이 부산 극장가를 형성했지만, 방사선 모양으로 극장들이 들어서면서 결국 용두산 일대를 포위하는 형국을 이루었다. 이중 소화관이 훗날 자리 잡는 보래관 인근 지역은, 용두산에서 서쪽으로 더 멀리 떨어진 구역으로, 점차 확장되는 극장가의 서쪽 연장선으로 볼 수 있는 지점이었다. 극장 시설이 들어서면서, 행관이 아닌 소화관으로 이러한 확장세에 동참하고자 했던 셈이다.

결과적으로 볼 때, 확대된 부산 극장가 다섯 권역 중에서 보래관 지

---

41) 김남석, 「부산 초량의 '중앙극장-대생좌'에 관한 연구」, 『어문논총』(35), 전남대학교 한국어문학연구소, 2019, 103~125면.

역은 1920~30년대에 눈에 띄게 급부상하는 구역이었다. 보래관 자체가 변신을 거듭하면서 3대 상설영화관으로서의 입지를 굳혔고, 이웃에 존재했던 욱관이나 태평관도 극장으로서의 명성과 활동을 더 넓게 확보하면서 일종의 시너지 효과를 가져왔기 때문이다. 여기에 행관의 후신 격인 소화관이 이전하면서 주요한 극장들이 더욱 밀집하는 집중 효과마저 낳았다. 명실상부한 부산 극장가의 중심으로 부상한 권역이라 하겠다.

이처럼 행관의 전소와 새로운 소화관의 탄생은 부산 극장가의 새로운 부상을 촉진시켰고, 대형극장을 향한 열망을 대변하였던 1930년대 부산 극장업의 주요 사건 중 하나였다. 또한, 극장업의 융성을 촉발하여 극장가의 경쟁을 가중시키고, 제각각의 극장들이 난립하는 상황을 창출하여, 극장 자체의 역할과 운영 방안을 독립적으로 고안해야 하는 필요성을 부각하는 계기로 작용했다. 이제, 부산의 실세 극장주를 비롯하여, 많은 극장업 종사자(사주)들이 자신들의 극장을 운영하기 위한 나름의 전략(가령 상연 종목, 콘텐츠 수급 방안, 각종 홍보와 이미지 개선)을 고안하고 수정하지 않을 수 없었다. 어떠한 분야를 집중적으로 공연(상연)할 것인지, 어떻게 관련 콘텐츠를 수급받을 것인지, 그리고 어떻게 홍보하고 어떻게 자신의 극장 이미지를 선전할 것인지에 대해 깊게 고민해야 했다.

1930년대 극장들은 자신의 임무와 운영 전략을 스스로 결정해야 하는 상황을 외면할 수 없었으며, 새로운 극장의 건립을 통해 한편으로는 시너지 효과를 확보하면서도 다른 한편으로는 무한 경쟁의 힘겨운 존속 투쟁을 경험해야 했던 것이다. 극장의 확장된 분포와 권역 간의 경쟁은 이를 암묵적으로 보여주고 있다.

이러한 주변 환경을 이해하고 현재의 이 일대 지도를 보면, 극장들
의 연계성을 확인할 수 있다

현재의 부산(중구) 도시 구조로 보는 극장들(영화관 중심)[42]
(● 표시는 과거의 극장들)

위의 지도를 통해, 욱관-태평관-보래관이 주도로를 끼고 나란히 위
치해 있었다는 사실을 확인할 수 있다. 광복-남포동 일대의 주도로는
과거에는 욱관-보래관이 면한 길이었으며, 이러한 주도로의 맞은편에
남빈정이 자리 잡고 있었다. 1910년 행정구역상으로 남빈정은 지금의
남포동에 해당하며, 소화관은 남빈정(남포동)을 대표하는 극장이라 하
겠다. 이러한 입지로 인해, 소화관은 장수통(현재의 광복동 일대)에서
보래관과 맞서는 형세를 창출할 수 있었다. 설립 당시(1933년)에는 이
일대에 아직 공터가 남아 있었고,[43] 그 공터 중에서 극장 밀집도를 형

---

42) 김수진, 「신(新) 문화지리지 2009 부산 재발견(15) 부산 영화관 변천사」, 『부산일
보』, 2009년 8월 27일 : 김남석, 『조선의 지역 극장』, 연극과인간, 2018, 53면.
43) 「식목의 본장 송본화락원[松本和樂園], 소화관[昭和館] 옆으로 출장」, 『釜山日
報』, 1933년 5월 24일, 2면.

성할 수 있는 현재의 위치를 고의로 설정했기 때문이었다.

보래관 위치를 2017년 이후 지도에서 확인하면, 국민은행 광복동 지점에 해당한다. 이 지점의 정확한 주소는 "부산광역시 중구 광복로 45"이고, 지번은 "부산광역시 중구 창선동 1가 15"이다. 그 위치는 아래의 좌측 지도에 표기된 장소이기도 하다. 위의 간략한 지도와 아래의 실제 위치를 비교하면, 보래관이 광복로에 면한 지역에 위치했었음을 더욱 쉽게 확인할 수 있다.

 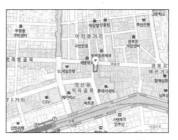

보래관 과거 터[44]	소화관(동아극장) 과거 터[45]
(2017년~ 국민은행 광복동 지점)1	(2017년~)

이러한 보래관과 마주 보고 있는 자리에 소화관이 위치하고 있었다.[46] 소화관의 주소(지번)는 '부산광역시 중구 창선동 2가 47(-1)'이

44) 「국민은행 광복동 지점」, 네이버 지도(2017년 6월 21일 검색) http://map.naver.com/?mapmode=0&lng=80bf574e5d1ce7c4bc790cf3deb0fea8&pinId=11759617&lat=c17f5276927f224619551de087dd3459&dlevel=11&enc=b64&pinType=site
45) 「국민은행 광복동 지점」, 네이버 지도(2017년 6월 21일 검색) https://map.naver.com/
46) 소화관의 위치와 역사에 대해서는 다음의 연구를 참조했다(김남석, 「부산의 지역 극장 소화관(昭和館)의 역사적 전개에 관한 연구─1931년 설립부터 1968년 폐업까지 운영 상황을 중심으로」, 『항도부산』(40), 부산시사편찬위원회, 2020, 402~442면)

고, 2018년 도로명 주소는 '부산광역시 중구 광복로 38'이다. 위의 우측 지도는 그 위치를 표시하고 있다.

과거 보래관의 자리와 소화관의 자리는 매우 인접해 있고 도로를 통해 연계되어 있는 형국이었다. 보래관과 소화관이 갖는 상징적인 위치로 인해, 두 개의 극장은 광복로(장수통)을 대표하는 극장으로 발돋움할 수 있었고, 오랫동안 이 지역의 영화가를 조율하는 기능을 담당했다. 이러한 대표성과 상징성은 해방 이후에도 당분간은 변화하지 않았다.

소화관은 1945년 광복과 함께 '조선극장'으로 명칭을 변경했고, 1949년에는 주식회사 '동아극장'으로 재탄생하였으며, 이후 1968년까지 극장으로 운영되었다.[47]

5.2. 마산의 극장과 남북의 대치

5.2.1. 구마산의 중심 극장 수좌

수좌는 일제 강점기 마산부(구마산) 수정에 위치한 지역 극장이다.[48] 수좌는 기본적으로 활동사진을 영사하는 극장으로 사용되었지만,[49] 당시 여타의 극장들처럼 영화관 이외의 다양한 용도를 지닌 다

---

47) 1967년 거액의 세금 포탈 혐의로 세무 조사를 받기도 했다(「집중적세무사찰(集中的稅務查察), 『경남매일신문』, 1967년 7월 12일, 2면.
48) 「대환영의 동우극(同友劇)」, 『동아일보』, 1921년 7월 18일, 3면.
49) 「광란(狂亂)·비극(悲劇)·참회(懺悔)의 원단(元旦)」, 『동아일보』, 1928년 1월 4일, 2면.

목적 극장으로 활용되었다. 이러한 측면에서 수좌는 극장이었지만, 동시에 공회당이었고, 준공공기관의 역할과 조선인의 구심점과 문화적 대외 창구 역할을 동시에 수행했다고 보아야 한다.

수좌의 건립 시점은 정확하게 고증된 바 없지만, 수정의 설립 시점에서 대략적인 추정을 이끌어낼 수 있을 것 같다. 행정구역상으로 구마산에 수정이 존재하는 시점은 1909년으로, 1910년대에 수좌가 건립되었을 가능성이 크다고 하겠다. 한편 이 무렵 신문 기록에 의거하면, 1916년 수정은 종두 접종 지역 안내를 통해, 그 자취를 드러내고 있다.[50] 지금까지 자료만 놓고 판단한다면, 수좌는 적어도 1916년 이전에 건립된 셈이다.

다음의 좌측 지도에서 구마산은 마산의 북쪽에 위치한다. 일본인의 유입과 그 득세로 인해 도시가 조선인 거주 지역과 일본인 거류 지역으로 나뉘는 것은 드물지 않은 현상이었다. 가령 원산의 경우에는 북쪽(북촌)의 일본인 거류 지역 대 남쪽(남촌)의 조선인 거주 지역의 구분을 보였는데, 이러한 지역 구분은 일제의 신도시 개발 정책과 교통 시설(철도역과 항만 시설) 투자에 의해 사실상 시작되었다고 보아야 한다.

구마산에 위치한 수좌는 이러한 지역적 구분과 신/구 구획으로 인해 조선인을 위한 극장으로 주로 운영되었고, 일본인에 대한 고려는 상대적으로 약화되었다. 물론 신마산에 위치한 극장들(환서좌가 대표적)은 이와 정반대 현상을 띠게 된다.

---

50) 「마산에서: 추계 종두(種痘) 시행」, 『매일신보』, 1916년 9월 29일, 2면.

1926년 발행된 마산 일대 지도(5만분의 1)   1919년 마산 일대 지도(1만분의 1)[51]

　전반적으로 수좌는 상대적으로 열악한 조건을 감수해야 했던 것으로 보인다. 수좌는 1932년 시설 미비로 폐관 위기에 처하고 말았다. 구마산에 위치한 유일한 오락장으로까지 불렸던 수좌는 극장 시설의 미비를 당국으로부터 지적 받고 3개월간 휴관 권고를 받게 되는 것이다. 이유는 장내 협착, 사옥 부패, 설비 불완전 등이었다. 3개월의 휴관 기간 동안 시설을 대대적으로 보수하지 않을 시에는 영구 폐관에 처할 수도 있었다.[52] 이것은 수좌 최고의 위기로 꼽히는데, 이러한 위기는 곧 구마산과 조선인의 운명을 상징적으로 보여준다는 점에서 의미심장하다고 하지 않을 수 없다.

51) 「마산」, 『1/10000 지도』, 조선총독부, 1931.
52) 「수좌(壽座)가 휴관(休舘) 건물 부패(腐敗)로」, 『동아일보』, 1932년 9월 23일, 4면.

5.2.2. 마산 최초의 극장 환서좌

마산에서 운영된 지역 극장 중에서 가장 이른 시기에 건립된 극장
으로 흔히 환서좌가 거론된다. 1910년대부터 운영되었던 환서좌는
1932년에 매수되어 새로운 극장으로 탈바꿈하게 되었다는 기록이 남
아 있다.[53] 이 기록을 통해 최소한 1932년 무렵까지 환서좌가 운영되
었음을 확인할 수 있겠다. 또 다른 자료에 의거하면, 환서좌는 1934년
까지 운영된 것으로 여겨진다.[54]

남부 마산 환서좌 매수
영화 상설과 건설
남부 마산에서는 번영책(繁榮策)을 기조로서 계획한 영화 상설과 건설에 관한 주식
회사의 발기인회는 낭자(曩者) 개최(開催)하고 자본금 전액 불입 이만원으로 환서
좌를 매수한 후에 신축장소는 경교교반번화처(京橋橋畔繁華處)에 굉장한 건물을 신
축할 예정으로 예(豫)히 설치인가신청서를 당국에 제출하얏다는 바 설계도면의 불
비한 점으로 인하야 재조(再調)를 명하얏슴으로 재차 도면을 제작하야 거 26일 원서
를 제출하얏다하여 발기인측에서는 허가차제로 창립총회를 개(開)하고 주금 불입을
료(了)하는 동시에 직건축(直建築)에 착수하야 만추까지는 개관할 예정이다.

환서좌 매수[55]

53) 「남부마산 환서좌(丸西座) 매수 영화상설관 건설」, 『매일신보』, 1932년 9월 10일,
3면.

환서좌 신축은 1932년 마산 지역 유지들에 의해 추진되었다. 마산 유지들은 번영책의 일환으로 영화 상설관 관련 주식회사를 설립하기로 합의하고, 발기인 회합을 통해 불입금 2만원을 요하는 극장 설립 계획을 수립했다. 이후 극장 설립을 위해 창립총회를 개최하고, 설계 도면을 당국에 전달하는 일련의 작업을 펼쳐나갔다.

환서좌는 1907년에 세워진 마산(현 창원)에서 가장 오래된 극장으로 인정되고 있다. 마산에서는 환서좌가 창립된 이후에도 수좌, 도좌(도좌), 묘락좌(妙樂座, 진해 소재)[56] 그리고 앵관(櫻館) 등이 설립되어 마산 일대에서 운영되었다. 그러한 극장 중에서 환서좌는 일본 가부키 공연에 유리하도록 축조된 일본식 공연장이었다. 환서좌는 유정(柳町)에 있었는데, 위치상으로 신마산 본정에 인접하여 시내 중심지에 자리 잡고 있었다.

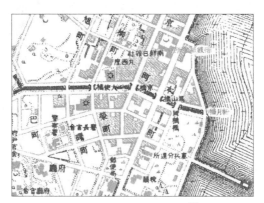

환서좌 위치와 주변 기관 시설[57]

54) 「환서좌」, 『한국향토문화전자대전』, http://terms.naver.com/
55) 「남부마산 환서좌(丸西座) 매수 영화상설관 건설」, 『매일신보』, 1932년 9월 10일, 3면.
56) 「물자운영조합(物資運營組合) 결성」, 『동아일보』, 1947년 6월 14일, 2면.

위의 지도를 참조하면 환서좌는 유정(柳町)에 위치하고 있고, 그 옆에는 '남선일보사'가 자리 잡고 있다. 정확하게 말하면 유정은 경정(京町)과 본정 사이에 위치하고 있는데, 부두의 형태와 도시의 구조로 볼 때 마산시의 중심 지역임에 틀림없다. 더구나 아래쪽(영정)으로는 우편국이 자리 잡고 있고, 왼쪽으로는 경찰서(파정)가 위치하고 있어, 주요 기관 시설이 밀집한 중심에 건립되었음을 알 수 있다. 환서좌 일대는 이른바 도시의 중심 기능을 담당하는 시설이 집중된 지역인 셈이다.

그중 『남선일보』는 일본인 신문으로, 1926년에는 구마산 조선인 지역의 발전을 도모하는 부윤의 정책을 비판할 정도로 일본인 거주 지역(신마산)을 대표하는 신문사였다. 즉 『남선일보』의 전신인 『마산신보』 자체가 일본인의 이해를 대변하는 역할을 했듯, 『남선일보』 역시 이러한 본연적 입장을 계승하고 있었다. 따라서 남선일보사가 위치한 지역적 거점은 일종의 일본인 거류지 중 한 중심이었고, 『남선일보』는 이 일본인 정론의 첨탑 역할을 하고 있으므로, 이러한 남선일보(사)의 위치는 상징적이라고 하겠다.[58]

남선일보사의 위치와 함께 주목되는 건물이 '우편국'이다. 이 우편국은 1927년에 시설 이전 문제로, 구마산과 신마산의 쟁점이 되는 기관이 된다. 그 무렵 당시 마산 부윤(데라시마)은 마산의 발전 방향을 구마산과 그 위쪽(지금의 북마산)으로 상정하고 이를 지원하는 정책을 수립하였다가, 신마산 일본인들 유지(『남선일보』를 필두로)들의 질타와 반발을 산 바 있었다(1926년). 이를 해결할 방책의 일환으로

57) 「마산」, 『1/10000 지도』, 조선총독부, 1931.
58) 남선일보사는 1928년 장군천에 소재하는 마산소방서 옆으로 신축 건물을 짓고 이전하였다.

새 우편국 자리를 구마산과 신마산의 경계로 설정하려고 할 정도로, 우편국의 이전에 균형과 공리를 우선하고자 한 것이다.[59] 하지만 결국 우편국은 논란 끝에 신마산으로 이전하게 되었고, 이러한 도시 균형 정책은 무산되고 말았다.

주목해야 할 점은 우편국의 이전 문제로 인해 구마산 측과 신마산 측, 조선인 거주자들과 일본인 거주자들(신마산 지역), 심지어는 마산 부윤과 언론사 사이에 갈등이 생길 정도로 첨예한 대립을 겪었다는 점이다. 당시 마산 부윤 데라시마는 일본인이었음에도 불구하고 구마산의 발전 가능성을 외면하지 않고 적극적인 정책을 추진하고자 했지만, 이러한 정책 추진 방향은 일본인들의 저지와 방해를 불러일으키고 말았다.

위의 지도에서 부윤의 관사와 부청의 관사가 8시 방향에 위치하고 있는데, 이러한 지리상의 밀집도는 일본인과 부윤의 관계를 더욱 악화시키는 요인이 되었다. 상징적인 측면에서 부청 관사를 비롯한 부윤의 거처는 환서좌를 중심으로 한 『남선일보』와 맞서는 형국이었고, 아이러니하게도 그 중간 지대에 우편국(1927년 이전 이전)이 놓여 있는 흥미로운 형세를 보이고 있다. 그만큼 우편국은 당시 도시 핵심 시설로 취급되어, 그 의미와 가치가 상당했고, 이로 인해 가뜩이나 경쟁과 불신을 겪고 있는 두 지역 사이에 첨예한 경제 문제를 불러일으킬 정도로 쟁점 기관이 되었다.

또 다른 측면에서 환서좌는 신마산의 이권을 대변하는 남선일보사와 우편국의 중앙에 위치하고 있다는 점에서 이 극장이 일본인 거류

---

59) 「마산 우편국 이전 문제」, 『조선일보』, 1927년 9월 1일, 4면.

민을 위한 시설(위치와 정서)로 적합했다는 점을 확인할 수 있다. 그렇다면 환서좌에 대한 한국 측 자료가 드물고, 이에 반해 수좌에 대한 조선인의 반응이 긍정적인 측면을 이해할 수 있다. 두 극장 모두 일본인에 의해 소유된 극장이었지만, 환서좌는 신마산 일본인들의 취향을 충족하는 데에 주력했고, 수좌는 그 해당 지역의 조선인 거주민들의 요구와 필요를 충족하는 것을 소홀히 하지 않았던 것이다.

한편, 환서좌가 있는 마산에서 중요한 시설로 항구 즉 항만 시설을 꼽을 수 있다. 1935년 시점 마산항은 콘크리트 구조물로 건설되어 있었고, 매축 면적이 2,763평이었으며, 남북 80미터 동서 60미터에 총 연장 220미터의 대규모 항만이었다고 보고되고 있다. 더구나 부영선 창으로 인입선(引込線)을 갖추고 있었고, 기저부까지는 단선 돌출부에는 복선으로 설치되어 있었으며, 인입선은 마산역 이남 해안선 300미터에 달했다고 한다.[60]

마산 지역은 남북 방향으로 비스듬히 펼쳐진 해안을 끼고 주도로가 뻗어 있고, 그 위아래(남북 방향 항만 시설과 평행하게) 방향으로 각종 시설과 건물이 위치하는 형태의 도시였다. 일제 강점기에 접어들면서 이러한 양상은 더욱 심화되었는데, 도시 개발 과정에서 마산의 시가지는 해안 지형을 따라 형성되고 마산항을 중심으로 교역과 물류 체계가 정착되었다. 마산이라는 지역은 본래의 구마산에서 신마산 지역으로 확산되고 동시에 북쪽으로도 확장되면서 자연스럽게 남북축을 형성하였고, 해방 이후에는 동마산과 북마산의 개발이 본격화되어 이러한 도

---

60) 김원규 · 문은정 역, 「마산항」, 『가라문화』(16), 경남대학교가라문화연구소, 2002, 175~177면.

시 축에 연계되면서 도시 중심축이 연장되는 형태로 발전했다.[61]

이러한 도시의 남북 축을 기본 구도로 간주하면, 환서좌는 신마산과 구마산이 만나는 접경지대에 위치하고 있었다고 해야 한다. 이로 인해 환서좌는 조선인 구역과 일본인 개발 구역의 접점에서 양 자의 이익을 취할 수 있는 지리상의 이점을 확보하고 있었으며, 이렇게 지리상의 이점으로 인해 도시민 이동 통로 혹은 물류 순화 과정의 중심에 위치하고 있다고 해야 한다. 수직 방향의 구획은 해안가로부터 본정, 경정, 유정, 욱정 등이 평행하게 위치하는 구조로 결국에는 환서좌가 해안 세 번째 블록에 위치한 셈이 된다. 환서좌는 1907년 中村肇(나카무라 초우)에 의해 건립되었고 회전 무대를 갖추었으며 정원이 500명 정도의 극장이었다고 알려져 있다.[62]

5.2.3. 마산좌의 전신(前身) 도좌

환서좌, 수좌와 함께 마산에서 운영된 극장으로 도좌를 꼽을 수 있다. 도좌는 환서좌보다 북쪽에 있으며, 이러한 지리적 특성으로 인해 마산역에 근접한 위치를 점유할 수 있었다.

도좌가 위치한 지역은 행정구역상으로 도정(都町)이었다. 도좌의 명칭은 이 행정구역 명칭에 의거하여 지어졌다. 도좌의 위치에서 주목되는 시설물은 우선 마산역이다. 전국의 지역 극장은 교통의 요지에 건립되는 경우가 많은데, 특히 철도역은 주요 극장의 입지점이 되고

61) 박형규 · 서유석, 「마산시의 도시공간구조 변천과 변화 요인 분석」, 『한국도시설계학회지』(10-3), 한국도시설계학회, 2009, 12~14면.
62) 「환서좌」, 『한국향토문화전자대전』, http://terms.naver.com/

있다. 가령 개성좌는 새롭게 건립되는 역의 위치에 따라 전통적인 개
성의 중심이 아닌 서쪽(관전리)에 건립되었고,[63] 울산극장은 일찍부
터 역전극장으로 불리며 역전의 유동 인구와 상권을 이용한 극장으로
성장하였다.[64]

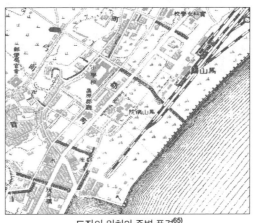

도좌의 위치와 주변 풍경[65]

마산역(위의 지도에서 표시된 역)은 일제가 공을 들여 건설 수리 정
비한 철도역으로, 1910년(7월 5일) 최초 마산(역)이 개통되고[66] 난 이
후에 1927년 신마산역이 건설되면서, 구/신마산역으로 분리되어 지
칭되기에 이르렀다.[67] 지도에서 마산역은 최초 마산역에서 구마산역

---

63) 관전리는 철도역 건설 이후 새로운 중심으로 변모되었다(양정필, 「일제하 개성의
   한국인 상권과 그 특징」, 『역사문제연구』(27), 역사문제연구소, 2012, 151면).
64) 「독자 위안 독창 울산에서 □황」, 『동아일보』, 1932년 2월 26일, 3면.
65) 「마산」, 『1/10000 지도』, 조선총독부, 1931.
66) 마산시사편찬위원회, 『마산시사』, 1997, 872면.
67) 마산선은 마산과 삼랑진을 잇는 철도로 1901년부터 구상에 들어가서 1905년(5월
   26일)에 마산포와 삼랑진 간의 직통 열차가 운행을 개시하여, 당시 일본인 거류민

으로 명칭 변경되는 역이다.

마산역의 개축[68]

일제는 일본인 중심 지역에 신마산역을 건설하고 교통편의 증진을
꾀했다. 바꾸어 말하면, 일제의 의한 철도역 신설은 곧 일본인 중심 거
주지의 건설과 이동을 뜻한다. 위의 지도는 1919년(대정 8년)의 정황
을 나타내고 있으므로, 마산역이 구/신마산역으로 분리되기 이전에
해당한다고 하겠다. 즉 도좌는 마산역이 분리되기 이전, 마산역 인근
에 유일하게 위치한 극장인 셈이다. 이 사실은 개성좌나 구 울산극장
처럼 극장 도좌가 일본인 중심지를 겨냥해 건립되었음을 증빙한다고
하겠다.

한편 도정에서 주요한 시설물 중 하나가 '마산병원'이었다. 마산병
원은 1927년 통정으로 이전하기 전까지[69] 도정 일대의 근간 시설이었
다. 병원으로 인해 이 일대의 인구 동향이 촉진되고 활성화될 수 있었

단이 마산 경정 3정목에서 축하 행사를 펼치기도 했지만, 여러 문제로 인해 철도
운행 정상화되는 것에는 상당한 시간이 소요되었다(이은진, 「마산선 개설에 관한
연구」, 『가라문화』(19), 경남대학교가라문화연구소, 2005, 45~80면).

68) 「구(舊) 마산역 개축 공비(工費) 13만원」, 『조선일보』, 1927년 1월 30일, 1면.

69) 「마산병원(馬山病院) 낙성」, 『동아일보』, 1927년 5월 13일, 4면.

기 때문이다. 하지만 마산병원의 이러한 중심 기능으로 인해, 이후 구
마산과의 중간지대로 이전하게 된다.[70]

도좌의 가장 중요한 지리적 이점은 철도역으로 철도역은 교통과 상
권의 중심지로 기능했다. 도좌는 이러한 마산역의 특수를 이용하였고
—비록 환서좌처럼 시내 중심가에 위치하지는 않았지만—지역적 특
수성을 누릴 수 있는 이점을 확보하고 있었다. 이러한 지역적 특수성
을 극대화하고 했던 대표적인 인물이 1920년대 중반에 도좌를 인수하
는 일본인 本田槌五郎(혼다 스치고로우)이었다.

5.2.4. 1930년대 설립 극장 앵관

앵관(櫻舘)은 1933년에 건립되었다. 설립 주체는 마산연예주식회
사로, 이 회사는 1932년 11월부터 경정 3정목에 앵관을 신축하기 시
작하여 1933년 5월에 신축 개장하였고 5월 13일부터 15일까지 가무
기 평강당십랑(片岡當十郎) 일행을 초빙하여 제막식을 거행했다.[71]

앵관은 신마산에 위치한 극장으로 피로연 등의 행사에 활용된 것으
로 보건대,[72] 식당도 겸업한 건물로 여겨진다. 일본인들 거주지에 마
련된 극장 공간답게 주로 일본인의 필요와 관람에 맞는 경영을 선보
였다.

이러한 측면에서 앵관에서 열린 남선일보사 사장 피로연은 주목을

---

70) 옥한석, 「마산시 경관의 형성과정에 관한 연구」, 『지리학』(17-2), 대한지리학회,
     1982, 31면.
71) 「마산 앵관(櫻舘) 제막식(除幕式)」, 『동아일보』, 1933년 5월 17일, 3면.
72) 「소식」, 『동아일보』, 1933년 11월 3일, 3면.

요하는 행사이다. 『남선일보』는 구마산 지역(조선인 활동 중심지)을 홀대하는 입장을 취했다는 이유로, 1926년의 불매운동과 1927년 비매운동의 표적이 되기도 할 정도로 일본인 정론과 이익을 우선시하는 신문이었다.[73] 본래 『남선일보』의 전신은 『마산신보』로, 『마산신보』는 1906년 최초 창간된 일본인 신문이었다. 주로 일본인 거류지에서 발간되어 일본인들의 권익을 보호하는 방편으로 유통되었으나 경영상의 어려움으로 1차 폐간되었다가, 1908년(10월 1일)에 동명의 신문으로 재창간되었다. 재창간 시에도 일본인에 창간된 일본(인) 신문인데, 경영상의 어려움을 끝내 극복하지 못하고 결국에는 『경성일보』에 흡수되었다. 『마산신보』를 흡수한 경성일보사는 1911년 기존 제명을 '남선일보'로 변경하여 재간행하였지만, 재간행 이후에도 경영상의 어려움으로 소유권이 위임되기 일쑤였다.[74] 1920년대 『남선일보』는 가와타니 시즈오(河谷靜夫)에게 의해 인수되어 경영되다가(1926년), 1933년 위의 피로연의 주인공인 타카하시 타케오(고교무부, 高橋武夫) 신임 사장의 취임을 맞이하게 된다.

타카하시는 일본 향촌현(香川縣) 출신 일본인으로 『대판매일신보』삼천포 지방 통신원으로 활동하다가 『부산일보』지국장을 거쳐 『남선일보』사장에 취임한 입지전적인 인물이었다.[75] 이러한 과거 인연으로 인해 그는 경상남도 사천군 삼천포면에 위치한 대야회조부(大野回

---

73) 채백, 「일제 강점기의 신문불매운동 연구:1920년대 중반을 중심으로」, 『한국언론정보』(28), 한국언론정보학회, 2005, 236~239면.

74) 「남선일보」, 『한국향토문화전자대전』, http://terms.naver.com/ ; 채백, 「일제 강점기의 신문불매운동 연구:1920년대 중반을 중심으로」, 『한국언론정보』(28), 한국언론정보학회, 2005, 238~239면.

75) 『기념표창자』, 1175면 ; 한국사데이터베이스, http://db.history.go.kr/

遭部)(株)와 대야산업(大野産業)(株)의 이사로 재직하기도 했다.[76] 그러니까 그는 언론인으로 삼천포와 부산 등지에서 활동하다가 지역 유지로 발돋움하였고, 결국에는 마산 『남선일보』의 사장으로 취임하면서 그 성가를 높였다고 할 수 있는데, 이러한 성가를 높이는 과정에서 앵관은 환영처로 선택된 것이다.

주목할 점은 사실 남선일보사 주변(신마산 일대)에는 환서좌라는 극장이 오래 전부터 존재하고 있었다는 사실이다.[77] 그러니까 환서좌가 아닌 앵관을 환영처로 삼은 이유에 대해 조명할 필요가 대두된다고 하겠다. 그 이유는 환서좌의 시설 낙후와 식당 부재로 인해 피로연에는 적당하지 않았던 공간으로 전락한 점에서 찾을 수 있을 것이다. 우회적으로 말하면 남선일보사 사장 취임 피로연을 위한 공간으로는 앵관이 더욱 적절했다는 판단이 내려진 결과이다. 이것은 일본인 극장 내에서도 환서좌를 대신할 수 있는 공간, 앵관과 같은 공간이 필요해졌음을 뜻한다. 결국 낡고 오래되고 시설이 부족한 환서좌를 대체할 1930년대 마산의 새로운 공간으로 앵관이 탄생한 셈이다.

앵관은 남선일보사 사장 취임식장으로 활용된 것에도 확인되듯이 『남선일보』와 유기적인 관계를 맺고 있었다. 이것은 앵관이 위치한 신마산의 지역적 성향과 친일적 신문의 관계로 설명될 수 있겠다. 이러한 측면에서 남선일보사는 앵관의 주요한 후원처가 되었다는 사실은 하등 이상하지 않다.[78] 또한 동아일보사 역시 앵관과 밀접한 관련을

---

76) 中村資良, 『조선은행회사조합요록(朝鮮銀行會社組合要錄)』(1931년 판), 동아경제시보사, 1931 참조
77) 1934년에도 환서좌가 존재했다는 기록이 남아 있다(「삼천리 기밀실」, 『삼천리』(6-11), 1934년 11월, 20면.
78) 「본보지국 주최의 조군(趙君) 무용과 음악」, 『동아일보』, 1935년 8월 8일, 5면.

가지고 각종 사업을 진행하면서, 앵관은 비단 일본인만의 공간에서 벗어나려는 움직임을 주도했다.

앵관은 대극장으로 판단된다. 1935년 시행된 『동아일보』 기념행사에서 무려 1300명이 입장했다는 기록이 남아 있다. 이 기록을 액면 그대로 믿기는 힘들지만, 적어도 500석 안팎의 중극장 규모를 벗어난 극장이었음을 확인할 수 있다.[79] 실제로 1930년대 중반에 이르면 조선 각지에 대형 영화관이 신축되기 시작했다. 가령 1937년에 완공된 진남포 중락관은 1천 5백 명 규모의 극장으로 구상 건축되었고,[80] 1935년에 설립된 광주극장 역시 1천 2백 명 규모의 대극장으로 건립된 대표적인 사례이다.[81] 그러니 마산부의 규모를 감안하고, 거주 일본인들의 바람과 요구를 고려할 때, 앵관 역시 대극장으로 건축될 필요가 다분했다고 해야 한다.

이후 앵관은 영화상연관,[82] 무용발표장,[83] 독창회장,[84] 연극공연장[85] 등으로 활용되었다. 앵관의 용처 중에서 주목되는 사례는 동경소녀가극단의 초청 공연이었다. 철도국우회의 초빙을 받아 1936년 4월 1~2

79) 「마산 기념영화 성황」, 『동아일보』, 1935년 4월 4일, 4면.
80) 「영화관 신축 진남포(鎭南浦)에서도」, 『동아일보』, 1935년 10월 5일, 5면 ; 「남포의 영화전당(映畵殿堂) 중락관 낙성」, 『동아일보』, 1937년 7월 2일, 5면 ; 「극장 중락관(衆樂館) 도(道)에 허가신청」, 『매일신보』, 1936년 4월 17일, 5면.
81) 中村資良, 『조선은행회사조합요록(朝鮮銀行會社組合要錄)』(1937년 판), 동아경제시보사, 1937 ; 「남조선 초유의 대극장 건축」, 『동아일보』, 1935년 2월 26일, 4면 ; 「광주극장 낙성(落成) 10월 1일에 개관」, 『동아일보』, 1935년 10월 1일, 3면.
82) 「본보 창간 15주년 기념」, 『동아일보』, 1935년 3월 29일, 3면.
83) 「본보지국 주최의 조군(趙君) 무용과 음악」, 『동아일보』, 1935년 8월 8일, 5면.
84) 「등원의강(藤原義江) 씨 공연」, 『동아일보』, 1935년 8월 21일, 4면.
85) 「소녀가극단(少女歌劇團)」, 『동아일보』, 1936년 3월 28일, 4면 ; 「마산 독자 우대」, 『동아일보』, 1936년 5월 3일, 4면.

일 앵관에서 공연하는 이 행사에서 임시열차가 운행될 정도로 해당
극단의 접대에 만전을 기한 경우였다.[86] 또한 일본 송죽좌(松竹座)와
제국극장(帝國劇場)의 전속 인생극장(人生劇場)을 초빙하여 공연한
점에서 확인되듯이,[87] 기본적으로 일본인의 여흥과 관람을 위한 극장
으로 운영되었음을 확인할 수 있다. 앵관은 마산에서 환서좌를 잇는
일본인 극장으로서의 위상을 지닌 극장이었다.

5.3. 통영의 극장과 문화 인프라

5.3.1. 통영의 오래된 극장 봉래좌

봉래좌는 경상남도 통영에 존재했던 극장으로, 1914년에 건립되
어 1946년에 '봉래극장'으로 극장 명칭이 변경되었으며(해방 이후),
2005년에 최종 해체(철거)되는 역사적 변천 과정을 겪은 유서 깊은
공연장이었다.[88] 지역을 대표하는 극장으로서의 위용을 드러낸 이래
무려 90년의 세월을 통영민들과 함께했다는 점에서, 이 극장은 지역
극장의 역사적 저력을 보여주는 대표적인 사례라고 하겠다. 일제 강
점기 봉래좌는 통영군 대화정(大和町) 159-25번지에 위치하고 있었

---

86) 「소녀가극(少女歌劇) 위해 임시열차(臨時列車) 운전」, 『동아일보』, 1936년 4월 1
   일, 4면.
87) 마산 독자 우대」, 『동아일보』, 1936년 5월 3일, 4면.
88) 봉래좌에 관한 연극사적 정보와 역사적 사실은 다음의 논문을 참조했다(김남석,
   「일제 강점기 해항 도시 통영의 지역극장 '봉래좌' 연구」, 『동북아문화연구』(48),
   동북아시아문화학회, 2016, 209~224면).

다.[89] 지역 극장 중에서도 이른 시기에 지어진 극장으로 널리 알려져 있으며, 동시대에 이미 마산의 수좌와 함께 경상남도 지역을 대표하는 극장으로 인식되고 있었다. 일찍이 이 극장에 대해 정리한 내용은 다음과 같다.

이 극장은 통영읍 대정정(大正町)에 있었다. 橋本公博이 건립하였다. 1915년 경남 통영군 안내에 게재된 봉래좌의 소개 글에 따르면, 봉래좌(현 봉래극장)는 1914년에 설립됐다고 나와 있다. 일본인 40여명이 각출해 건물을 짓고 조합 형태로 운영됐다고 한다. 봉래좌는 2층 시설이 딸린 380명 정원의 다목적 공연장이었다. 영화 상영관으로 개축된 것은 1939년이었다. 무대는 좁았고, 주로 영화를 상영하는 것이었다.[90]

설립 당시 신문 기사를 참조하면 봉래좌의 위치를 '대화정'으로 표기하고 있는데, 박노홍은 그 위치를 '대정정'으로 기록하는 차이를 보였다. 하지만 당시 행정 구역상 대화정이 존재할 뿐, 대정정은 통영에 존재하지 않는 지역 명칭이므로 '대화정'이 올바른 표기로 판단된다. 봉래좌는 2층 건물이며, 그 규모로 볼 때 500석 이내의 객석을 갖춘 극장이었다. 일제 강점기 봉래좌에서 시행된 연극 공연과 각종 행사를 분석하면, 이 극장이 다목적 공연장으로 활용되었다는 사실을 분명히 확인할 수 있다. 다만 일제 강점기 영화관으로 전용된 사실에 대

89) 「시국대동단 강습회, 통영봉래좌(統營蓬萊座)에」, 『매일신보』, 1925년 1월 23일, 3면 ; 「소년동아일보(少年東亞日報)」, 『동아일보』, 1925년 5월 8일, 6면 ; 「통영본보(統營本報) 독자우대」, 『동아일보』, 1928년 11월 20일, 4면.
90) 김의경·유인경, 『박노홍의 대중연예사(1)』, 연극과인간, 2008, 321면.

해서는 다소 불분명한 논점이 남아 있다. 이후 본론에서 언급하게 되는 각종 상영 기록으로 판단할 때, 1920년대부터 영화관의 기능을 일부 겸하여 운영되다가 1939년 영화관으로 개축되었으며, 해방 이후에도 이러한 영화관으로서의 면모를 계속 유지했던 것으로 볼 수 있겠다.[91]

이른 시기에 봉래좌를 언급한 박노홍은 흥미로운 사실을 기록으로 남긴 바 있다. 박노홍은 봉래좌의 설립자를 '橋本公博'이라고 했다. 다른 증언에서도 봉래좌의 일본인 사주는 '하시모토'였다고 확인되고 있어 이러한 기록의 신빙성은 매우 높다고 해야 한다.[92] 더구나 "하시모토는 군인이었고, 계급은 하사관(군조)이었다"[93]는 구체적 증언도 발견되었다.

일제 강점기 통영으로 이주한 일본인들은 조직적인 체계를 갖추고자 했고, 이러한 조직 구성에 일정 부분 성공했다. 대표적인 사례로, 일제 패망 이후 일사불란하게 귀국한 사건을 들 수 있다. 아무래도 통영이 일찍부터 어업 전진기지로 낙점되어 일본인들의 조직적인 이주가 시작된 항구 도시였기 때문에,[94] 이주자들의 통합 이주 성향(조직적 거주 체계)이 비교적 강하게 작용했고 이로 인해 패망 시점의 혼란

---

91) 해방 이후에 봉래관(변경된 명칭은 봉래극장)은 영화관으로 사용되었으며, 1990년대 이후의 영화를 보았다는 지역민의 증언도 다수 확보된 상태이다.

92) 박정석, 「일제 강점기 일본인 이주어촌의 흔적과 기억 : 통영 '오카야마촌'을 중심으로」, 『민족문화논총』(55), 영남대학교 민족문화연구소, 2013, 347면.

93) 박*균 증언, 2013년 1월 11일, 박정석, 「일제 강점기 일본인 이주어촌의 흔적과 기억 : 통영 '오카야마촌'을 중심으로」, 『민족문화논총』, 55집, 영남대학교 민족문화연구소, 2013, 347면에서 재인용.

94) 김준 외, 「일본인 이주어촌의 변화과정과 시기별 주택변용 특징에 관한 연구」, 『대한건축학회지』(24-1), 대한건축학회, 2008, 128-129면.

상황에도 불구하고 일사불란한 철수가 가능했던 것으로 풀이된다.

일본 내 통영 이주자들은 감리자의 관리를 받고 있었다. 감리자는 "이주자를 감독하여, 일반의 악폐를 교정하고, 풍의(風儀)의 개선에 힘쓰며, 어업의 출원 수속에 관한 대변, 어획물 판로의 연구, 기타 일반 어촌의 취체, 이주자의 보호 지도, 유액(誘掖)에 힘쓰"는 역할을 담당했다.[95] 이로 인해 오카야마촌은 성공적인 '보조이주어촌'이 될 수 있었고, 이러한 성공 사례는 통영의 일본인 거주자들에게 전반적으로 영향을 주었을 것으로 판단된다.

특히 오카야마촌은 1910년대 경부터 '하다켄안'이라는 인물의 주도 하에 대대적으로 방책을 설치하고 시설을 보완하는 정비 작업을 수행한 바 있다. 소학교, 학교 조합, 신사, 우편국, 의료기관, 청년단, 공판회, 어업 조합, 방파제 등이 건립되거나 증편되면서 지역적 거점이 형성되었는데,[96] 1914년에 설립된 봉래좌 역시 이러한 사업의 일환으로 볼 수 있다. 비록 봉래좌가 오카야마촌에 직접 건립된 시설은 아니지만, 일본 거주자들의 지역 활성화 정책에 따라 필요 시설로 인정되어 건립된 것은 확실하기 때문이다.

봉래좌의 사주 하시모토 역시 일본인 거주자들의 일원이었기 때문에, 봉래좌가 집단 구성원의 각출을 통해 건축될 수 있는 상황이 조성되었다. 실제로 어민들의 집단 이주가 시행될 때, 보조이주어촌은 집단 노동과 건축에 의해 건설된 바 있다.

---

95) 강산(岡山)현사편찬위원회, 『강산현사』, 1992, 322면, 여박동, 「근대 오카야마현의 조선해 어업 관계」, 『일본문화연구』(6), 동아시아일본학회, 2002, 298면에서 재인용.
96) 여박동, 「근대 오카야마현의 조선해 어업 관계」, 『일본문화연구』(6), 동아시아일본학회, 2002, 299면.

일본인의 통영(군) 이주 상황을 기록한 자료에 따르면, 1910년대 이후 통영에 거주하는 일본인은 1,000 명을 이미 넘어서고 있다. 봉래좌가 건립된 1914년에는 남자 806명, 여자 805명으로 총 1,611명, 471 가구가 거주하고 있었다.[97] 이러한 거주인들은 자체 내의 오락과 유희 공간을 필요로 하기 마련이었다. 여기에 통영에 거주하는 조선인들의 유희적 오락적 필요까지 더한다면, 극장의 탄생이 예비될 수 있는 사회적 환경은 이미 갖춘 상태였다고 볼 수 있다.

게다가 당시 통영은 놀라운 어획고로, 높은 경제적 수준을 자랑하는 도시로 탈바꿈하고 있었다. 멸치를 비롯하여 각종 어획고가 일본인과 조선인 어부에 의해 날로 늘어나고 있었고, 상품 가치가 높은 어족들은 대대적으로 수출될 정도로 각광 받는 도시로 성장하고 있었다.[98] 풍요로운 경제 상황은 통영을 자본과 상품이 풍요로운 도시로 격상시켰는데, 실제로 이 시기에 통영에는 기간 시설이 대대적으로 확충되고 있었다. 다른 각도에서 보면, 극장은 그 무엇보다 우선적으로 건립되어야 할 기간 시설 중 하나였다. 그리고 이러한 기간 시설은 경제적 목적과도 관련이 있어, 대규모의 투자와 맞물려 있기 마련이었다. 이러한 경제적, 사회적, 지역적 인프라와 문화적 필요에 따라, 봉래좌는 일본인 이주 집단의 자발적 필요와 투자 이익을 위해 자연스럽게 기획될 수밖에 없었다.[99]

---

97) 山本精一, 『統營郡案內』, 1915, 93~94면, 차철욱, 「전근대 군사도시에서 근대 식민도시로의 변화」, 『한일관계사연구』(48집). 한일관계사학회, 2014, 332면에서 재인용.

98) 「통영 해산물상 소개」, 『朝鮮時報』, 1916년 7월 20일 ; 「통영곽(統營廓)에서」, 『朝鮮時報』, 1916년 8월 9일.

99) 흥미로운 사실 중 하나는 통영극장(통영좌)의 감사 중 한 사람이 '橋本米吉'이었

5.3.2. 통영의 경쟁 극장 통영좌

통영좌는 통영읍 길야정(항남동)에 위치한 극장으로,[100] 설립연도
는 1928년으로 추정된다. 통영좌가 건립된 이후, 통영좌는 봉래좌와
더불어 통영 지역의 각종 대회와 문화 행사를 개최하는 극장으로 사
용되었다.

통영좌 역시 통영 주민을 위해 군민(부민)대회장으로 즐겨 사용되
었고,[101] 각종 단체와 조합의 행사장(혹은 총회장)으로도 각광을 받았
으며,[102] 강연회장으로도 활용되었다.[103] 그중 1939년에 통영좌에서 열
린 권투대회는 주목되는 행사이다. 이 권투대회는 통영권투회의 자존
심을 건 대회였다. 통영권투회는 이전부터 시도 대항 권투대회를 열
어 부산, 마산, 진주, 밀양, 대구 등지의 권투회와 자웅을 겨루는 행사
를 치른 바 있고, 1939년 1월에는 목포군을 초청하여 대항전을 개최
하기도 했다. 이때까지 전승을 거두고 있었던 만큼, 목포군과의 대결
은 초미의 관심을 끌고 있었다.[104] 이 대회는 통영좌에서 개최되었는
데, 봉래좌와는 달리 스포츠 대회를 개최하였다는 점에서 차이점과

────────────

  는데(中村資良, 『조선은행회사조합요록(朝鮮銀行會社組合要錄)』(1939년 판), 동
  아경제시보사), 이 하시모토 역시 통영에 거주하는 하시모토였으며, 상황으로 판
  단하건대 '橋本公博'이 관련이 있는 인물로 판단된다.
100) 「광인광태(狂人狂態)에 통행인 수난」, 『동아일보』, 1939년 6월 16일, 3면.
101) 「통영법청(統營法廳) 부활 군민대회 개최」, 『동아일보』, 1933년 6월 1일, 3면 ;
  「통영임항철도(統營臨港鐵道) 촉성(促成)」, 『동아일보』, 1935년 7월 27일, 7면.
102) 「일 년 담배값 이원 십구전」, 『동아일보』, 1933년 10월 27일, 5면 ; 「통영산조(統
  營産組) 임시총회」, 『동아일보』, 1938년 6월 7일, 3면.
103) 「영남지방(嶺南地方)」, 『동아일보』, 1928년 1월 17일, 4면.
104) 「통영권투회(統營拳鬪會) 도시대항(都市對抗) 권투대회」, 『동아일보』, 1939년 1
  월 28일, 7면.

개성을 드러낸 경우였다.

하지만 전반적으로 봉래좌에 비해 통영좌에 대한 지역 행사 의존도(지역민의 선호도)는 낮은 것으로 평가되었다. 통영좌에서의 행사는 봉래좌에 비해 다양한 형태로 나타나지 않고 있으며, 그 빈도수도 아무래도 낮은 것으로 판단된다. 그만큼 봉래좌에 대한 통영 지역민의 정서적 친밀도와 장소애가 높았다고 볼 수 있다.

5.4. 방어진 극장과 어항의 특수

지역 극장 상반관(常盤館)은 울산 방어진(항)에서 운영되었던 해안가 극장이었다.[105] 아래에 제시된 1929~1930년 방어진(항)의 지도를 참조하면, '상설 상반관'이 뚜렷하게 표기되어 있다.

다음 방어진 지도에서, 상반관은 주도로 안쪽 도로 변에 자리 잡고 있었다. 주도로가 항구를 따라 거의 일직선으로 뻗어 있고, 이와 평행하게 또 다른 이면도로가 펼쳐져 있는 형세이다. 이 주도로는 소위 신작로로 지칭되었는데, 남북 방향으로 연계된 30미터 가량의 도로로 현 2010년대에도 그 자취는 그대로 남아 있다.[106] 이 주도로(해안통)에는 즐비한 상점이 자리 잡고 있었다. 아래 지도에는 각 도로의 특징과 주변 상가의 모습을 부각되어 나타나 있다.

---

105) 상반관에 대해서는 다음의 연구를 기본적으로 참조했다(김남석, 「일제 강점기 울산 방어진의 상설극장 상반관의 사주와 기능」, 『울산학연구』(13), 울산학연구센터, 2018, 7~66면 참조)
106) 한석근, 「울산 방어진 어항의 형성 과정」, 단국대학교 동양학연구소 편, 『일제 강점기 울산 방어진 사람들의 삶과 문화』, 채륜, 2011, 117면.

방어진 지도(1930년)

지도상의 지형과 건물 배치를 파악하기 위해, 천재동의 회고를 참조할 필요가 있다.

우리 집(천재동의 생가:인용자) 대문 앞 한길(이면 도로:인용자)은 우리 집과 나란히 해서 동편은 동해병원(東海病院), 우체국, 그리고 경남승합자동차 정류소, 그 뒤편에 면사무소, 그 옆에 공동 우물이 있었으며, 서쪽으로는 합전청주조장, 사진관, 중국 요리집, 은행원 사택, 극장 상반관, 비탈길로 내려가면 십자로(十字路), 십자로에서 서쪽 오르막으로 직행하면 금융조합을 지나서 서진구에 이르게 된다. 십자로 남으로 내려가면 상가와 해안 통으로 연결되고, 북으로 가면은 넓은 길이 나타나는데 그 길 한 복판 개천에 물이 흐르고, 이 일대가 세칭 청루(靑樓) 골목이라 하여 홍등가로 2층 3층 목조 건물이 즐비하여 밤낮없이 북소리와 사미센 소리가 끊이지 않았다.[107]

천재동 생가는 상반관과 동해병원 사이에 있었다. '천호방'으로 불렸던 이 집은 동해병원 서쪽(지도의 아래쪽) 50미터 지점에 위치하고 있었다. 그러니까 천재동 입장에서 보면, 동해병원, 우체국, 경남승합자동차정류소(정류소는 위 지도에는 표기 안 됨)가 동쪽(지도의 위쪽)에 있었고, 그 반대편인 서쪽 지역에는 상반관과 그 이웃 건물이 위치하고 있었다.

따라서 천재동의 집에서 상반관을 지나 서쪽으로 이동하면 '십자로'가 나타나기 마련이다. 이 십자로에서 왼쪽(지도상에서 왼쪽은 실제 방위로는 북쪽이다)으로 전진하면 청루골목으로 통하고, 아래쪽(실제 방위 서쪽)으로 향해 비탈길을 올라가면 금융조합(지도상의 '방어진금융조합')에 도달하며, 지도 오른쪽(실제 방위 남쪽)으로는 해안통(주도로)과 연결되는 작은 골목이 이어져 있었다. 이러한 지형을 고려하면, 십자로는 일종의 교차로에 해당하며, 홍등가와 극장가 그리고 금융가(금융조합)와 상점가(해안통)로 통하는 곳에 조성되어 있었다.

방어진 유곽(청루) 풍경[108]

107) 천재동, 『아흔 고개를 넘으니 할 일이 더욱 많구나!』, 동아정관, 2007, 34면.

이 십자로의 북쪽(지도상 왼쪽)과 동쪽(지도상 위쪽)은 상당한 관련을 맺고 있었다. 또한, 홍등가, 이른바 청루골목의 종업원들과 십자로의 동쪽 상반관도 상호 영향 관계를 맺고 있었다는 사실을 특기할 필요가 있다. 십자로에서 왼쪽(북쪽)으로는 옥내옥(玉乃屋)을 필두로 하여 삼도옥(三島屋) 등이 줄지어 늘어서 있었는데, 이 골목이 이른바 '청루골목'으로 일반적으로 '홍등가'에 해당하는 구역이었다. 이 홍등가는 골목 양편으로 각각 4집씩 있었는데, 그중에서 가장 유명한 유곽이 봉래관이었다고 하며 유곽의 가장 중요한 고객은 뱃사람들이었다.[109]

방어진은 거친 바다에서 일하는 어부들이 들어와 휴식을 취하는 어항이었기에, 이러한 홍등가가 발달하지 않을 수 없는 조건을 갖추고 있었다. 특히 청루골목에는 "2층 3층 목조 건물이 즐비하여 밤낮없이 북소리와 사미센 소리가 끊이지 않았다"고 각종 문헌에 묘사되어 있다. 그러니까 십자로 인근에는 극장도 있었지만, 유흥가가 자리 잡고 있어 번화가의 면모를 풍겼고, 이러한 주변 시설이 유동인구를 촉진하였다.

이처럼 방어진 시가는 해안통에 신작로가 생기면서 각종 시설이 들어찼고 그 인구 유동성이 골목 안으로 침투하여, 때마침 수산업 경기의 활성화와 어우러져 청루골목의 활기와 부산스러움을 더욱 자극했고, 결과적으로는 극장 건설과 인지도 전파에 중요한 역할을 수행한다. 그러니까 방어진은 수산·어업 경기의 활성화와 일본인들의 집단 이주로 인해 경상도에서도 손꼽히는 해항으로 거듭 났으며, 이렇게 전체적으로 부흥된 성세는 극장의 활성화에 직간접적으로 기여했다.

---

108) 「방어진 유곽 거리 모습 사진엽서」, 한삼건 역, 『1933년 울산군 향토지』, 울산대곡박물관, 2016, 231면.

109) 신춘희, 『노래로 읽는 울산』, 울산이야기연구소, 2015, 435면.

물론 자금의 활발한 유통으로 인해 여성들의 이주가 더욱 촉진되기에 이르렀다. 인구의 활성화는 극장의 활성화와 관련되지 않을 수 없었는데, 당시 상황을 회고하는 천재동은 청루골목 내의 풍경을 "밤 낮 없이 샤미센과 북소리가 끊이지 않았으며 극장가에서 펄럭이는 선전용 깃발"로 묘사하고 있다.[110] 일종의 상점가에 해당하는 해안통, 유흥 술집을 따라 진입한 홍등가, 그리고 그 오른쪽(실제 동쪽)에 위치했던 극장가 등이 서로 얽혀 있는 인상인데, 그 풍경의 중심에는 청루골목과 극장가로 통했던 십자로의 풍경이 걸려 있다.

이러한 방어진의 과거 모습은 현재의 지도와 비교해도 그 자취가 비교적 뚜렷하게 남아 있는 편이다. 2017년 시점에도 방어진의 이면 도로는 분명하게 확인된다. 도시는 더욱 확장되어 해안가를 끼고 도는 주도로 외에도 여러 겹의 도로가 증설되었으며, 그로 인해 방어진 항은 외형적으로 확장된 상태이다. 더구나 해안가 쪽으로도 확장을 거듭하여 과거의 주도로였던 해안도로 안쪽 도로로 편입되었고, 해안 가로는 각종 시설과 관련 토지가 증대되어 있는 상황이다.

2017년 방어진(2017년 5월 17일)[111]

---

110) 천재동, 『아흔 고개를 넘으니 할 일이 더욱 많구나!』, 동아정관, 2007, 35면.

따라서 방어진(항)의 도로 구조를 감안할 때, 이면도로는 상대적으로 유흥 지역이었으며 반대로 주도로(신작로)는 과거 방어진(항)을 떠받치는 기관 산업/상업 시설이 밀집된 지역이었음을 확인할 수 있다. 흥미로운 것은 이러한 도시 구조에서 극장의 위치라고 하겠다.

일단 1929~30년 방어진 지도를 보다 상세하게 살펴보자. 신작로에서 가장 중요한 위치를 차지하는 장소는 '방어진 어업조합 사무소'로, 이 사무소는 주도로 오른쪽 해변이자 바다를 매립한 자리에 위치했다. 이 사무소와 인접하여, '방어진 소방힐소(消防詰所)'가 위치하고 있었다. 이 소방힐소가 상반관의 사주로 추정되는 橋詰三治郎(하시즈메 산지로우하)가 근무했던 곳이다. 이 방어진소방(조)는 방어진에 주요한 시설이 아닐 수 없었다.

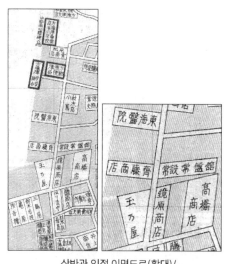

상반관 인접 이면도로(확대) /   방어진의 주도로와
일명 '청로골목(청루골목)'   인접 상가(발췌)

111) 「방어진」, 네이버지도, http://map.naver.com/

　주도로 왼쪽 블록에는 회사 지점, 각종 상점, 숙박 여관, 종교 시설 등이 자리 잡고 있고, 특히 서본원사(西本願寺)가 자리 잡고 있는 것은 주목된다. 인천의 각종 극장 거리에도 서본원사는 위치하고 있었으며, 원산도 마찬가지였다. 방어진에도 서본원사는 소방서와 함께 중요한 기간 시설로 위치하고 있었던 것이다.

　위의 왼쪽 세부(확대) 지도를 보면 '동해의원'이 면한 도로(이면 도로) 길게 뻗어 있고, 그 길가 맞은편에 상반관이 마주 보고 대각선으로 위치해 있다. 이 일대의 정확한 행정 구역은 방어진 영정(榮町)에 해당한다.[112]

동해의원 광고[113]　　　　매춘을 겸하여 영업 중이었던 술집과 여관(청루골목)[114]

　전술한 대로, 상반관은 방어진의 화류가(花柳街)였던 일명 '청로골목' 인근에 위치했다. 청로골목이란 '청루(靑樓) 골목'에서 온 말로, 뱃사람들을 위해 모여든 술집과 여관 밀집지를 가리킨다.[115] 2010년 시점에도 이 청루골목은 그 자취를 남기고 있는데, 과거 방어진의 영화(榮華)와 성세를 보여주는 대표적인 지역이다.

112) 『釜山日報』, 1928년 1월 1일, 6면.
113) 『朝鮮新聞』, 1928년 3월 27일, 4면.
114) 『朝鮮新聞』, 1928년 3월 27일, 4면.
115) 송재용, 「"울산방어진 사람들의 삶과 문화" 연구의 의미」, 단국대학교 동양학연구소 편, 『일제 강점기 울산 방어진 사람들의 삶과 문화』, 채륜, 2011, 34면.

청루골목(청로골목)은 기루 즉 기생이 동반되는 술집이 집약된 골목으로, 주도로에서 안쪽 골목으로 자리 잡고 있었다. 위 왼쪽 지도에서 '옥내옥(玉乃屋)'에서 '삼도옥(三島屋)'에 이르는 지역을 가리키고 있는데,[116] 그 일대에는 창기가 나오는 주사창사창루가 즐비했다. 이 지역에 주루(酒樓)가 결집되었던 까닭은 어업의 성세와 이에 따른 뱃사람의 여흥 때문이었다. 뱃사람들은 회포를 풀기 위해서 방어진을 찾았고, 이러한 청루골목은 이러한 남성적 욕망을 달래는 곳으로, 이로 인해 1900년대부터 매춘과 관련된 직업을 가진 사람들(주로 여인)이 많았고, 어업 전성기에는 주류와 매춘에 관여하는 여인이 500명에 달했고 주점(요릿집)이 20여 업소에 이를 정도였다.[117]

이렇게 청루골목은 유흥과 주류 그리고 매춘과 향락으로 유명한 지역이었다. 어릴 적 이 청루골목에 들어갔던 증언에 의하면, 이 골목의 건물은 '긴 복도'를 지닌 '이상한 구조'의 집들이었다고 한다.[118] 이러한 구조는 남자들이 들고나기 편리한 구조였다. 상반관이 이러한 청루골목에 인접해서 자리 잡고 있다는 점은 시사하는 바가 적지 않다. 즉 상반관은 유동 인구, 몰려드는 손님, 그리고 자금의 흐름에 민감한 곳에 있었고, 낮 동안을 무료하게 보내야 하는 여인들에게 유용한 공간이었다고 해야 한다.

이 청루골목에는 저녁이 되면 수백 명의 여인이 목욕을 위하여 한 무

116) 한석근, 「울산 방어진 어항의 형성 과정」, 단국대학교 동양학연구소 편, 『일제 강점기 울산 방어진 사람들의 삶과 문화』, 채륜, 2011, 117면.
117) 이현호, 「일제시대 이주어촌 '방어진'과 지역사회의 동향」, 단국대학교 동양학연구소 편, 『일제 강점기 울산 방어진 사람들의 삶과 문화』, 채륜, 2011, 148~170면.
118) 가와사키 · 미나미 구술, 김난주 · 이영수 · 서종원 채록, 단국대학교 동양학연구소 편, 『일제 강점기 울산 방어진 사람들의 삶과 문화』, 채륜, 2011, 325면.

리를 이루어 지나다녔다고 하는데,[119] 당연히 이러한 여인들이 저녁 무렵까지 소일거리(유희)를 찾을 수밖에 없었다. 실제로 방어진에는 100명의 인원을 수용할 수 있는 대중목욕탕이 3곳이나 될 정도로 목욕업도 성행이었는데,[120] 이를 감안하면 유흥업 종사자의 인구 역시 상당했다고 해야 한다. 1930년대 경성 흥행의 중심이었던 동양극장의 주요 관객층 중 하나가 기생이었다는 점을 참조하면, 청루골목(의 유동/거주 인구)과 상반관(유효 관객)의 유기적 성향은 확인된다고 하겠다.

가령 상반관의 모습을 담고 있지는 않지만, 1910년대 부산좌에 단체 관람을 위해 모인 기생들의 모습은 시사하는 바가 적지 않다(부산좌의 내부를 파악하기 위해서 이 사진 자료를 활용한 바 있는데, 여기서는 관련 사실을 조회하기 위해서 다시 한 번 인용하기로 한다).

부산좌의 객석 풍경[121]

---

119) 『大日本職業別明細図』, 東京交通社, 1937, 이현호, 「일제시대 이주어촌 '방어진'과 지역사회의 동향」, 단국대학교 동양학연구소 편, 『일제 강점기 울산 방어진 사람들의 삶과 문화』, 채륜, 2011, 169~170면에서 재인용.
120) 천재동, 『아흔 고개를 넘으니 할 일이 더욱 많구나!』, 동아정관, 2007, 36면.
121) 「녹정 예창기의 부산좌 총견[總見](단체관람)」, 『釜山日報』, 1915년 8월 9일, 3면.

사진에서만 300 전후의 관객(기생)이 객석을 채우고 있음을 확인할 수 있다. 이러한 규모는 극장으로서는 무시할 수 없는 규모이며, 더욱 놀라운 사실은 1회성으로 끝나는 사안도 아니라는 점이다. 기생들이 연극을 유희로 삼을 경우, 남자 손님을 동반하거나 자신들끼리 몰려오는 특징을 보인다는 점에서 기생들은 주요 고객이 아닐 수 없다.

상반관의 외부 혹은 내부를 포착한 사진은 발견되고 있지 않지만, 신춘희는 비교적 상세하게 상반관 내부를 묘사하고 있다.

> 상반관은 천재동의 나이 여섯 살 때인 1920년 쯤에 지어졌다. 1층 객석은 네 사람이 앉을 수 있도록 칸을 갈라 벽을 쌓았고, 2층 객석에는 다다미를 깔았다. 입장표를 사서 들어가려면 신발을 벗어 맡기고, 좌석번호를 받아 지정된 좌석에 가서 앉았다. 무대에 인기 연예인이 등장하면 관객들이 환호했다.[122]

신춘희가 옮겨 놓은 상반관은 2층 건물로 전형적인 일본식 극장이었다. 목적은 영화상설관이었고, 600명 정도 수용할 수 있는 크기였다. 일단 하족실이 별도로 존재하고, 입장하는 관객은 신발을 맡기고 번호표를 받아야 했다. 또한, 2층 객석에는 다다미가 깔려 있었다. 이러한 구조와 형태는 조선에 건축된 일본식 극장의 그것들과 크게 다르지 않았다.

이러한 상반관에서는 농악걸립패, 유랑극단, 마술단, 동물시바이, 유명 영화배우들의 무대 인사, 스모 요꼬즈나 대회 등이 열리곤 했

---

122) 신춘희, 『노래로 읽는 울산』, 울산이야기연구소, 2015, 149~150면.

다.[123] 더구나 위의 신춘희의 인용 속에도 예인에 환호하는 관객들이 묘사되어 있었는데, 이러한 풍경은 일반 지역 극장으로는 상상하기 어려울 만큼 다채로웠다는 특징이 있다.

한편, 방어진에 또 다른 극장이 존재한 것으로 알려져 있는데, 그 극장은 '대정관(大正館)'을 꼽을 수 있다. 사실 대정관이 더욱 먼저 건립된 극장으로 볼 여지도 있다. 이 대정관의 대략적 위치는 청루골목 사거리에서 남서쪽(지도상 오른쪽 아래)에 해당한다.[124] 천재동이 대정관 위치의 기점으로 삼는 시설은 '주재소'였는데, 이 주재소는 지도에서 '강산여관(岡山旅館)' 부근에 위치해 있다(위의 오른쪽 발췌 지도). 행정구역상으로 이 일대(부산상업은행)는 본정에 해당한다.[125] 주재소 우측 바다가 내려다보이는 곳에 '시바이고야(芝居小屋)'라는 '대정관'이 위치해 있었다고 천재동은 술회했는데, 아쉽게도 위의 지도에는 그 자취가 표기되어 있지 않다. 하지만 천재동의 기술대로 대정관의 위치를 비정하면, 청루골목 혹은 그와 이어지는 사거리의 위치는 더욱 중요해진다.

따라서 이 청루골목의 위치를 보다 폭넓게 관찰할 필요가 있다. 위의 '발췌'된 지도를 보면, 목욕탕 '日生湯'과 여관 '岡山旅館' 등이 보인다. 강산여관의 '강산'은 '岡山縣'에서 유래한 상호이고, 일생탕의 '일생'은 '日生村'에서 따온 이름이다.[126] 따라서 방어진의 일본인 정착자 중에서 가장 많은 비중을 차지하는[127] 오카야마현과 히나세촌의 이름

---

123) 천재동, 『아흔 고개를 넘으니 할 일이 더욱 많구나!』, 동아정관, 2007, 32면.
124) 천재동, 『아흔 고개를 넘으니 할 일이 더욱 많구나!』, 동아정관, 2007, 46면.
125) 『釜山日報』, 1928년 1월 1일, 6면.
126) 1918년 통계를 보면 목욕탕이 이미 4개에 이르고 있다.
127) 「이민부락의 현황」, 『일제 강점기 울산 방어진 사람들의 삶과 문화』, 채륜, 2011,

이 청루골목과 연관되어 나타나는 것이다. 천재동의 기술을 참조하면, 일생촌 출신 일본인들은 기타 지역 출신 일본인들과도 문화적/지역적 차이를 강하게 표출하고 있었고, 이로 인해 서로 다른 문화/공연/예술 즐겼다고 한다.[128] 일생촌 출신들은 '일본인'과 구분되는 '일생인'을 강조할 정도로, 자신들의 고유한 지역적 정체성을 강조했기 때문에, 그들의 정체성을 드러내는 상점과 시설은 주목을 끈다.

상반관의 한쪽 골목이 청루골목과 연관되어 있다면, 다른 한쪽 골목은 일종의 '관청가(官廳街)'와 이어져 있었다. 상반관 위쪽으로는 방어진 심상고등소학교가 있었는데, 이 학교는 일본인 자녀들이 주로 다니던 고급학교였다.[129] 이 학교는 신분과 재산이 높은 일본인이 주로 다니는 학교여서 보통 조선인들은 입학하기 어려운 형편이었다.

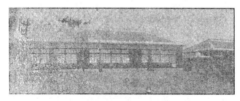
방어진공립심상고등소학교 건물[130]

방어진 학교 조합 풍경

방어진 심상고등소학교 아래로는 '방어진 학교조합'이 있었고, 이와 나란히 '방어진 우편국(郵便局)'이 위치하였다. 방어진의 우편국은 일제에 의해 새롭게 조성되던 도시 시설에서 근간을 이루는 시설 중 하

221면.

128) 천재동, 『아흔 고개를 넘으니 할 일이 더욱 많구나!』, 동아정판, 2007, 47면.

129) 서종원, 「근대 시기 방어진 아동들의 생활과 놀이문화」, 『일제 강점기 울산 방어진 사람들의 삶과 문화』, 채륜, 2011, 186~187면.

130) 「방어진소학교 교사[校舍]」, 『釜山日報』, 1927년 4월 21일, 4면.

나였다. 심지어 마산 같은 지역에서 설립 위치를 두고 조선인/일본인 유지들이 날카롭게 대립할 정도로[131] 우편국은 주요 시설이었다. 우편국이 위치한 곳은 실질적인 도시의 중심인 경우가 많았는데, 인천의 경우에 이러한 우편국이 위치한 곳을 중심으로 극장들이 산포되어 있었다.[132] 방어진 역시 외부와 교통하는 중요한 수단 중 하나였던 체신(기능)을 주요 시설로 관리하지 않을 수 없었다.

방어진 학교조합은 1912년에 설치인가를 받고 건평 182평 5합의 교사를 건축하면서 설립되었다.[133] 방어진 심상고등소학교 위쪽으로는 '울산전기주식회사' 방어진 지점이 자리 잡고 있었다. 앞에서 설명한 대로 이 울산전기는 상반관과 관련이 있었고, 1930년대 중반 상반관의 소유자였던 橋詰永太(하시즈메 에이타)와도 관련이 깊었다. 형식적으로는 주식회사의 형태를 지니고 있었지만, 실질적으로는 공공자원인 전기를 공급하는 공적 기간의 성격도 지니고 있었다.

이처럼 학교, 학교조합, 우편국, 전기 시설(회사) 등이 자리 잡고 있는 일종의 '관청가'와, 그 아래 각종 유흥의 집결지인 '청루골목(화류가)'이 연결되는 지점에 상반관이 위치하고 있다. 사실 이러한 극장의 위치는 실질적으로 다른 인근 도

울산전기주식회사[134]

131) 「마산 우편국 이전 문제」, 『조선일보』, 1927년 9월 1일, 4면.

132) 김남석, 「조선의 개항장에 건립된 인천 가무기좌에 관한 연구」, 『동북아문화연구』(46), 동북아시아문화학회, 2016, 11~12면.

133) 한석근, 「울산 방어진 어항의 형성 과정」, 단국대학교 동양학연구소 편, 『일제 강점기 울산 방어진 사람들의 삶과 문화』, 채륜, 2011, 127~129면.

시의 극장 위치와 다를 바 없다. [134]

일례로 인천의 경우를 보자. 인천의 경우, 방어진이 보이는 도시 구획과 기본적으로는 다를 바가 없었다. 종교 시설이 밀집한 곳이 있을 수 있고, 경제 기관이 모여 있는 곳이 있을 수 있다. 위의 기사를 보면, 인천의 극장이 위치한 곳은 천주당, 불교 포교당, 요리집(삼성관/일월관), 무도관 등이 위치한 곳이었다. 지도를 세밀하게 살펴보면, 서쪽의 경제 기관과, 동쪽의 종교 시설이 배치되어 있고, 남쪽의 사업체와 북쪽의 시장이 모여 있는 위치와 일치함을 확인할 수 있다. [135]

상반관을 둘러싼 도시 구획 역시 인천의 그것과 크게 다르지 않다. 상반관은 위쪽으로는 관청과 공공시설이, 아래쪽으로는 유흥가와 요릿집, 그리고 오른쪽 해안가(주도로)에는 상점과 조합 시설이 들어서 있었다. 방어진이 속한 동면에는 일본인 포교소가 3곳, 조선사찰이 2곳, 신도(新道) 교회가 2곳, 기독교 교회가 1곳 자리 잡고 있어 [136] 종교 관련 시설도 적지 않은 편이었다. 또한 수백 명의 고용인이 움직이는 청루골목은 인파와 자금의 기반(출처)이 되었고, 이 밖의 각종 시설(예를 들면 부산은행, 주재소)들은 지역 일대의 융성 번화함을 증거하는 상징이 되었다.

이러한 도시 기능의 분할과 배치는 그 한가운데 극장의 존재 가능성을 확장시켰다. 특히 종교적 시설과 경제(식료)적 시설 그리고 유흥가와 상점가는 의식주의 중요한 측면을 담당하므로, 자연스럽게 극장

---

134) 『釜山日報』, 1928년 1월 1일, 6면.
135) 인천의 도시 구조와 극장의 상관 관계에 대해서는 다음의 논문을 참조했다(김남석, 「조선의 개항장에 건립된 인천 가무기좌에 관한 연구」, 『동북아문화연구』 (46), 동북아시아문화학회, 2016, 5~18면).
136) 한삼건 역, 『1933년 울산군 향토지』, 울산대곡박물관, 2016, 94면.

의 유효 관객을 넓히는 기반이 되었다.

이러한 관찰을 더욱 강화하기 위해서 상반관 인근에 위치했던 몇 개의 상점(건물)에 대해 세부적으로 고찰할 필요가 있다. 우선, '동해 의원'은 상반관 건너 반대 블록에 자리 잡고 있었다. 다음의 동해의원 광고를 참조하면, 이 병원은 영정에 위치하고 있었다는 사실을 확인 할 수 있다.

| '동해의원'
광고[137] | 방어진의
'사진관' 광고[138] | 고교상점 관련
광고[139] | 방어진
금융조합[140] | 방어진공립고등
심상소학교[141] |

방어진에 존재했던 사진관 중 하나로 '타카스사진관〔タカス寫眞館〕'을 들 수 있다. 이 사진관의 정확한 위치는 지도에 표시되어 있지 않지만, 이 사진관이 영정에 있었다는 사실로 추정할 때 상반관과 긴밀한 관계를 유지했을 가능성을 상정할 수 있다. 참고로, 영정 아래(방

137) 『釜山日報』, 1928년 1월 1일, 6면.
138) 『釜山日報』, 1928년 1월 1일, 6면.
139) 『釜山日報』, 1928년 1월 1일, 6면.
140) 『釜山日報』, 1928년 1월 1일, 6면.
141) 『釜山日報』, 1928년 1월 1일, 6면.

위상 서쪽)로 내려가면 방어진 금융조합이 위치하고 있었고, 그 반대로 영정 위쪽(방위상 동쪽)으로 향하면 방어진공립고등심상소학교가 자리 잡고 있었다.

高橋商店은 상반관과 잇닿아 붙어 있는 상점이었다. 高橋商店의 주인은 정확하게 알려져 있지 않으나, 高橋라는 성씨를 지닌 이의 상점으로 보인다. 이러한 高橋商店의 '高橋八五郞'을 꼽을 수 있을 것 같다. 왜냐하면 영정에 위치한 '高橋'라는 이름의 상가 광고에서 '高橋八五郞'의 흔적을 찾을 수 있기 때문이다. 高橋八五郞은 경북의 어업 업자로, 함경도에서도 어업을 정식으로 승인받은 바 있으며, 이러한 사실을 관련 명부에 기재받은 어업인이었다.[142]

이 기록에 따르면, 그는 경북 소속이었지만 함경도 연안에도 출어를 하고 있었다. 따라서 그의 활동 범위를 군이 방어진으로 한정할 필요는 없어 보인다. 일단, 인근 지역 감포에는 '高橋' 관련 상점이 분포했는데, 그 흔적을 찾아보면 다음과 같다.

1929~1930년 감포 지도에 등장하는 '고교조선사무소'와 '고교조선소'

---

142) 「밀어자(密漁者)를 취체(取締)코자 어업자명부배부 함북도 연안 각 군에」, 『매일신보』, 1930년 11월 20일, 3면.

1929~1930년에 발간된 지도에서 감포에 위치했던 조선소와 그 사무소의 정경이다. 감포는 전통적으로 대도시가 아니었는데도 불구하고, 조선소와 그 사무소가 위치하고 있어 주목받는 상권을 형성하고 있었다. 이러한 입지 조건으로 인해 감포에도 감포 지역민을 위한 극장이 존재하고 있었다.

따라서 高橋商店과 상반관의 관련성 역시 이러한 관점에서 바라볼 수 있다. 일제 강점기 방어진항과 감포(항)은 일제로부터 주목받는 산업 요충지였고, 이로 인해 집중적으로 개발되거나 개발될 예정지였다. 두 지역 모두 어촌 지역이었고, 거리상으로도 그리 멀지 않기 때문에, 두 지역의 '高橋' 상점과 '高橋' 조선소는 관련을 맺었을 가능성이 높다고 해야 한다.

'高橋'라는 성씨를 지니고 울산 인근에서 활동한 일본인으로 高橋仙太郎을 물망에 올릴 수 있다. 高橋仙太郎은 일찍부터 울산의 유지로 손꼽히던 인물로,[143] 경상남도 중남부의 수리조합 설치 부위원장으로 활동한 이 지역 유지였다.[144] 이 수리조합의 정식 명칭은 '중남수리조합(中南水利組合)'으로 경상남도 울산군 중남면 가천리에 위치하고 있었고, 1926년 4월(6일)에 설립되었으며, 사장은 역시 高橋仙太郎이었다.[145] 高橋商店은 高橋仙太郎의 소유로 여겨지는데, 울산의 상업자본이 침투한 결과로 볼 수 있다. '鏡原商店' 역시 마찬가지로 상반관

---

143) 「울산법원지청 부활의 기성동맹회 조직 이십팔일 군민대회에서 결의」, 『매일신보』, 1925년 8월 3일, 3면.
144) 「경남중남(慶南中南) 수리조합 거(去) 오일 인가」, 『매일신보』, 1926년 4월 10일, 3면.
145) 中村資良, 『조선은행회사조합요록(朝鮮銀行會社組合要錄)』(1929년 판), 동아경제시보사, 1929.

과 일정 부분 경계를 맞대고 있는 상점이었다. '齊藤商店'은 상반관 맞은편에 위치한 상점으로, '齊藤'이 경영한 것으로 여겨진다. 비슷한 시기에 울산에 거주했던 '제등'으로는 몇 사람을 요약할 수 있다. 그중 하나인 '齊藤朝好'는 울산경찰서에 근무했던 경찰(경부보)로 1920년대 활동했던 인물이다.[146]

---

146) 「직원록」, 『한국사 데이터베이스』, http://db.history.go.kr

6. 극장의 역할과 관객의 기대

6.1. 지역 문화 예술 육성의 기틀

지역의 극장은 비단 무대 공연이나 영화 상영을 위한 공간으로만 기능하지는 않았다. 그곳은 분명 시름과 노동에 지친 대중(관객)들이 모여, 유희와 오락을 얻고자 하는 공간이었음에는 틀림없지만, 동시에 그곳은 자신들의 기예와 욕망을 드러낼 수 있는 공간이 되어야 하기도 했다. 가장 대표적인 경우가 소인극 공연이다. 관객들은 아마추어로서의 자신들의 기예를 가족이나 이웃 혹은 지역 사회 구성원들에게 보여주고 싶은 욕망을 드러내야 했고, 이를 위해서는 지역을 대표하는 극장을 선택하여 대여하고 연습해야 했다. 이때 지역의 극장은 단순한 관람처가 아니고, 지역 문화의 기틀이 되는 본원적 후원자가 되어야 했다.

조선인의 경우에는 이러한 극장 대여에서 한 겹의 어려움을 더 안고 있었다. 일본인 극장에서 이러한 활동이 불가능하다는 뜻은 아니었지만, 조선인만의 문화적 공간을 창출하는 데에는 조선인 극장이

여러모로 편리했다고 해야 한다. 도시의 규모가 커서 조선인 거주 구
역과 그에 해당하는 극장을 지닌 경우에는 문제가 되지 않았다. 경성
이나, 인천, 혹은 원산과 같은 도시는 이러한 예에 속한다.

하지만 마산만 해도 조선인 소유 극장이 별도로 존재하지 않았다.
이러한 이들에게는 자신들의 요구를 수용할 수 있는 극장이 필요하지
않을 수 없었다. 마산의 경우에는 그러한 극장이 수좌였다. 수좌는 조
선인 소유 극장은 아니었지만, 조선인 거주 지역 인근에 위치하여 조
선인을 주요한 관객으로 삼은 경우였다.

전국의 지역 극장은 기본적으로 연극 극장으로 출범한 경우가 많으
며, 1930년대 전후 무렵에 영화관으로 변모(탈바꿈)되는 사례도 빈번
하다. 수좌 역시 여타 지역 극장의 허다한 사례처럼 1920년대에는 연
극 공연장으로서 본연의 면모를 지니고 있었다. 이러한 면모를 확인
하기 위해서는 일단 전문극단(상업극단)의 내방 사실을 살펴야 하지
만, 여기서는 지방 소인극단의 방문 이력부터 살펴보고자 한다.

소인극은 전문적인 연극인이 아닌 일반인이 펼치는 연극을 가리킨
다. 본래 '소인(素人)'이란 비전문가 즉 아마추어를 뜻하는 일본어 'し
ろうと'를 한국식으로 읽은 발음이다.[1] 이러한 소인들의 연극인 '소인
극'은 비전문성으로 인해 지역 순회공연에 상대적인 제약을 받게 되
는데, 어떠한 이유인지 수좌는 이러한 비전문극단의 순회공연 기록이
풍부하게 남아 있는 극단이었다. 그만큼 전문극단의 접근이 쉽지 않
은 상황에서도 인근 지역의 소인극단의 각광을 받는 매력을 지니고
있었다고 보아야 한다.

---

1) 「소련 속의 고려인을 찾아서」, 『동아일보』, 1989년 7월 28일, 4면.

1921년 5월 수좌에는 대구부 문예극 일행의 방문 공연이 열렸다. 공연 단체는 대구영남공제회 소속 문예부로 소인극단이었다. 이들은 5월 28일에 마산에 도착하여 29일부터 31일 밤(매일 8시)까지 '고아원설립'을 목적으로 수좌에서 소인극을 공연하였다.[2] 대구와 마산은 같은 경상도라 하여도 거리상으로 상당히 멀리 떨어져 있음에도, 대구의 소인극단이 마산을 방문할 정도로 마산의 지명도는 높았다고 볼 수 있다.

1922년 6월 해삼위 연예단이 마산을 방문하여 29일부터 30일까지 수좌에서 공연하였다. 이틀간 공연 동안 수좌는 만원사례를 이루었고, 동정금도 적지 않게 쇄도했다.[3] 해삼위 학생음악단이 1921년에 방문한 적이 있기 때문에, 1922년의 공연은 다소 혼란을 일으킬 수 있다. 1921년 공연이 음악을 위주로 하여 무용을 곁들인 학생들의 공연이 주를 이루었다면, 1922년의 공연은 무대 공연의 비중이 증가했고 공연자들의 신분이 학생을 넘어섰다는 차이를 보였다.

우연의 일치일 수도 있겠지만, 마산은 해삼위라는 지역적 특수성을 지닌 도시와의 연계에 강점을 드러냈다. 1921년의 공연은 조선 지역의 전국 순회라는 특성으로 인해 희석된 면이 없지 않지만, 실제로 마산은 조선의 남부 지역을 대표하는 항구 도시였고, 일찍부터 조선의 동부나 서부, 혹은 중국의 여러 도시(특히 대련)와의 상호 교역을 펼치던 거점도시였다. 러시아의 해삼위는 이러한 측면에서 마산과 연계될 수 있는 지역적 특수성과 공통점을 함유하고 있었다. 두 지역의 친근한 왕래는 마산이 지닌 공연 문화 도시로서의 특수성 역시 점차 대

---

2) 「대구부(大邱府) 문예극(文藝劇) 일행」, 『동아일보』, 1921년 5월 31일, 4면.
3) 「해삼위(海蔘威) 연예단(演藝團) 래마(來馬)」, 『동아일보』, 1922년 7월 6일, 4면.

외적으로 알려지고 있다는 지표로 볼 수 있다.

한편, 1922년 11월에는 함안군 북함창 강습소 소인연극단 일행이
수좌를 방문하여 28·29일 양일간 공연하였다. 이 공연의 입장료와
동정금이 100여 원에 달할 정도로 호황이었다.[4] 1923년 10월에는 숭
무단이 소인극을 준비하기도 했다.[5]

위의 사례들이 수좌에 대한 타 지역 소인극단들의 방문 사례였다
면, 마산 지역 내에서의 소인극단 공연도 주목되는 공연이 적지 않다.
특히 1920년대 초반 수좌에서는 아동과 청소년을 위한 행사가 다채롭
게 개최되었다. 마산불교소년도는 동화극을 수좌에서 공연했다. 공연
작은 〈톡기의 간(肝)〉, 〈불상한 형제〉, 〈군인차별(差別)〉 등이었다.[6] 1
년 뒤인 1924년 8월(8일)에도 불교소년도(佛敎少年圖) 주최 '동화 가
극'이 개최되었고, 이 가극은 성황을 이루었다.[7]

민간단체들의 공연은 정통 연극 공연 이외의 영역으로 확장되거나
변용되기도 했다. 동화대회, 웅변대회, 학예회 등이 이러한 변용된 공
연 행사에 해당한다. 특히 웅변대회류는 지금과는 달리 시각적 관람
효과가 강조되는 일종의 강연회의 성격을 지니고 있어, 일제 강점기
독특한 극장 문화의 한 단면으로 이해할 수 있겠다.

그 사례를 살펴보면 다음과 같다. 1925년에는 마산현상동화회와 마
산청년연합회가 수좌에서 '소년소녀현상동화회'를 개최하여, 8세 이

4) 「군북연극단(郡北巡劇團) 일행」, 『동아일보』, 1922년 12월 8일, 4면.
5) 「숭무단(崇武團) 소인극 준비」, 『조선일보』, 1923년 10월 11일, 4면.
6) 「마산불교소년 동화극 성황」, 『조선일보』, 1923년 8월 25일, 4면.
7) 「불교소년가극(佛敎少年歌劇)」, 『동아일보』, 1924년 8월 12일, 3면 ; 「동화극 성
   황」, 『조선일보』, 1924년 8월 15일, 4면.

상 18세 미만 소년소녀들의 참여를 유도한 바 있다.[8] 1926년에는 마산청년회가 주최하고 언론 3지국이 후원하는 '마산청년 웅변대회'가 수좌에서 개최되었다. 이 웅변대회에 참여할 자격은 18세 이상이었다.[9] 1927년에도 마산소년회 주최로 웅변대회가 열렸지만, 불온하다는 명목으로 원고 집필자들이 당국의 조사를 받기도 했다.[10]

1928년에는 마산아동학예회에서 유치원 사업을 선전하기 위하여 학예회를 열었는데, 이 학예회에는 아동의 율동, 표정, 유희, 창가 등이 포함되어 있었고, 청년 남녀의 성악과 기악과 가극 등이 포함되어 있었다.[11] 이 아동학예회는 1달 후에 '배달유치원아동학예회'로 다시 한 번 확대해서 개최되기도 했고,[12] 동일한 형식의 행사가 일 년 후에 개최되기도 했다.[13]

1928년 3월에는 마산소년동맹에서 소년문고를 비치하기 위해서 소년소녀 가극대회를 개최하기도 했다.[14] 같은 해 3월 11일에는 마산배달유치원에서 주최한 학예회가 시행되었다.[15] 1929년에는 재경성마산유학생친목회가 주최한 '전마산소년현상동화대회'가 열렸다. 이 대회에서 경찰 당국은 고압적이고 권위적인 입장을 내세우며 대회 진행

8) 「마산소년소녀 현상동화대회」, 『조선일보』, 1925년 12월 16일, 1면 ; 「소년동아일보」, 『동아일보』, 1925년 12월 18일, 3면 ; 「마산 제1회 소년소녀동화대회」, 『조선일보』, 1926년 1월 3일, 4면.
9) 「마산청년 웅변대회」, 『동아일보』, 1926년 6월 27일, 4면.
10) 「마산 소년 설화(舌禍)」, 『동아일보』, 1927년 9월 4일, 5면.
11) 「소년동아일보」, 『동아일보』, 1928년 2월 29일, 3면.
12) 「소년동아일보」, 『동아일보』, 1928년 3월 24일, 3면.
13) 「마산 유치원 학예회」, 『동아일보』, 1929년 3월 1일, 3면 ; 「배달유치원(倍達幼稚園) 학예회 성황」, 『동아일보』, 1929년 3월 9일, 3면.
14) 「마산의 가극회」, 『동아일보』, 1928년 3월 2일, 3면.
15) 「마산배달유치원학예회(馬山倍達幼稚園學藝會)」, 『조선일보』, 1928년 3월 19일, 4면.

을 방해하였다.[16]

소년소녀들을 위주로 한 행사는 비단 수좌뿐만 아니라 전국의 여타 지역 극장에서 공통적으로 나타나는 행사이다. 특히 1920년대 전반기에 고조되는 소년소녀가극류, 혹은 아동극류의 공연은 종국에는 소인극의 전문극단화로 이어지기까지 했다. 이러한 유행은 소년소녀들에 대한 사회적 기대와 그들의 예술적 품성에 대한 수용으로 인해 한동안 독특한 사회문화적 현상을 형성했다.

물론 이러한 소년소녀가극류는 동경소녀가극단 같은 전문극단의 영향을 받은 바 있고,[17] 또 그러한 전문극단으로의 변용을 꿈꾸는 이들에 의해 원래의 순수성을 잃어버리는 사례도 출연하였지만, 결과적으로는 이러한 사회적 기대와 유년에 대한 포용력을 극대화한 독특한 문화적 유행이 되었던 사실만큼은 특기될 수 있겠다. 수좌 역시 이러한 유행의 풍조에 발맞추어 1920년대에 소년소녀가극 대회 등의 행사를 빈번하게 공연하는 극장으로 운영되었다.

1928년 마산독서구락부가 주최한 음악연예대회는 주목되는 행사이다. 그 이유는 비록 대본은 남아 있지 않지만, 공연 내용과 당시 상황을 상세하게 살필 수 있는 자료가 남아 있기 때문이다. 더구나 이 대회는 상당한 의미를 지닌 행사로, 적지 않은 의의를 드러내고 있다.

이 대회는 음악 연주와 연극 공연이 결합된 행사였는데, 당시에는 연극 공연뿐만 아니라 이러한 혼합적 성격의 민간 행사가 드물지 않

---

16) 「소년동화대회(少年童話大會) 철저한 경찰의 고압(高壓)」, 『동아일보』, 1929년 8월 20일, 4면.
17) 김남석, 「소녀가극의 생성과 확산에 관한 연구」, 『한어문교육』(35), 한국한어문교육학회, 2016, 398~402면.

게 개최되곤 했다. 하지만 마산독서구락부는 애초부터 연예 대회를 목표로 창설된 단체가 아니라는 점에서 이러한 행사는 주목을 요한다고 하겠다.

마산독서구락부의 전신은 1925년에 마산청연 하태용, 감상주, 김기호 등이 발의한 독서회에서 연원한 것으로 보인다.[18] 처음에는 독서와 강연 등에 전념했는데, 사업비 충당을 위해 1928년 '매점'과 '행상'을 시작하기도 했다.[19] 1928년 5월에는 강연회를 개최하였고,[20] 중국어 강습을 위한 각종 준비 절차를 밟은 바 있었다.[21] 1928년 5월과 9월의 음악연예회는 이러한 사업 확장의 연장선상에서 파악된다.

마산독서구락부 주최와 조선, 중외, 동아 삼지국 후원하에서 음악연예회를 개최한 다함은 기보한 바어니와 예정 시일인 거(去) 26일 하오 9시부터 당지 수좌에서 신균 씨 사회하에 개최된 바 하모니카 합주를 비롯하야 사계(斯界)의 명사 제씨가 출연하야 성악급 기악으로써 일반 청중에게 유쾌한 위안을 여(與)하얏스며 신극 〈신백합화〉와 희극 〈내 아들은 박도령〉이라는 것으로써 일반 관중의 갈채를 박(博)하고 성황리에 폐회하얏다더라.

음악연예성황[22]

마산독서구락부의 음악연예회[23]

18) 「독서회 창립」, 『동아일보』, 1925년 1월 19일, 5면.
19) 「매점(賣店)과 행상(行商)」, 『동아일보』, 1928년 4월 5일, 4면.
20) 「영남지방」, 『동앙리보』, 1928년 5월 26일, 4면.
21) 「중어강습(中語講習) 금지 마산경찰에서」, 『동아일보』, 1928년 8월 28일, 4면.
22) 「음악연예성황」, 『동아일보』, 1928년 5월 29일, 4면.
23) 「마산음악연예회(馬山音樂演藝會)」, 『조선일보』, 1928년 9월 28일, 4면.

마산독서구락부는 1928년에 들어서면서 사업을 확장하여, 연구와 독서라는 학구적 활동에서 벗어나 대중과의 현실적 만남을 꾀하고자 하였다. 이를 위해 사업비 마련을 계획하기도 했고, 중국어 강습 같은 현실적인 교육 프로그램을 기획하기도 했다.

음악연예회는 이러한 사업 확장과 현실적 프로그램의 일환이자 결절점이었다고 판단된다. 마산독서구락부는 이를 위해 '신극'이라는 '교화'의 장르와, 희극이라는 '대중(인기)'의 장르를 결합하려는 시도를 했다. 1928년 수좌에서 공연된 〈신백합화〉가 연극 장르상 신극, 즉 리얼리즘극의 조선 수용 장르로 공연되었다고는 확언할 수 없지만, 적어도 희극이라는 대중지향적 장르와의 변별력을 확보하려고 했다는 점은 분명해 보인다. 다시 말하면 1920년대 신극이 추구해야 할 문학적/연극적/예술적 목표를 염두에 둔 상태로 창작되었다는 사실은 분명해 보인다.

이러한 특징은 1928년 9월 공연 상황을 참조해도 어느 정도는 확인된다. 마산독서구락부가 1928년 9월에 무대에 올린 공연(작품)은 〈낙화〉, 〈환희의 제단〉, 〈만국음악대회〉(소극)이었다. 위의 기사로 볼 때 〈낙화〉와 〈환희의 제단〉은 '각종 연예'에 속하는데, 이 연예의 특징은 음악과 연극이 결합된 장르의 작품으로 여겨진다. 또한 〈만국음악대회〉는 '포복절도할 소극'으로 소개되고 있다.

일제 강점기 대중극(전문극)의 공연 순서는 인정극/정극(비극)/희극의 1회 3작품 공연 체제를 따르는 것이 일반적이었다.[24] 위의 마산독서구락부는 소극을 명기함으로써, 적어도 이러한 1회 3작품 체제를

---

24) 고설봉, 『증언 연극사』, 진양, 1990, 23면.

무시하지 않는 공연 형태를 추구했음을 보여준다. 더구나 〈낙화〉와 〈환희의 제단〉은 각종 연예를 표방한 작품답게 기존의 연행 질서를 참조하여 만든 흔적이 농후하다.

1928년 5월 공연과 연관 지을 때, 소극 〈만국음악대회〉는 희극 〈내 아들은 박도령〉과 유사한 연행 상의 위치를 점유하는 작품이다. 두 작품 모두 희극성, '포복절도할 소극'으로 관객들의 흥미를 북돋우는 역할을 맡았기 때문이다. 그렇다면 〈낙화〉와 〈환희의 제단〉은 연행상의 위치로 볼 때, 1928년 5월 공연의 신극 위치에 놓이는 작품이라 할 수 있겠다.

신극은 당시로서는 형식적 완성을 꾀하기 어려운 장르였던 만큼, 그 성패와 완성도 여부를 쉽게 예측하고 실효를 장담하기는 힘들다고 해야 한다. 하지만 1928년 마산독서구락부가 전개한 일련의 활동을 전체적으로 고려할 때, 비록 소인극일지언정 사회와 현실에 대한 참여 혹은 의견 개진을 목표로 한 공연을 추구했음을 확인할 수 있겠다.

수좌가 현실적으로 일본인 극장이었지만, 전술한 조선 단체의 공연(현상)을 참조할 때 조선적인 것과의 접촉이 빈번하고 동시에 조선인들의 예술적 지향을 수용한 극장이었다고 정리할 수 있겠다. 그 가장 큰 이유는 수좌의 위치가 '구마산'에 속해 있었고 그로 인해 조선인 관객들과의 접촉이 빈번했기 때문이기도 하겠지만, 그 이면에는 '환서좌'에 대응하는 조선적 정서의 충만이 어느 정도 전제되었기 때문이다.

6.2. 공용 시설과 공공기관의 대행

전반적으로 일제 강점기 조선의 각 지역에 설립된 지역 극장은 다목적 극장으로 기능해야 했다. 다양한 볼거리(콘텐츠)를 제공하는 공연장으로 주로 활용되었지만, 그밖에도 공공기관을 대용하는 공간으로 사용되어야 하는 경우도 적지 않았다. 그러한 측면에서 항구의 극장 역시 크게 예외적이라고는 할 수 없다. 다만 다음과 같은 사례는 항구의 극장으로서 해안가 극장이 수행해야 했던 다소 특수한 기능에 해당한다.

상반관은 방어진(항)에 위치한 극장이었다. 이러한 위치는 상반관의 중요한 용도를 결정하곤 했다. 가령 1933년 방어진(항)에서 벌어진 한 사건은 상반관이 지역에서 어떠한 역할을 수행해야 했는지를 단적으로 보여준다.

울산군 동면 방어진 어업조합에서는 지난 10월 25, 26 양 일을 통하여 어업조합초대회의원을 선거한 결과 이영춘 씨와 7명이 당선되엇는데 조합 당국에서는 당선된 회의원들에게 아무 통지도 없다가 지난 11월 17일 부로 11월 28일에는 총대회의원을 개선한다는 통지문이 600여 명 회원들에게 배달되엇다고 하고 한번 선거하여 놓은 의원을 승인치 않고 개선한다는 이유는 "조합원 자신이 기명투표를 아니하고 대필을 시켯다"는 것이라는데 조합원 중에는 자기 성명도 기록치 못하야 대서시킨 것이라 하며 과거 20년 동안의 전례로 본다면 고기잡이하는 조합원 중에 성명을 기록치 못하는 사람이 다 대수이므로 집안 사람 중에서 글 아는 사람을 대로 보내어서 조합원의 의무를 하하야 왓는데 금년

선거 시에도 문자를 기록할 수 잇는 사람을 대로 보내어서 기명투표를
시킨 것이라 한다.

　조합원들은 이런 전례가 잇음에도 불구하고 양 일 간이나 힘들여 선
<u>거한 총대회의원들을 승인치 아니하고 지금에 와서 개선한다는 것은
일반조합원 자체를 무시하는 것이라 하야 지난 26일에는 방어진 상반
관에서 대회를 열고 다시 한다는 의원개선을 절대 반대할 것과 이사불
신임안을 결의하고</u> 즉석에서 이영춘 통구평장(桶口平藏) 외 6명의 대
표를 선거하야 군 당국에 진정케하는 동시에 평시 이사의 태도에 불만
을 가진 조합원들은 조합사무소를 습격하는 등 일대 소동을 일으키엇
다 한다.[25] (밑줄:인용자)

　상반관이 위치한 방어진은 어항이었고, 이 어항에서 일하는 근로자
가 대다수 지역민을 이루고 있는 도시였다. 따라서 무학인 사람이 많
았고, 그 결과 대리 투표를 통해 어업조합 '총대회의원'을 선출할 수밖
에 없었다. 하지만 그 결과에 불복한 조합 측은 이를 무시하는 의견을
내놓고 이로 인해 조합원들과 충돌이 불가피했다.

　조합 측에서 자신들의 결의(투표)를 거부하자, 조합원들이 한자리
에 모여 관련 의견을 재정립하고, 조합 측의 의도를 규탄할 필요가 있
었다. 그때 방어진의 어부들과 수산업자들이 모일 수 있는 장소로 선
택된 곳이 상반관이었다. 상반관은 극장이었지만, 1920~30년대 지역
극장이 수행했던 역할처럼 공회당이나 회의장 혹은 청년회관 등의 기
능을 겸하고 있었다.

　무엇보다 지식이 얕고 교육 수준이 일천한 어민들이 자신들의 의사

---

25) 「선거(選擧)한 총대(總代)를 조합에서 부인」, 『동아일보』, 1933년 12월 2일, 5면.

를 모으고 정리하고 표출할 수 있는 공론의 장으로 활용되었다는 점은 주목된다. 방어진이 급속도로 발달된 도시라고 할 때, 그들의 민의를 짓밟으려는 세력과의 충돌이 불가피했고, 그 조정 과정에서 대중들의 의견을 집결할 수 있는 교류의 장이자 수렴 공간이 필요했기 때문이다. 상반관은 이러한 측면에서 방어진 어민들과 지역민들에게 반드시 필요한 공간이 아닐 수 없었다. 현실적으로 어민회관이나 공회당이 부재하거나 사용할 수 없는 상황에서는 이러한 필요성이 더욱 커진다고 하겠다.

상반관은 상설극장이라는 명칭을 붙이고 있었지만, 방어진의 상주인구와 그들의 직업(어부와 어상)을 고려할 때 운영상의 어려움을 예상할 수 있다. 상반관은 교통의 요지도 아니었고, 대규모 공장을 낀 도시도 아니었다. 그럼에도 방어진이라는 어항 도시에 자리 잡고 있었는데, 그 운영상의 비밀을 위의 기사는 암시적으로 시사하고 있다. 결국 상반관은 극장이기 이전에 방어진(항)의 의사 결정 장소이기도 했던 것이다.

조선인 극장으로 변모한 마산의 수좌 역시 공공기관의 임무를 일부 수행하게 된다. 그 사례는 다음과 같다. 수좌는 '마산구락부'의 강연회장으로 사용되었다. 마산구락부는 1921년 6월에 설립되었는데,[26] 최초에는 민의소 건물을 사용하면서 '민의소 부활'이라는 명맥을 잇는 동시에 청년회 운동의 일환으로 모임을 기획 운영하였다.[27] 이러한 목표로 인해 마산구락부는 교육과 계몽에 주력하여 마산학원과 마산여

---

26) 「마산구락부(馬山俱樂部) 발기」, 『동아일보』, 1920년 6월 17일, 4면.
27) 이귀원, 「1920년대 전반기 마산지역의 민족해방운동」, 『지역과 역사』(1), 부경역사연구소, 1996, 11~17면.

자야학을 운영하는 한편, 계몽 활동이나 교양 육성을 위한 활동에 역점을 두고 각종 노력을 모색하였다. 이러한 모색 중 대표적인 사례가 수좌에서의 강연회 개최였다.

1921년 4월 16일 마산구락부는 수좌에서 제1회 청연회(請演會)를 열고, 마산구락부장 김치수[28]의 개회사를 필두로 하여, 마산부윤 · 마산야소교목사 · 동아일보사 마산지국장 등을 연사로 초청하여 강연회를 진행했다.[29] 그 이듬해인 1922년 7월에는 마산청년구락부와 동아일보사 마산지국 두 단체의 후원에 힘입어, 역시 수좌에서 교육 강연회를 개최하였다. 연사로 참여한 강인택은 '생을 위해서'라는 제목으로, 박일병(朴一秉)은 '생존의 기초'라는 제목으로 강연을 시행했는데,[30] 연사 중 박일병은 사회주의 운동가로, 갈돕회의 초청 강연자로도 활약한 바 있다.

1923년에는 노농동우회 연예회(演藝會)가 열리면서 '노동과 의식'의 상관성을 강조하는 행사가 벌어졌다.[31]

수좌에서 열린 행사 중에 소년군 관련 행사도 비교적 다채롭게 포함되어 있었다.[32] 조선소년군을 조직한 이는 '조철호'로, 그는 1922년

---

28) 김치수는 2대 부장으로 집행위원장으로 역임한 바 있으며, 마산창고(주)의 주주, 마산해산물(주)의 이사, 남선양조(주)와 마산정미소(주)의 전무이사로 재직했으며(中村資良, 『조선은행회사조합요록(朝鮮銀行會社組合要錄)』(1921년 판), 동아경제시보사, 1921 참조), 1930년대에는 자본금 10,000원의 합자회사 '관염판매(官鹽販賣)'의 사장으로 재직하였다(中村資良, 『조선은행회사조합요록(朝鮮銀行會社組合要錄)』(1929년 판), 동아경제시보사, 1929 참조).

29) 「마산구락부(馬山俱樂部) 강연회」, 『동아일보』, 1921년 4월 20일, 4면.

30) 「마산의 교육 강연 두 단체 후원으로」, 『동아일보』, 1922년 7월 3일, 3면.

31) 「마산노농동우회(馬山勞農同友會)의 대연회(演藝會) 대성황」, 『조선일보』, 1923년 8월 9일, 4면.

32) 「경성소년군(京城少年軍) 내마(來馬)」, 『동아일보』, 1923년 8월 18일, 4면.

건강한 정신과 신체를 주장하며 군대식 교육과 훈련을 앞세운 청소년 관련 단체를 창설했는데, 이러한 단체 이념과 활동은 외국의 '보이 스카우트'와 흡사한 측면이 많았다. 다만 외국의 사례와 달리 군사 교육을 강화했다는 차이점을 보이고 있는데, 특히 조선소년군은 체육연구회를 하위 부서로 설치했으며 수시로 강연회를 통해 그 취지를 전파하고자 했다.[33] 수좌에서 열린 행사는 소년군의 취지를 설명하고 각종 행사를 소개하려는 목적을 지닌 행사였으며, 이를 통해 아동들에게 소년군에 대한 긍정적이고 우호적인 인상을 심어주려는 목적도 함축하고 있었다.

이밖에도 수좌는 각종 모임의 창립(발기인 회합) 장소 혹은 의견 토의(부민대회나 시민대회도 포함) 장소로 활용되었다. 이러한 단체로 여론대표기관인 마산동인회의 개최지,[34] 동아일보 마산지국 사옥 낙성기념식장,[35] 마산청년연합회의 단체 변경 토의장,[36] 신간회 마산지회 창립식장,[37] 마산동인회 집행위원회의장[38] 등이 이러한 사용 범주에 포함될 수 있다.

이러한 용례를 모아 보면, 수좌는 조선인들의 계몽과 교양 개발을

---

33) 「조선소년군(朝鮮少年軍)의 조직」, 『동아일보』, 1922년 10월 8일, 1면 ; 「조선소년군(朝鮮少年軍)」, 『동아일보』, 1925년 1월 1일, 15면 ; 「조선소년군(朝鮮少年軍)의 체육연구회(體育研究會)」, 『동아일보』, 1923년 7월 2일, 3면 ; 「조선소년군(朝鮮少年軍) 지방 행각」, 『동아일보』, 1933년 3월 7일, 2면.

34) 「마산동인회 창립은 20일」, 『동아일보』, 1927년 3월 15일, 4면 ; 「동인회창총연기(同人會創總延期)」, 『동아일보』, 1927년 3월 23일, 4면.

35) 「음악, 연주, 라듸오」, 『동아일보』, 1927년 5월 4일, 4면.

36) 「마산청련대회(馬山靑聯大會)」, 『동아일보』, 1927년 11월 24일, 4면.

37) 「마산지회(馬山支會) 대회」, 『동아일보』, 1928년 2월 7일, 4면.

38) 「동인회위원회(同人會委員會) 경지문제(耕地問題) 토의」, 『동아일보』, 1928년 4월 26일, 4면.

위한 목표로, 혹은 조선인들의 사회 활동과 단체의 필요에 따라 운영
되고 대여되었으며, 경우에 따라서는 조율되거나 변경되기도 했다. 이
러한 대사회적 필요는 수좌가 단순한 극장이 아니라 조선의 이념과
민의를 취합하는 공간이었음을 역으로 증명한다고 하겠다.

6.3. 다목적 극장으로서의 운영 방식 지향

부산을 대표하는 극장 부산좌는 전반적으로 다목적 공간으로 사용
되어, 가령 연예대회장,[39] 연주(회)장,[40] 총회장,[41] 친목회장,[42] 투견장,
강연장,[43] 가정강화회장,[44] 다화회장[45] 등으로 사용된 흔적이 남아 있

---

39) 「연예소식, 부산좌, 활동사진, 소인정유리회[素人淨琉璃會]」,『釜山日報』, 1915
   년 4월 11일, 7면 ; 「우편국원 대연예회 : 오늘 22일 밤 부산좌에서」,『釜山日
   報』, 1916년 1월 22일, 5면 ; 「역행회[力行會] 연예회 ; 15일 밤 부산좌에서」,『釜山日
   報』, 1917년 4월 14일, 7면 ; 「부산좌의 연예회」,『釜山日報』, 1917년 4월 17일, 7
   면.
40) 「고촌[敷村]씨 연주회, 오는 12일 부산좌[釜山座]에서」,『釜山日報』, 1915년 6월
   8일, 5면 ; 「부산좌의 음악회」,『釜山日報』, 1915년 6월 16일, 5면 ; 「음악회 성황 :
   부산좌 만원」,『釜山日報』, 1917년 4월 11일, 7면 ; 「사립실습여학교의 음악회 연
   주곡목 ; 24, 25일 양일 밤 부산좌에서」,『釜山日報』, 1917년 11월 22일, 4면 ; 「부
   산사립실습여학교 음악회 7일 부산좌에서」,『釜山日報』, 1918년 12월 4일, 2면.
41) 「본사 이전 당시의 축하회(부산좌) ; 개천[芥川] 사장의 연설」,『釜山日報』, 1915년
   4월 3일, 9면 ; 「재향군인분회 총회, 오는 6일 부산좌[釜山座]에서」,『釜山日報』,
   1915년 6월 1일, 2면.
42) 「오늘 9일 부산좌에서 방장인[防長人] 친목회 개최」,『釜山日報』, 1915년 5월 9
   일, 2면.
43) 「어가신[於伽噺] 강연회, 오늘 부산좌에서」,『釜山日報』, 1917년 9월 30일, 4면 ;
   「부산좌에서 영소[永沼] 중장 강연」,『釜山日報』, 1918년 5월 2일, 2면.
44) 「부산교육회 후원 부산좌에서 가정 강화[講話]회」,『釜山日報』, 1918년 1월 15일,
   4면.

다. 이러한 공간 활용은 주로 1920년대까지 일본인의 취향과 기호를 따르고 있다. 실제로 부산좌는 일본인 소유의 극장이었고, 일본인 거주 지역 내에 위치했기 때문에 주로 일본인 관객을 대상으로 하는 극장으로 운영될 수밖에 없었다.

부산좌에서 조선 연극이 공연된 시점은 1920년대 전후로 보이며, 1921년 동우회의 연극은 대표적인 사례에 해당한다.[46] 1921년 자료에서는 부산좌에서 공연한 조선인 연극 상황과 음악회 사례를 발견할 수 있다.[47] 이 음악회를 주도한 초량청년회는 음악회와 함께 신연극 공연을 추진했는데, 해당 극장은 부산좌였다. 1921년 시점에 이미 초량좌가 운영되었음에도, 초량청년회는 공연장으로 부산좌를 선택한 것이다. 이 선택은 다소 의외이면서, 동시에 조선인 극장의 필요성을 호소하는 경우라고 하겠다.

부산좌는 부산을 대표하는 극장이었고, 최초의 대형 극장으로 평가되었다. 하지만 조선인이 선호하는 공연 콘텐츠를 공연한 극장이라고는 볼 수 없으며, 1923년 소실될 때까지 기본적으로는 부산 거주 일본인의 기호와 취향을 고려한 경영 정책을 지켜온 극장이었다. 하지만 1920년대에 들어서면서 부산좌에서 조선인의 공연과 관람 기회가 확대된 것으로 보이며, 만일 1923년 소실되지 않았다면 대형 공연이 가능했다는 장점으로 인해 더욱 조선인 극단(단체)에게 주목받는 극장이 되었을 것이다. 다만 이러한 한계에도 불구하고 부산좌는 부산에

45) 「승옥[昇玉] 고별 다화회[茶話會] ; 20일 정오 부산좌에서」, 『釜山日報』, 1918년 1월 15일, 4면.
46) 「동우연극(同友演劇)의 제1막(第一幕)」, 『동아일보』, 1921년 7월 12일, 3면.
47) 「지방통신:부산신연극단, 14일 부산좌(釜山座)에서 흥행」, 『매일신보』, 1921년 3월 12일, 4면.

다양한 문화적 특성을 함축한 극단을 초빙하고, 그러한 콘텐츠를 유통 보급하는 역할을 했으며, 다양한 계층의 기호를 충족시키면서 극장을 부산 문화의 중요한 일부로 자리 매김하는 역할을 수행했다.

7. 극장 상연 콘텐츠의 종류와 변모 양상

7.1. 1910년대 상연 콘텐츠

일단, 1910년대 극장에서 상연된 콘텐츠를 확인하는 데에는 변천좌의 사례가 유용하다. 왜냐하면 변천좌는 1910년대 전반기와, 상생관으로 바뀌는 1910년대 후반기 사이의 상연 콘텐츠가 확연하게 변모하는 '극장사의 화석' 같은 존재이기 때문이다. 1910년대 전반기 변천좌는 일본인 상대(전용) 극장으로 운영되면서 낭화절 상설 극장으로 인식되는 극장이었다.

1910년대에는 변천좌뿐만 아니라 부산의 극장들인 부산좌 등에서 이러한 낭화적 공연이 수시로 일어났기 때문에,[1] 낭화절 상설 극장이라는 호칭이 가능했다고 보아야 한다. 그러니까 일본에서 활동하던 극단들이 조선에 내방하여 공연하는 일이 점차 상례화되면서, 해당 방문 공연 기간 역시 상당한 기간에 달했던 것으로 확인되고 있다. 변

---

[1] 김남석, 「부산의 극장 부산좌(釜山座) 연구—1907년에서 1930년 1차 재건 시점까지」, 『항도부산』(35), 부산시사편찬위원회, 2018, 335면.

천좌 역시 이러한 상연 관례를 수용하여 상설관으로서의 체모를 유지
해 나갈 수 있었다.

변천좌에 대해 살펴보기 위해서는 이 극장에서 연행된 장르와 작품
에 대해 살펴볼 필요가 있다. 변천좌에서는 낭화절 이외에도, 일본식
'만담(落語, 라쿠고)'이 연행되곤 했다.[2] 라쿠고는 와게이(話芸)의 일
종으로 – 와게이는 관객을 대상으로 화술을 전개하여 관련 내용을 수
용할 수 있도록 연기자(강담자)의 입담 능력을 구사하는 연희 장르의
총칭 – 흔히 곡예나 흉내내기 내지는 음악과 무용 등과 함께 요세에서
공연되었으며, 특히 세계 2차 대전이 발발하면서 일본 내에서 크게 인
기를 끌며 예전의 성세를 되찾기도 했다.[3] 전반적으로 이러한 만담(라
쿠고)는 "해학적인 독백 형식을 지닌 대화 형식의 서민 예술"로,[4] 주
로 "등장인물이 혼자서 역할을 나누어서 하는 연기"를 가리킨다.[5] 그
러니까 낭화절이나 일본식 만담은 모두 변천좌가 일본 관객을 위한
극장이었음을 간접적으로 알려주는 지표라고 하겠다.

이밖에도 변천좌에서는 다양한 종류의 기예 혹은 연행(물)이 계속
적으로 상연되었다.[6] 그중에는 낭화절이나[7] 만담[落語] 이외에도, 검

---

2) 「변천좌의 만담[落語]」, 『釜山日報』, 1915년 5월 25일, 5면.

3) 박전열, 「'라쿠고(落語)'에 나타난 웃음의 전개방식」, 『일본연구』(25), 중앙대학교
   일본연구소, 2008, 334~348면.

4) 「라쿠고(落語)」, 『사진 통계와 함께 읽는 일본 일본인 일본문화』, https://terms.
   naver.com/entry.nhn?docId=1529259&cid=42995&categoryId=42995&anchorTa
   rget=TABLE_OF_CONTENT4#TABLE_OF_CONTENT4

5) 「라쿠고[落語]」, 『키워드로 여는 일본의 향』, https://terms.naver.com/entry.nhn?d
   ocId=1927917&cid=43002&categoryId=43002

6) 「변천좌[辨天座]의 미방[美芳]」, 『釜山日報』, 1915년 6월 1일, 5면 ; 「변천좌[辨天
   座]의 하국[夏菊]」, 『釜山日報』, 1915년 7월 16일, 5면 ; 「변천좌[辨天座]의 여연
   [如燕] ; 41년간의 고좌[高座] 생활」, 『釜山日報』, 1915년 8월 18일, 5면.

무,[8] 강담,[9] 독물[10] 등이 포함되어 있다. 그것은 주로 일본인들이 무대 공연, 소위 '제흥행'이라고 정의된 상연 장르와 관련이 깊다.

변천좌에서의 공연[11]

앞에서 언급한 대로, 변천좌에서 공연된 흥행물(들)은 「제흥행취체 규칙」(16호)에서 언급하고 있는 개념(장르)와 무관할 수 없었다. 대 표적인 예를 들어보면 다음과 같다.

제흥행이라는 것은 씨름, 칼놀이[擊劍會], 위험한 행동하기, 말타기 [曲馬], 손춤, 마술, 발재주, 인형놀이, 그림자 그림, 해학적 놀이, 모사 기술[八人藝], 이야기[講談], 만담[漫談], 제문읽기, 고대인형극[淨琉

---

7) 「별갑재호환[鼈甲齋虎丸] ; 오늘 밤부터 변천좌[辨天座]에서 개막」, 『釜山 日報』, 1915년 9월 2일, 3면 ; 「연예소식 변천좌 활동」, 『釜山日報』, 1916년 1월 5일, 3면.
8) 「보래관[寶來館]의 낙어[落語]」, 『釜山日報』, 1915년 1월 10일, 5면.
9) 「변천좌[辨天座]의 여연[如燕] ; 41년간의 고좌[高座] 생활」, 『釜山日報』, 1915년 8월 18일, 5면.
10) 「변천좌의 읽을거리[讀物]」, 『釜山日報』, 1916년 4월 11일, 5면.
11) 「보래관[寶來館]의 낙어[落語]」, 『釜山日報』, 1915년 1월 10일, 5면.http:// db.history.go.kr/item/imageViewer.do?levelId=npbs_1915_05_27_w0005_0920

璃], 팽이돌리기, 동물부리기 기타 구경거리를 말한다.[12]

이러한 공연 장르(목록)는 일본인 극장(일본 내 극장 포함)에서 주로 상연되는 공연 장르이었기 때문에, 일본인 정부 역시 이러한 유형의 극장 공연('흥행')에 대해 일정한 규제를 가하지 않을 수 없었다. 변천좌의 공연 목록에서는 이러한 일본 흥행(물)의 특징이 전형적으로 확인되고 있다는 점을 기억해 둘 필요가 있다.

그렇다면 이러한 공연 장르, 즉 일본인을 위한 공연 작품들은 어떠한 경로로 부산의 극장에 수급될 수 있었는가. 이를 보여주는 사례는 여러 가지이다. 여기서는 일단 부산 변천좌에 공급된 일본인 극단의 콘텐츠 유입 과정을 먼저 살펴보겠다.

1910년대 변천좌는 당시 부산 영화가를 이루고 있었던 대부분 극장(가령 부산좌) 등과 마찬가지로, 일본(인) 극단 혹은 흥행 단체의 방한 공연을 기본으로 운영되었다. 외부에서 찾아오는 극단이나 단체의 상연 콘텐츠(무대 공연과 상영 필름)를 수용하여, 관객들의 볼거리를 확보했던 것이다.[13]

다음은 변천좌에서 공연된 외부극단의 유입 과정을 보여주는 대표적인 사례이다. 길전운우위문 일행은 운무가 낀 바다를 건너 부산에 도착했고 거리(가두) 선전을 시행한 이후에 극장 공연에 돌입했다. 공연은 매일 밤마다 이어졌으며, 총 7명의 연행자가 이 공연에 참여했다고 한다.

---

12) 「제흥행취체규칙」(16), 『부산극장사』, 부산포, 2014, 64면.
13) 김남석, 「부산의 극장 부산좌(釜山座) 연구─1907년에서 1930년 1차 재건 시점까지」, 『항도부산』(35), 부산시사편찬위원회, 2018, 329~338면.

길전운우위문(吉田雲右衛門) 방문[14]   부산소의연합회[15]

당시 부산에서의 공연은 현해탄을 건너야 하는 부담을 안겨주기는
했지만, 가까운 이동 거리로 인해 일본(인) 극단에게는 상당히 실현
가능한 순회공연으로 인식되고 있었다. 부산을 여러 차례 방문하는
극단도 적지 않았으며, 그중에는 주기적인 방문 형태도 나타나고 있
다. 물론 공연 관련 활동도 일본에서의 그것과 크게 다르지 않았다.

조선에서의 공연은 경부선을 활용한 이동 공연(순회공연)으로 이
루어졌는데, 그 시작점이 되는 부산은 조선 내 일본인 최대 거류지역
중 하나였기 때문에, 공연 상의 불편이나 제약도 그렇게 심하지 않았
다. 위의 좌측 기사는 이러한 일상적인 공연 형태의 부산 방문 공연의
관습을 보여주고 있다.

행좌의 후신인 행관에서의 공연 내역도 1910년대 행좌(행관)를 비
롯한 공연장의 풍토를 확인하도록 돕는다. 다시 말해서 영화상설관으
로 재개관하였지만, 행관의 무대에서는 영화 이외의 공연도 간헐적

---

14) 「변천좌[辨天座]의 하국[夏菊]」, 『釜山日報』, 1915년 7월 16일, 5면.
15) 「부산소의연합회[素義] : 11일 밤부터 변천좌에서」, 『釜山日報』, 1916년 7월 10
    일, 3면.

으로 시행되었다. 가령 낭화절 상연,[16] 소의대회 개최(조루리 공연 포
함),[17] 무대행사,[18] 철도종사원 위안회[19] 등이 그러한 사례에 속하며
권번의 공연이 펼쳐졌을 가능성도 발견된다.[20] 특이한 사례로 연쇄극
공연 사례(〈이 아이의 부모[此の子の親]〉가 대표적)를 들 수 있다.[21]

7.2. 영화(활동사진)의 유입과 상설관의 폭증

1920~30년대 조선의 극장들은 영화를 주요 관람 콘텐츠로 삼는 경
영상의 혁신과 변모를 단행하곤 한다. 상생관은 흥미로운 브랜드를
확보하고자 했던 극장이었다. 특히 제2 운영기에 접어들면서 상생관
은 초특작 영화에 대한 수용 비중을 제고하기 시작했다. 1927년 연말
흥행에서 이러한 징후는 강하게 드러난다.[22] 이러한 현상은 영화 관
람과 관련된 일련의 변화를 가하려는 극장 측의 움직임과도 부합되고
있다.[23] 상생관은 이러한 변화를 발판으로 연일 매진을 기록하는 등

---

16) 「낭화절[浪花節]이 활동에 들어가다 : 행관[幸館]의 길전나양승[吉田奈良勝]」,
    『釜山日報』, 1916년 9월 11일, 3면.
17) 「면[面]연극, 행관[幸館]의 소의대회[素義大會]」, 『釜山日報』, 1918년 5월 15일,
    4면 ; 「연예계' 부산좌, 행관」, 『釜山日報』, 1918년 5월 16일, 4면 ; 「연예계' 부산
    좌, 행관, 태양단」, 1918년 5월 18일, 4면.
18) 「송본등수[松本登秀], 오늘 밤부터 행관에서」, 『釜山日報』, 1918년 5월 24일, 4면.
19) 「철도종사원의 위안회 : 행관에서 개최」, 『釜山日報』, 1918년 2월 13일, 4면.
20) 「동래권번 위녀[慰女] 어제 4일 행관[幸館]에서 관람[總見]」, 『釜山日報』, 1928년
    10월 5일, 6면.
21) 「연쇄극을 보다 : 행관[幸館]의 〈이 아이의 부모[此の子の親]〉」, 『釜山日報』, 1918
    년 1월 16일, 4면.
22) 「상생관의 영화」, 『釜山日報』, 1927년 12월 15일, 4면.
23) 「타속한 영화전과 상생관의 신 진용」, 『釜山日報』, 1927년 12월 11일, 4면.

관객 성장세를 보인다.[24]

1930년대에 들어서면서 상생관은 송죽(쇼치쿠) 영화 체인으로부터 영화를 공급받는 비중이 증가했다.[25] 이러한 현상은 1930년대 초반 계속 이어졌다.[26] 이 시기 상생관은 '송죽영화 봉절관'으로 호칭되기도 했다.[27]

〈충신장〉[28]

당시 상생관은 '송죽 직계(松竹 直系)' 극장으로 선전되었고, 대중들에게도 그렇게 알려져 있었다.[29]

24) 「상생관은 연일 만원」, 『釜山日報』, 1927년 12월 17일, 4면.
25) 「영화계 ; 상생관」, 『釜山日報』, 1930년 7월 4일, 4면.
26) 「송죽[松竹] 호화판 〈충신장〉 ; 16일부터 상생관에서 상영」, 『釜山日報』, 1933년 2월 14일, 2면.
27) 「은막계의 여왕 ; 송죽[松竹]의 류희자[柳咲子]일행」, 『釜山日報』, 1933년 10월 29일, 2면.
28) 「송죽[松竹] 호화판 〈충신장〉 ; 16일부터 상생관에서 상영」, 『釜山日報』, 1933년 2월 14일, 2면.
29) 「부산 녹정의 예창기 위안회 ; 2일 상생관에서 표창식도 거행」, 『釜山日報』, 1933년 11월 2일, 2면.

이러한 움직임과 변화 징후는 가중되는 극장 간 경쟁에서 그 원인을 찾을 수 있다. 부산의 영화가는 그 규모가 커지고 있었고 그에 따라 해당 극장 수 역시 증가하였다. 반면 관객 계층은 복합적으로 결합되어 있었고, 일본인 관객뿐만 아니라 조선인 관객을 위한 경영상의 변모는 필요해졌다. 이러한 변화는 곧 부산 영화가 내에서 상생관의 영향력과 인지도 그리고 흥행력을 제고해야 하는 이유로 작동했다. 상생관은 송죽 직계 극장으로서의 영향력을 확보하고자 했고, 이를 통해 부산 극장(들) 내에서도 높은 인지도를 견지하고자 했으며, 결과적으로는 흥행력 제고를 위한 내실을 갖추고자 했다.

대체로 부산의 극장과 마찬가지로 마산 역시 영화(활동사진) 상영관으로서의 극장 특수는 여전했다. 대표적인 극장으로 수좌의 예를 들어보자. 수좌는 1920년대 조선의 어느 지역 못지않게 영화상영관으로 활발하게 운영되던 극장이었다. 관련 기록을 참조해도 마산 수좌가 영화상영관이라는 사실은 의심의 여지가 없지만, 지금까지의 기록으로는 상영 영화에 대한 자료가 부족해서 그 실체를 온전히 파악하기 힘든 것이 사실이다. 따라서 각종 신문과 기록을 통해 수좌의 공연 상황을 정리하는 것은 의미 있는 작업으로 여겨질 수 있다. 여기서 우선 전제해야 할 점은 수좌가 1920년대 후반을 넘어서면서 영화관으로서의 면모를 비교적 강하게 드러내기 시작했다는 점이다.

이러한 실례로 우선, 1928년 10월과 11월 그리고 12월 조선키네마순업대의 수좌 방문을 주목할 필요가 있다. 당시 박재홍 일행으로 지칭되는 조선키네마순업대는 마산을 거쳐 1928년 11월 초순 통영 봉래좌를 경유하며 남선 일대를 순회 방문하는 일정을 소화했다.[30] 박재홍 일행은 1928년 12월과 이듬해인 1929년에도 통영 일대를 방문한 바 있는데,[31] 이러한 공연 일정과 순회 루트를 고려할 때 지리적으로 인접했던 '마산-통영'에서의 영화 상영은 계획적인 지방순업의 일환으로 판단된다.[32]

1928년 10월(29일) 마산 수좌에서 상영한 작품은 〈지나가의 비밀〉과 서양극(영화) 1편이었고,[33] 11월 30일부터 12월 1일까지는 '알렉산더 수'의 〈동큐〉를 상영하였다. 두 상영대회 모두 절찬리에 상영되었으며, 해당 상영마다 수좌는 밀려드는 관객들로 인해 인산인해를 이루었다.

수좌를 통한 마산 지역민과 박재홍 일행과의 교류는 1928년 12월에도 이어졌다. 사실 10월 말의 공연과 11월 말의 공연은 마산의 관객들을 열광하게 만들었고, 수좌 역시 이러한 공연으로 인해 영업상의 이익을 취했기 때문에, 박재홍 일행의 재방문과 상영을 마다할 이유가 없어 보였다. 하지만 1928년 12월 공연에서는 검열과 상영 금지라는 제한적인 조치가 취해졌다는 점에서 이전 상영과는 달라진 양상을 보였다.

1928년 12월 수좌에서 〈남의 고아〉와 〈바크다트〉가 공연되었는데, 이 작품 중 〈남의 고아〉가 프랑스 대혁명을 다룬 작품이었기 때문에, 당국의 검열에 공연 내용이 저촉되면서 해당 흥행업자가 취조를 당한

---

30) 「통영독자위안 활동사진회」, 『조선일보』, 1928년 11월 6일, 3면.

31) 「독자우대극(讀者優待劇) 통영에서 공연」, 『동아일보』, 1928년 12월 15일, 3면 ; 「통영에서 조선키네마 흥행 남조선순업대 박재홍일행」, 『조선일보』, 1929년 4월 6일, 4면.

32) 영화 〈지나가의 비밀〉은 1928년 10월 말(29일)에 마산 수좌에서 영사된 이래, 1928년 11월 초에는 통영 봉래좌에서 영사된 바 있다(「독자우대영화 본보 통영지국서」, 『조선일보』, 1930년 11월 1일, 6면).

33) 「마산독자 위안영사(馬山讀者 慰安活寫)」, 『조선일보』, 1928년 11월 3일, 4면.

사건이 발생했다. 물론 이 당시 수좌에서 이 작품들을 상영한 이는 '조선키네마 지방순업부'의 박재홍이었고, 마산청년동맹은 이 필름을 구입하여 공연하고자 한 주최측의 입장이었다.[34]

일련의 기록(들)을 통해 일단 수좌에서 박재홍을 필두로 한 조선키네마순업대의 영화 상영을 지속적으로 추진했으며, 그 과정에서 마산의 문화 활동을 이끌어갔던 마산청년동맹이 영화 상영까지 유도했다는 사실이 확인되었다. 특히 1928년 12월 마산청년동맹이 주도한 영화 상영에서, 이전 상영과 차이점을 드러낸다는 점은 주목된다. 비단 검열만의 문제가 아니라, 사회적인 전언을 담은 작품을 마산청년회가 선택하여 영화 상영을 통한 계몽 운동에 활용한 정황이 드러났기 때문이다.

또한 박재홍 일행의 순회 영사 상황을 통해, 통영과 마산이 지리적 인접성으로 인해 남선 순회 루트의 주요한 거점 도시로 활용되고 있으며, 봉래좌와 수좌 역시 이러한 남선 순회 거점 도시의 대표극장으로 인식되고 있음을 확인할 수 있다. 봉래좌의 경우에는 통영의 유일한 극장이었기 때문에 이러한 대표성을 필연적으로 담보한다고 해도, 마산의 경우에는 수좌보다 오래된 극장이 이미 존재함에도 불구하고 이러한 대표성을 지닐 수 있다는 점은 특기해야 할 사항이라고 하겠다.

이처럼 1928년을 지나면서 수좌는 영화 상영에 대한 관심을 증대시켜 나갔다. 실제로 1930년대에 들어서면 전국에 산재한 적지 않은 지역 극장이 영화관으로의 변모를 모색하는 시점이 도래했다. 따라서 수좌의 이러한 변모는 거시적인 측면에서 전 조선적인 흐름을 따르는

---

34) 「허가 후(後) 흥행금지(興行禁止) 해설자(解說者)에게 벌금(罰金)」, 『동아일보』, 1928년 12월 17일, 2면.

일련의 움직임으로 정리될 수 있다.

1929년 3월에는 조선일보가 주최하는 '신춘독자위안 영화대회'가 열렸고,[35] 1930년 5월에도 독자 위안 영화대회가 개최되었는데,[36] 이러한 영화대회가 비록 단발성 행사일지라도 점차 높아지는 마산 지역민들의 관심과 이에 대한 부흥을 강구해야 하는 사회적 정황을 반영한다고 하겠다.

이러한 전반적인 마산 지역의 문화적 동향은 수좌의 영화 수입 제도 개편으로 나타났다. 1930년 수좌는 예성영화사와 특약을 맺고 2월 9일 밤부터 2일간 점원위안 영화대회를 개최했는데, 이 대회는 성황을 이루었다.[37] 특히 수좌와 특약을 맺은 예성영화사의 존재가 주목되는 사례인데, 예성영화사는 마산에서 새롭게 창립된 영화사로 소개되고 있다.

실제로 예성영화사는 통영에서도 특약을 맺고 조선 영화 7종을 수입하여 통영 대화정 소재 봉래좌에 공급한 바 있다.[38] 이 시기는 1930년 2월(구 정월) 14~15일 무렵이었다. 지역의 영화사였던 만큼 예성영화사는 경성에서 단성사의 후원을 받아 이 상영을 추진했다.

본래 예성영화사는 마산에 지역 연고를 둔 영화사로, 우용익(禹龍翼)과 김선양(金善良)이 발의하여 결성되었으며, 결성된 직후인 1930년 2월 9일(음력 정월 10일)부터 조선 영화 수 편을 개봉하려는 계획을 세운 바 있다.[39] 이 계획을 먼저 실천한 이는 마산상공협회였다. 마

35) 「신춘독자위안 영화대회 개최」, 『조선일보』, 1929년 3월 6일, 4면.
36) 「본보 마산지국에 독자 위안 영화」, 『조선일보』, 1929년 5월 16일, 6면.
37) 「점원위안(店員慰安) 영화」, 『동아일보』, 1930년 2월 16일, 3면.
38) 「본보 독자 위안」, 『동아일보』, 1930년 2월 6일, 3면.
39) 「마산(馬山) 영화인의 예성영화사(藝星映畵社)」, 『조선일보』, 1930년 2월 2일, 7면.

산상공협회는 음력 정초를 활용하여 예성영화사와 특약을 맺고 1930
년 2월 9~10일 양일동안 수좌에서 점원위안영화대회를 개최하였
다.[40]

이처럼 예성영화사는 통영과 마산 일대에 영화 콘텐츠를 공급하고,
이를 마산의 수좌나 통영의 봉래좌가 수급하는 형태의 상영 방식이
진행되었을 것으로 짐작된다. 예성영화사에 대한 연구는 거의 이루어
지지 않았기 때문에, 그 실체에 대해서는 보다 정밀한 연구가 뒤따라
야 할 것이지만, 예성영화사가 지향했던 지역 영화 상영과 배급 방식
은 1921년 통영청년단의 활동사진(영사)대의 활동[41]이나 1928년 박
재홍 일행의 순회 방문 등의 영향을 반영하고 있고 또한 그 연속선상
에서 발의 기획된 점은 분명하다고 하겠다. 수좌는 이러한 예성영화
사와, 성립 초기에 계약을 맺고 영화 수급을 논의한 단체였던 것이다.

간략하게 1930년 이후의 수좌 활용 사례를 언급해 보겠다. 1932년
2월에는 음력 정월을 기념하여 『동아일보』 마산지국 주최로 수좌에서
신춘독자위안영화대회가 개최되었다. 상영 필름은 〈정의는 이긴다〉,
〈전조선여자정구대회〉의 실사, 그 밖의 명화 수 종이었다. 이 행사를
후원한 영화사는 조선영화사였다.[42]

1933년에도 수좌의 영화 상영은 이어졌다. 1933년 『동아일보』 마
산지국이 설립된 지 12년이 된 해이므로, 이 해를 맞이하여 독자위안
영화대회를 정기적으로 실시하기로 했다. 그리고 그 첫 행사로, 〈괴도

곡마단〉과 〈복면한 여자〉를 상연하였다.[43]

1934년에 5월 10~11일에 수좌에서 일반 점원을 위한 영화대회를 계획했는데, 당시 기사에는 흥미로운 사실이 첨부되어 있다. "일반 점원은 그날 오기를 기대하는 중"이라는 내용이었다. 그만큼 일반 점원들에게 이 영화대회는 관심을 끄는 대회로 인식되고 있었다.[44] 1935년에는 윤백남 작 〈대도전〉을 독자 위안 영화로 상영하면서, 독자 위안을 명목으로 50전의 관람료를 30전으로 인하하기도 했다.[45]

7.3. 조선인 콘텐츠의 수용 양상과 그 의미

부산의 극장가에 속한 극장들은 기본적으로 일본인 소유 극장이었으며, 초기에는 이러한 극장의 주요 관객으로 일본인을 상정하는 경우가 흔했다. 하지만 이 지역에 함께 살아가는 조선인 관객을 주요 관객으로 흡수하려는 움직임이 늘어났고, 이를 위해 몇 가지 중대한 변화가 발생한다. 그러한 변화 중 하나는 조선인 변사의 기용에서 찾을 수 있다.

본래 상생관에는 일본인 변사가 기용되어 있었다. 상생관의 변사로 일본인 '서촌'[46]을 꼽을 수 있다. 더구나 상생관에는 여변사[47] 내지는

---

43) 「마산독자영화 매월 일회 무료」, 『동아일보』, 1933년 6월 21일, 5면.
44) 「마산점원위안(馬山店員慰安 영화대회개최」, 『동아일보』, 1934년 5월 13일, 5면.
45) 「마산독자위안」, 『동아일보』, 1935년 5월 21일, 3면.
46) 「활동사진관 변사 징역, 부산 상생관의 서촌애광[西村愛狂]씨」, 『釜山日報』, 1918년 9월 13일, 2면.
47) 「활동사진관 변사 징역, 부산 상생관의 서촌애광[西村愛狂]씨」, 『釜山日報』, 1918

여형변사(女形辯士)도[48] 존재했다. 무성영화를 해설하는 변사가 초기
극장에는 필수적이었는데, 상생관은 차별적인 형태의 변사를 기용한
것이다.

상생관의 여형변사[49] 상생관의 조선인 변사[50]

한편 상생관은 조선인 변사를 특별히 기용하기도 했다. 위의 우측
보기를 통해, 서상호가 상생관에 초빙되어 조선어로 영화 해석을 시
행했음을 확인할 수 있다.[51] 일본인 극장이었지만, 조선인 관객을 위
한 영화 관람 서비스를 시행한 사례로 볼 수 있다. 게다가 상생관에서
는 1920년대에 이미 악수(樂手), 즉 악사를 두어 극장의 분위기를 조
절하고 있었다.[52]

방어진의 극장 상반관에서도 조선인 콘텐츠의 특수한 유입이 목격

년 9월 13일, 2면.

48) 「연예풍[演藝風] 부록 ; 행관, 상생관, 생구일좌, 동양좌」, 『釜山日報』, 1917년 2월
5일, 3면.

49) 「연예풍[演藝風] 부록 ; 행관, 상생관, 생구일좌, 동양좌」, 『釜山日報』, 1917년 2월
5일, 3면.

50) 「추석과 상생관」, 『釜山日報』, 1917년 9월 30일, 6면.

51) 「추석과 상생관」, 『釜山日報』, 1917년 9월 30일, 6면.

52) 「악수(樂手)의 아자(啞者)가, 도적질은 난당이야」, 『매일신보』, 1921년 4월 1일, 3면.

되고 있다. 이러한 상반관에서 공연된 조선인 관련 공연물과 콘텐츠
에 대해서는 천재동이 기술한 것을 참조할 수 있겠다.

> (방어진:인용자)신 개척지로 건설의 노래 소리가 울려 퍼지면서 신
> 파 연극도 매일 성대히 공연되었다. 특히 김소랑의 '취성좌' 또는 극단
> '오대양' 같은 큰 극단이 들어오면 온 동네가 들끓었으며, 도끼와깡〔常
> 盤館〕에서는 개봉 영화 상영 때마다 주연 남녀 배우가 직접 출연하여
> 무대 인사를 했다. 유랑극단들이 바쁘게 오가는가 하면 한 연극인은 재
> 류하면서, 강작기, 박시하, 쌍둥이 최씨 형제 같은 청년들에게 재미있
> 는 소인극을 종종 무대에 올려보냈다. 뿐만 아니라 서울 유학생 이광
> 우, 장덕기 그리고 부산 유학생 옥태진, 형님인 천일동, 이규대가 하기
> 방학에 고향에 돌아오면 축구대회를 개최하였고 동기방학에는 연극을
> 공연하여 유학생임을 과시하기도 하였다. 그 당시 나의 형님은 부산 제
> 2상고 재학 중이었는데 배역은 주로 아역을 맡았다.[53]

 방어진은 예로부터 조선의 3대 어장 중 하나였고, 이른바 방어와 고
등어 등의 특수로 인해 경제적으로 윤택한 해항으로 발전할 수 있었
다. 더구나 일본인들이 대거 이주하면서 그들의 문화와 예술이 출입
할 수 있는 기회가 증가되었다. 당연히 예술 집단 혹은 공연 단체의 내
방 공연 기회 역시 늘어났다.
 위의 회고에는 이러한 방어진의 사정이 간략하게 언급되고 있다.
경제적 풍요는 예술 단체의 공연을 부추겼고, 그중에는 1920년대에
명성이 높았던 취성좌와 오대양 같은 극단도 포함되어 있었다. 실제

---

53) 천재동, 『아흔 고개를 넘으니 할 일이 더욱 많구나!』, 동아정관, 2007, 52~53면.

로 1935년에 실시된 청춘좌의 공연 상황은 방어진 상반관에서의 공연
으로 추정된다.

> 새 기업 아래 진용 일신코저 호남선 순회 중에 잇는 조선극단의 왕좌
> 청춘좌 일행은 지난 8일 울산극장에서 〈정렬의 대지〉를 상연한 바 군
> 내 각지에서 모혀 드는 '팬'으로 입추의 여지없을 만큼 성황을 이루엇
> 으며 더욱 최선 양과 김승호 두 히로인 이자 아내는 절정의 정력적 연
> 기는 관중을 울리게 하엿으며 익일 9, 10 양 일 간은 신흥도시 방어진
> 항에서 역대 성황을 이루윗다.[54]

위의 기사는 1939년 8~9월 사주 교체 이후 동양극장 청춘좌의 일
시적 와해를 거론하고 있다. 청춘좌는 단독 중앙공연이 불가능할 정
도로 타격을 입었고, 결과적으로 전력 만회를 위해 지방공연에 집중
해야 하는 처지에 처했다. 이때 호남 지역을 주로 내방하던 청춘좌가
울산을 지나 방어진에서 공연을 펼치게 되었는데, 이때 청춘좌 공연
예제는 〈정열의 대지〉(4막 7장)였다.[55] 청춘좌는 이 작품을 시작으로
순회공연에 나섰고, 당시 이 작품의 주인공은 최선과 김승호였다.[56]

주목되는 바는 울산 내방 공연 후에 청춘좌가 방어진으로 이동했다
는 사실인데, 위 기사에 따르면 1939년 11월 9일과 10일 방어진(항)
에서 순회공연을 펼쳤고 지역민들에게 열렬한 환호를 받았다. 이 공
연 장소는 아무래도 상반관으로 여겨진다.[57] 상반관은 외부 극단들이

---

54) 「청춘좌 공연 성황」, 『동아일보』, 1939년 11월 11일, 3면.
55) 「영화와 연극」, 『동아일보』, 1939년 7월 19일, 5면.
56) 「청춘좌 공연 성황」, 『동아일보』, 1939년 11월 11일, 3면.
57) 「방어진(方魚津) 상반관(常盤舘) 확장」, 『동아일보』, 1937년 10월 3일, 7면.

방문할 때, 방어진의 대표적인 공연 장소였기 때문이며, 실질적으로 유일한 극장이었기 때문이다.

이러한 상반관에서 연극 공연 외에도 영화 상영 시 배우들의 무대 인사가 있었다는 증언도 천재동의 회고에 담겨 있다. 천재동은 상반관이 신흥키네마사 영화관이었다고 말하고 있는데, 이러한 사실로 볼 때 상반관은 영화 개봉 시 체인망을 활용한 배우들의 영입에 적극적이었다고 보아야 한다.

이밖에 상반관은 유랑극단의 공연장이기도 했고, 이러한 유랑극단의 영향을 받은 소인극 공연장으로 활용되기도 했다. 특히 넉넉한 경제력으로 인해 서울과 부산에서 유학하고 있던 청년들이 방학을 이용하여 고향 방어진에 돌아와서, 그동안의 기예와 변모된 사회관을 담을 수 있는 연극 공연장으로 상반관을 선택하곤 했다.

결과적으로 상반관은 외부 공연의 상연장 혹은 외부 인사들의 방문처였으며, 내외적으로 문화예술에 관심을 갖는 이들이 참여/관람하는 극장으로서의 기능을 톡톡히 수행했다고 할 수 있겠다.

마산의 수좌는 조선인 선호 극장으로, 매우 이름 높은 극장이었다. 그래서 관련 기록을 보면, 수좌에서의 조선인 공연은 대단히 빈번하게 확인되고 있다. 실질적으로 조선인 극장으로 활용되었기에, 조선 관련 콘텐츠가 활발하게 유입된 경우라고 하겠다. 그중에서 동우회 공연 상황은 주목을 끈다.

1921년 7월 14일 마산 수좌에서는 동우회 극단의 순회공연이 열렸다. 동우회는 동경 유학생과 노동자들의 모임으로 회관 건립 기금을 충당하기 위해 극예술협회에 하기 순회극단의 조직을 요청했다. 당시 극예술협회에는 김우진을 비롯하여, 조명희, 홍해성, 김영팔 등이 가입되어 있었고, 여기에 홍난파와 윤심덕이 가세하여 동우회 순회공연을 펼치게 되는데, 그로 인해 동우회는 순회공연을 위해 조직된 일회성 단체의 성격을 강하게 드러내고 있었다.[58]

마산 수좌에서 열린 동우회 순회공연에서도 윤심덕, 홍영후, 마해송, 조명희, 류춘섭, 허하지 등이 무대에 출연했고, 김우진과 홍해성도 공연의 기획과 준비에 일조했음을 확인할 수 있다. 당시 기사를 바탕으로 수좌에서의 공연 상황을 재구하면 다음과 같다.[59]

첫 번째 예제는 마산구락부장 김치수와 동우회 단장 임세희(와세다대학 정치경제학과 재학)의 '개연사'였다. 개연사 이후 본격적인 상연 예제(두 번째)로 들어가서, 윤심덕의 독창과 홍영후(홍난파)의 바이올린 독주가 시작되었다. 이때 유심덕이 부른 노래는 〈황혼의 시내〉였다.

세 번째 예제는 홍영후 작 〈최후의 악수〉라는 단막극 공연이었다. 이 단막극은 로맨스에서 취재한 연극으로, "사랑에는 그 무엇도 장애물이 될 수 없다"는 신조와 "연인을 농락해서는 안 된다"는 신조를 바탕으로 창작된 작품이었다. 이 작품에는 마해송이 출연했는데, 그는 '화봉분장'으로 관객들의 큰 관심을 끌었다.

네 번째 예제는 간단한 음악이었고, 다섯 번째 예제는 〈김영일의 죽음〉이라는 연극이었다. 이 작품의 서두는 '선인'으로 분장한 조명희가 등장하여, 화염에 휩싸인 중생들의 옥문을 열며, 신의 특사문(特赦文)을 낭독하는 장면이 배치되어 있었다. 이 장면이 끝나면 '김영일의 죽

---

58) 우수진, 「갈돕회 소인극 연구」, 『한국극예술연구』(35), 한국극예술학회, 2012, 49~50면.
59) 「대환영의 동우극(同友劇)」, 『동아일보』, 1921년 7월 18일, 3면.

음'이라는 작품 제목이 제시되고, 첫 막이 열리면서 고학생 신문배달부 '김영일'의 서재가 나타났다.

무대 위에서 분장한 류춘섭이 관객들의 성원과 호평을 받았고, 김영일의 친구 '박대연'으로 분장한 허하지 역시 무대 위에서 정묘한 연기를 선보였다. 공연 내 격투 장면에서는 흥분한 관객들이 소리를 지르면서 불합리에 저항했고, 김영일이 죽는 장면에서는 안타까워하며 소리 죽여 탄식을 터뜨렸다고 한다. 이 〈김영일의 죽음〉은 동우회 공연의 메인 행사였다고 할 수 있다.

여섯 번째 예제는 윤심덕의 독창과 홍영후의 연주가 이어졌다. 이날 공연은 자정이 되어서야 끝났고, 이 공연의 동정금은 1백 50원에 달했다.[60] 1921년 7월 동우회의 남선 순회공연 중 마산 수좌 공연은 인기를 모으면서 작지 않은 성공을 이루어 내었다.

1921년 동우회에 이어 다음 해에는 갈돕회 공연이 이어졌다. 1922년 7월 재동경 고학생 갈돕회 주최로 '지방순회 소인극단 일행'이 마산구락부 · 마산악대 · 동아일보 마산지국의 후원을 얻어 7월 22일 하오 9시에 수좌에서 공연하였다.[61] 갈돕회는 1920년 6월에 창립하였는데, '학생이면서 동시에 노동자인 고학생의 단체'로 인식되면서, 대중과 언론의 관심을 불러일으킨 바 있었다. 특히 당시 언론은 갈돕회의 고학생들의 비참한 처지를 비롯하여, 갈돕회에 대한 사회의 동정과 의무와 모금 현황 등을 기사로 보도하였다.[62]

---

60) 「대환영의 동우극(同友劇)」, 『동아일보』, 1921년 7월 18일, 3면.
61) 「고학생(苦學生) 순극단(巡劇團) 래마(來馬)」, 『동아일보』, 1922년 7월 14일, 4면.
62) 우수진, 「갈돕회 소인극 연구」, 『한국극예술연구』(35), 한국극예술학회, 2012, 52~54면.

1922년 7월 마산 수좌에서 열린 갈돕회 고학생들의 소인극 공연과 이 공연에 대한 동정금 모금 역시 『동아일보』 같은 언론사의 후원과 보도로 성사될 수 있었다. 1920년대의 소인극 운동, 특히 갈돕회를 중심으로 지방 순회공연은 '공감'과 '소통'을 최우선으로 여겼던 일종의 '공동체 연극'이었다.[63] 따라서 이러한 공동체 연극을 마산에서 적극적으로 유치하고, 또 후원하는 것은 마산 지역주민들의 사회적 결속과 대외적 이미지를 제고하는데 도움이 되었을 것으로 판단된다. 수좌는 이러한 역할을 수행하는 중심 공간으로 기능했다.

수좌에서는 전문극단 순회공연도 빈번하게 시행되었다. 수좌는 1920년대 전반기에 주로 소인극단 위주의 공연에 치중했다면, 중반기를 넘어서면서 전문 상업극단의 공연 빈도가 증가했다. 이러한 비교를 통해 수좌라는 극장 시설이 점차 전국적인 인지도를 획득하기 시작했으며, 구마산의 조선인들을 상업적 대상 혹은 전문적 관객으로 인지하는 극단이 늘어났음을 확인할 수 있다.

1925년 11월에 토월회는 수좌에서 공연하겠다는 광고를 게재하였는데, 이 공연에서는 동아일보사 마산지국이 후원하여 할인권도 발행되었다.[64] 토월회의 마산 방문 공연은 1928년에도 시행되었고, 그때에도 동아일보사 마산지국의 할인권이 발행되었으며,[65] 1930년 2월에도 토월회의 방문 공연이 시행되었다.[66]

토월회의 방문 공연을 기획하거나 후원하는 입장에 있었던 동아일

63) 우수진, 「갈돕회 소인극 연구」, 『한국극예술연구』(35), 한국극예술학회, 2012, 75~76면.
64) 「토월회 지방 순회 연극」, 『동아일보』, 1925년 11월 19일, 4면.
65) 「본 독자 우대한 토월회 공연 성황」, 『동아일보』, 1928년 12월 2일, 4면.
66) 「독자 위안 흥행」, 『동아일보』, 1930년 1월 28일, 3면.

보사 측은 토월회의 공연을 신문 기사를 통해 대대적으로 선전, 광고
하곤 했다. 특히 동아일보사 측은 토월회의 공연이 '신극' 공연임을 강
조하고, 1930년 당시에는 '조선 유일의 단체'라는 사실을 강조하는 것
을 잊지 않았다.

  이러한 광고는 토월회의 비본연적 활동, 즉 신극 단체로서의 위상
을 잃어갈수록 오히려 증대된다는 측면에서 다소 과장되어 있다고 하
겠다. 그래서 이러한 과장 광고가 지니는 의미는 증폭된다고 하겠는
데, 토월회의 위치 변화는 거꾸로 대중극단에서의 광고 효과를 부추
긴다고 하겠다. 토월회의 지방 공연은 그 자체로 매혹적인 의미를 담
지하는데, 이를 활용하여 마산에서의 공연을 시행하고 또 마산에서의
광고를 확대한 것이다. 1930년대 토월회는 신극 극단으로서의 명성
때문에, 오히려 대중들에게 더욱 호소력이 있는 극단으로 변화하고
있는 시점이었다.

  마산을 방문한 또다른 대표적인 사례로 취성좌를 들 수 있다. 1926
년(1월, 12월)에 수좌에서 취성좌가 순회공연을 펼쳤는데, 1월 공연
에서는 조선일보가 독자들을 위안한다는 명분을 부여했고, 12월 공연
에서는 동아일보사가 독자들을 위해 할인권을 발행했다.[67] 1926년 시
점에서 일 년에 두 차례나 마산 수좌를 취성좌가 방문했다는 점은 몇
가지 특이할 점을 남긴다.

  일단 1920년대 중반 취성좌는 토월회와 함께 가장 주목받는 극장이
었다. 비록 토월회에 비해 취성좌의 지방 순회공연이 잦았지만, 당시

---

67) 「마산지국 독자위안 취성좌 김소랑 신극 일행을 청하야 3일부터 수좌에서」, 『조선
일보』, 1926년 1월 3일(朝), 4면 ; 「본보독자 반액」, 『동아일보』, 1926년 12월 15
일, 4면.

로서는 각광받는 극단으로 쌍벽을 이루었다는 점에서 마산 지역이 순
회공연처로 점차 부상하기 시작했다는 점을 확인할 수 있다. 뿐만 아
니라 취성좌가 1년에 두 번이나 방문해도 그 수익성을 보장받을 정도
로 마산의 유료 관객이 상당했다는 증거로 삼을 수도 있다.

이러한 두 극단에 버금가는 인기 순회극단이 또 있었다. 1930년 1
월에는 배구자 일행이 수좌를 방문하여 공연하였고,[68] 그 직후에는
'현성완 일행'이 수좌를 방문하여 공연하였다. 현성완 일행은 지역 순
회공연을 펼치다가 마산에 도착하여 1930년 1월 18일부터 22일까지
수좌에서 공연하였는데,[69] 이 현성완 일행의 공연에 대해 일제는 이례
적인 정도로 강력한 단속을 펼쳤다.[70] 하지만 이 공연에 대한 마산 지
역 주민들의 호응은 대단해서, 연일 만원사례를 이루었다.[71] 1930년
11월에는 조선연극사가 수좌를 방문해서 흥행하였고,[72] 1931년 2월
(26~27일)에는 최승희 일행이 수좌에서 무용대회를 열었다.[73]

1931년에는 특별한 극단이 수좌에서 공연하였다. 이전까지 수좌에
서 공연한 극단은 경성 중심의 극단이거나, 순회극단이었다. 그들은
대단한 명성을 쌓고 있는 극단이었지만, 마산 지역을 기반으로 하는
극단이라고는 할 수 없었다. 그런데 1932년 6월 15일에 마산 지역 연
극인들이 모여 '마산극예사'를 조직하였고,[74] 1932년 9월(17~18일)

68) 「배구자공연(裵龜子公演) 신춘 독자 위안」, 『조선일보』, 1930년 1월 7일. 3면.
69) 「본보 독자 위안」, 『동아일보』, 1930년 1월 21일, 3면.
70) 「극장 엄중 경계 청년 1명 검속」, 『동아일보』, 1930년 1월 24일, 2면.
71) 「마산 독자 위안」, 『동아일보』, 1930년 1월 25일, 3면.
72) 「연극사(研劇舍) 마산서 공연」, 『동아일보』, 1930년 11월 2일, 3면.
73) 「본보 독자 우대 마산지국에서」, 『동아일보』, 1931년 2월 18일, 3면.
74) 「마산극예사(馬山劇藝社) 창설」, 『동아일보』, 1932년 7월 2일, 5면.

에 수좌에서 제1회 시연회를 가졌다.[75]

마산극예사는 마산지역에서 극예술을 연구하던 이훈산 등 수 명의 동지들이, 조선영화계에서 활동하던 김영찬의 래마(來馬)를 계기로 한 자리에 모여 결성한 연극 연구단체였다. 마산극예사는 결성 직후 다섯 부서를 설립하고 각 부서의 담당자를 선임했다. 극단 책임자는 이훈산, 연출부는 천전막, 무대(부)는 유종환, 음악(부)는 박성옥, 진행부는 김무산이었다. 그리고 제1회 공연을 염두에 두고, 마산극예사는 남녀단원을 모집하기도 했다.[76]

이후 마산극예사는 이훈산, 김영찬을 중심으로 운영되었으며, 경성 실연무대(實演舞臺)와 자매 결연을 맺고 연구를 진척시키고자 했으며, 9월 17일 제1회 시연을 위해 많은 노력을 경주하였다.[77] 수좌에서 열린 마산지역 극단(전문 단체)으로서는 마산극예사가 최초 공연단체로 볼 수 있으며, 진정한 의미에서 수좌를 문화적 거점으로 활용한 사례로 꼽을 수 있다.

1920년대부터 1930년대 초반까지 수좌에서 공연한 조선인 단체는 상당한 숫자에 달한다. 마산을 방문하는 대부분의 조선 극단이 마산의 극장 중에서 수좌를 선택했다는 의미이다. 뿐만 아니라 마산을 본거지로 하는 마산극예사 역시 공연장으로서 수좌를 선택했다. 수좌가 지닌 조선인 대상 극장으로서의 대표성을 입증하는 사례라 할 것이다.

특히 마산극예사의 공연과 일부 유명 단체의 공연은 마산 지역민들에게 자극을 주고 문화적 자긍심을 불러일으키는 역할을 했다는 측면

---

75) 「극예사(劇藝社) 시연회(試演會)」, 『동아일보』, 1932년 9월 23일, 4면.
76) 「마산극예사(馬山劇藝社) 창설」, 『동아일보』, 1932년 7월 2일, 5면.
77) 「마산극예사 시연」, 『동아일보』, 1932년 9월 15일, 3면.

에서, 문화적 인프라로서 수좌의 역할을 상기시킨다고 하겠다. 즉 수좌는 단순한 공연처나 외부극단의 순회처가 아니라 자생의 문화를 생성시키고 이를 위한 문화적 자양분을 숙성시키는 예술적 기반으로 작용하였다. 조선인 극장이 없는 상태에서도 수좌가 이러한 역할을 했다는 사실은 눈여겨 볼만한 사항이며, 일제 강점기 지역 극장의 용처가 예상보다 복잡하게 전개되었음을 확인시키는 증거이기도 하다.

수좌에서의 조선 콘텐츠는 양적/질적으로 주목되는 경우이다. 예외적으로 도좌의 공연에서도 이러한 조선 콘텐츠가 나타나서 상대적으로 주목을 끌기도 한다. 1920년대 도좌의 활용 사례를 보면, 신마산청년회 문예부가 구마산 여병섭[78]을 초빙하여 강연회를 개최한 사건을 주목할 수 있다. 이날 강연은 문예부장 권숙경의 사회로 진행되었고, 연사로 이길조, 이호성, 그리고 여병섭이 등장하였다. 이길조는 '조선의 장래와 교육'이라는 제명으로, 이호성은 '자유는 부자유의 반사'라는 제명으로, 그리고 여병섭은 '청년의 사명과 기(其) 단체'라는 제명으로 강연을 펼쳤다.[79]

이 중 여병섭은 '전투적 민족주의자'로 평가될 정도로, 경남 일대에서 적극적인 청년 활동과 문화 활동을 주도한 인물이었으며, 초창기부터 마산구락부의 핵심 인사로 활동한 지역 인사였다.[80] 이러한 여병

---

78) 여병섭은 마산구락부 문예부장으로 활동한 인물로 일찍이 통영청년단에서 강연부장과 부단장을 역임하기도 했다(「청년단 임시총회」, 『동아일보』, 1920년 4월 27일, 4면). 평양신학교를 졸업하고 비밀결사 조선국민회와 혈성단에 참가했으며, 마산에서는 마산학원 원감과 마산여자야학교 하감 등을 역임했다(이귀원, 「1920년대 전반기 마산지역의 민족해방운동」, 『지역과 역사』(1), 부경역사연구소, 1996, 13면).

79) 「신마산청년회(新馬山青年會) 강연」, 『동아일보』, 1922년 8월 22일, 4면.

80) 이귀원, 「1920년대 전반기 마산지역의 민족해방운동」, 『지역과 역사』(1), 부경역

섭의 초청 강연은 도좌가 지닌 친일본(인)적 색채를 염두에 두지 않는 선택이었다고 해야 한다.

특히 도좌(신마산청년회 주최)는 구마산에서 주로 활동하는 - 그러니까 신마산에서의 활동 빈도가 낮은 - 여병섭을 초청하면서 신마산 일대의 강연 상황에 변화를 꾀하는 역할을 맡았다. 신마산과 구마산이 현실적으로 분리되어 있었고, 거주 종족에 따라 이슈와 관심사가 달라 이러한 교류 형식의 강연은 주목되지 않을 수 없다. 이러한 교유가 가능했던 이유 중 하나가 구마산과 더욱 인접한 도좌의 위치 때문이었다.

한편, 도좌는 1920년대 영화상영 장소로 종종 활용된 것으로 보인다. 대표적인 사례가 매일신보사 활동사진 대회이다.[81] 마산 도좌에서는 매일신보사 상영 프로그램인 〈애의 극〉이 4월 16일에 상연되었다. 이 작품은 4월 15일에는 부산 국제관에서 상연되었는데, 마산과 부산이 지역적으로 인접했기 때문에 그 다음날에는 마산 도좌에서의 공연이 가능했다고 할 수 있다. 실제로 마산의 영화 상영의 효시는 부산의 부호이자 행좌의 사주이며 국제관의 주주였던[82] 迫間房太郎의 필름 상연이었다.

이 매일신보사 〈애의 극〉 상연에서도 국제관과 마산의 극장이 연계되어 있는 것으로 보건대 迫間房太郎 역시 마산과 밀접한 관련이 있는 인물이었음을 확인할 수 있다. 특히 迫間房太郎은 '마산수산'이라는 수산업 관리 업체의 대주주로 1920년대부터 1930년대에 걸쳐 활

사연구소, 1996, 13면.
81) 「본사 활동사진을 재등(齋藤) 총독이 특히 관람」, 『매일신보』, 1922년 4월 14일, 3면.
82) 홍영철, 『부산극장사』, 부산포, 2014, 44~50면.

동한 바 있다.[83] 이러한 사업적 연관성에 의거한다면, 迫間房太郎에 의한 마산 극장업의 전반적인 동향도 살펴 볼 필요가 있다고 하겠다.

마산 도좌에서의 활동사진 상연[84]　　　1922년 도좌에서 상연된 〈애(愛)의 극(劇)〉[85]

7.4. 무대 공연장 위주의 극장 계열

7.4.1. 행좌 : 무대 연행의 출발점

현재까지는 부산 최초의 근대식 극장은 '행좌(幸座)'라고 공인되고 있다. 1903년 운영되던 행좌의 실체를 홍영철이 밝혀내는 순간, 이러한 사실은 보편적 사실(지금까지 연구 결과에 의하면)로 확정되어 공

---

83) 中村資良, 『조선은행회사조합요록(朝鮮銀行會社組合要錄)』(1933년 판), 동아경 제시보사, 1933.

84) 「본사 활동사진을 재등(齋藤) 총독이 특히 관람」, 『매일신보』, 1922년 4월 14일, 3면.

85) 「오늘, 전조선순회활동사진회, 주야 2회 부산 국제관에서, 16일 밤 1회 마산 도좌 (都座)에서」, 『매일신보』, 1922년 4월 16일, 3면.

식적으로 인정되고 있는 상태이다.[86] 하지만 실제의 행좌는 1903년 이
전부터 운영되던 극장이었을 가능성이 높고, 실제로도 그 이전부터 더
많은 극장이 존재했을 가능성도 배제할 수 없는 상황이다.

　행좌의 위치와 존재감은 다음의 지도로 확인된다.

일본 전관 거류지 내 행좌의 위치를 표시한 지도[87]

　앞에서도 이미 살펴 본 대로, 이 지도는 행좌를 역사적으로 비정하
는 중요한 자료이다. 1903년에 이미 존재했다는 행좌의 위치는 1908
년에 간행된 지도에서도 확연하게 확인된다. 지도상에서 행좌는 행
정과 서정의 경계 부근에 위치하고 있으며, 별도의 일러두기를 통해
그 위치를 비정할 정도로 주요한 건축물(이정표)로 다루어지고 있다.
1908년 지도에서도 그 위치를 분명하게 표시해야 할 정도로, 일본전
관거류지 내 주목받는 시설물이자 랜드마크로서의 건축물이었다고

---

86) 홍영철, 『부산극장사』, 부산포, 2014, 69면.
87) 「한국대지도(부산항)」, 영남대학교 박물관 소장, 1908 ; 김기혁 편, 『부산 고지도』,
　　부산광역시, 2008, 249면에서 재인용.

판단할 수 있겠다.

이러한 행좌는 1915년까지 존속한 것으로 확인되는데, 1915년 이후에는 개축을 단행하여 행관이 되었다. 홍영철은 개축 이유를 '노후'에서 찾고 있다. 그리고 홍영철은 당시 행좌의 사주가 노후 문제를 해결할 요량으로 기존 행좌를 철거한 후에, 주변 지대를 넓게 구입하여 120평에 해당하는 부지를 확보한 이후에, 그 위에 행관을 건축했다고 당시 상황을 설명한 바 있다.[88] 그래서 행좌와 행관은 동일한 기원을 지니지만, 근본적으로 다른 극장으로 취급되기도 한다.[89]

1915년에 행좌에서 행관으로 변모하여, 부산 극장가에 영화관이라는 새로운 바람을 불러일으킨 행관의 경우도 주목되는 사례이다. 특히 상영 영화뿐만 아니라 그 외의 활동으로 나타난 흔적들이 주목된다. 이러한 흔적을 통해 행좌에서의 상연 내역을 거꾸로 유추할 수 있을 뿐만 아니라, 상설영화관으로 변신한 이후에도 무대 연행에 대해 쏟았던 관심과 전략을 확인할 수 있기 때문이다.

전술한 대로, 행관은 비록 영화상설관으로 재개관하였지만, 행관에서는 그 이외의 공연도 간헐적으로 펼쳐지곤 했다. 가령 낭화절 상연,[90] 소의대회 개최(조루리 공연 포함),[91] 무대행사,[92] 철도종사원 위

88) 홍영철, 『부산극장사』, 부산포, 2014, 127~128면.
89) 홍영철은 행좌는 '부산 최초의 극장'으로, 행관은 '발성 영화가 처음 상영된 극장'으로 그 특징을 요약하고 있다(홍영철, 『부산극장사』, 부산포, 2014, 69~134면).
90) 「낭화절[浪花節]이 활동에 들어가다 : 행관[幸館]의 길전나양승[吉田奈良勝]」, 『釜山日報』, 1916년 9월 11일, 3면.
91) 「면[面]연극, 행관[幸館]의 소의대회[素義大會]」, 『釜山日報』, 1918년 5월 15일, 4면 ; 「'연예계' 부산좌, 행관」, 『釜山日報』, 1918년 5월 16일, 4면 ; 「'연예계' 부산좌, 행관, 태양단」, 1918년 5월 18일, 4면.
92) 「송본등수[松本登秀], 오늘 밤부터 행관에서」, 『釜山日報』, 1918년 5월 24일, 4면.

안회[93) 등이 그러한 사례에 속하며 권번의 공연이 펼쳐졌을 가능성도 발견된다.[94) 특이한 사례로 연쇄극 공연 사례(〈이 아이의 부모[此の子の親]〉가 대표적)를 들 수 있다.[95)

행관의 소의대회[96)

아무래도 행관은 영화상설관이었던 만큼 주요 상연 레퍼토리는 영화(활동사진)에서 찾을 수 있겠다.[97) 행관에서 상영된 대표적인 작품으로는 〈금강석〉,[98) 〈김충보〉,[99) 〈마쿠베스[マグベス]〉[100), 〈白髮

93) 「철도종사원의 위안회 ; 행관에서 개최」, 『釜山日報』, 1918년 2월 13일, 4면.

94) 「동래권번 위녀[慰女] 어제 4일 행관[幸館]에서 관람[總見]」, 『釜山日報』, 1928년 10월 5일, 6면.

95) 「연쇄극을 보다 ; 행관[幸館]의 〈이 아이의 부모[此の子の親]〉」, 『釜山日報』, 1918년 1월 16일, 4면.

96) 「면[面]연극, 행관[幸館]의 소의대회[素義大會]」, 『釜山日報』, 1918년 5월 15일, 4면.

97) 「'영화' 행관[幸館]」, 『釜山日報』, 1928년 1월 11일, 4면.

98) 「행관[幸館]의 〈금강석〉」, 『釜山日報』, 1916년 12월 6일, 5면.

99) 「행관[幸館] 〈김충보[金忠輔]〉 ; 본지에 연재한 강담」, 『釜山日報』, 1917년 2월 3일, 5면.

100) 「행관[幸館]의 〈마쿠베스[マグベス]〉」, 『釜山日報』, 1917년 7월 8일, 4면.

野叉〉,[101] 〈잠항정의 비밀〉,[102] 〈敵同志戀の柵〉,[103] 〈姬白合〉,[104] 〈낙화의 춤〉,[105] 〈춘희〉,[106] 〈천보육화찬[天保六大花撰]〉,[107] 〈선풍아[旋風兒]〉[108] 등을 들 수 있다. 수시로 극장 상영 예제를 바꾸려는 모색을 보였으며, 변사를 활용하여 레퍼토리상의 변화를 가미하려는 동향도 내보였다.[109] 관련 인사의 방문을 활용한 홍보 행사도 선보인 바 있다.[110]

7.4.2. 부산좌 : 1900~1910년대 부산의 대표 공연장

남도 해안가 극장들은 전문 상연 분야가 정해진 경우도 있었다. 가령 보래관은 영화상설관으로, 변천좌는 낭화절 상설관으로 자신의 목적을 표방하기도 했다. 부산을 대표하는 1900~1910년대 극장인 부산좌는 연극 공연에 주력한 인상이다. 따라서 부산좌를 원칙적으로 연극 공연장으로 보아도 무방할 것이다. 관련 기록은 곳곳에서 발견된다.

---

101) 「행관의 신사진」, 『釜山日報』, 1917년 11월 17일, 4면.
102) 「잠항정의 비밀 ; 30일 밤부터 행관에서 개봉」, 『釜山日報』, 1917년 11월 29일, 4면.
103) 「행관」, 『釜山日報』, 1918년 2월 2일, 4면.
104) 「행관」, 『釜山日報』, 1918년 2월 22일, 4면.
105) 「연예 : 행관」, 『釜山日報』, 1925년 7월 8일, 7면.
106) 「연예 : 행관」, 『釜山日報』, 1925년 7월 16일, 7면.
107) 「애독자를 열광시킨 본지 연재의 〈천보육대화찬[天保六大花撰]〉 어대전 2일부터 행관[幸館]에서 상영」, 『釜山日報』, 1928년 10월 27일, 4면.
108) 「영화계 ; 보래관, 행관, 상생관」, 『釜山日報』, 1930년 7월 4일, 4면.
109) 「행관[幸館]의 새로운 사진」, 『釜山日報』, 1918년 1월 26일, 4면.
110) 「판처[阪妻] 일행 ; 8일 저녁 내부[來釜] ; 행관[幸館]에서 인사」, 『釜山日報』, 1925년 6월 9일, 7면 ; 「팬의 피를 끓게 한 마키노 배우의 부산 입성 ; 행관[幸館]에서의 인사에 관중 매우 기뻐해」, 『부산이보』, 1925년 6월 10일, 7면 ; 「오랜만의 떠들썩함 ; 승견[勝見]이 하내산[河內山]에서 부산의 팬을 만나뵙다 행관[幸館]의 〈천보육화찬[天保六花撰]〉」, 『釜山日報』, 1928년 10월 29일, 2면.

이 시기 부산좌에서 공연되는 작품들 중에는 신파극이 주류를 이루었다. 하지만 그 외에도 일본인들이 선호하는 장르 혹은 작품들이 즐겨 내방하곤 했다. 1915년 대강의웅(大江義雄)의 소설극(小雪劇)이 대표적인 신파극으로, 1915년에 이미 조선 방문 공연이 활성화되었다는 증거이기도 하다.[111]

다른 예로, 1916년~1918년 공연 기록 중에서 대표적인 사례를 모아보자.

| 부산좌에서 | 부산좌에서의 외부 | 부산좌에서 |
| 연극 공연(1916)[112] | 극단 공연(1916)[113] | 연극 공연(1918)[114] |

1916년 부산좌에는 경판(京阪) 가무기대좌(歌舞伎大座)가 내방하였다. 이때(1916~1917년) 경판 가무기좌는 세밑과 원단을 공연하기 위해서 조선을 방문한 것이었다. 1916년 10월에도 일본 극단의 방문 공연이 이어졌다.[115] 1918년 부산좌에는 대판(大阪) 가무기좌(歌舞伎

---

111) 「부산좌의 소설극[小雪劇]」, 『釜山日報』, 1915년 5월 6일, 4면.
112) 「부산좌[釜山座] 춘지거[春芝居]」, 『釜山日報』, 1916년 12월 30일, 3면.
113) 「여승[呂昇]은 8일 초일 ; 부산좌[釜山座]에서 개최」, 『釜山日報』, 1916년 10월 4일, 7면.
114) 「부산좌[釜山座]의 춘지거[春芝居]」, 『釜山日報』, 1918년 12월 29일, 3면.
115) 「여승[呂昇]은 8일 초일 ; 부산좌[釜山座]에서 개최」, 『釜山日報』, 1916년 10월 4일, 7면.

座)가 내방하여 공연을 펼쳤다. 원단을 맞이하여 공연을 시행하는 기
회였고, 이로 인해 부산좌는 특별한 흥행을 준비해야 하는 시점이었
다.

부산좌의 레퍼토리 중에서도, 신파극 관련 레퍼토리는 부산좌의 대
표적인 레퍼토리로 간주해도 무방한 인기 장르에 해당했다.

부산좌의 대표적인 신파극 공연 사례[116]

위 기사는 1915년 11월 경 일본 신파극단의 내방 공연을 소개하고
있다. 더욱 주목되는 사안은 1915년 이전에도 적지 않은 신파극이 부
산좌에서 방문 공연을 시행했다는 점이며, 이러한 풍조가 단순히 우
연적인 요인에 의한 일회적 사건이 아니라는 사실이다. 즉 부산은 거
주하는 일본인들을 위한 방문 공연에 적합한 요건을 갖춘 도시였고,
조선의 다른 도시로 내방하는 루트의 시작 지점이었기에 그 어느 도
시보다도 일본극단의 순회 공연지로 각광을 받았다.

그중에서도 신파극은 비록 일본의 전통 연극은 아니었지만, 근대적
연극의 특성을 지닌 연극 장르였기 때문에, 일본을 떠나 외지에서 살

116) 「부산좌의 신파극」, 『釜山日報』, 1915년 11월 21일, 5면.

아야 하는 이들에게는 선호하는 관극 대상이 아닐 수 없었다. 당시 신
문들은 이러한 부산 거주 일본인들의 애환과 기호를 알고 있었기에,
신파극단의 내방을 자세하게 소개하고 또 이러한 극단의 흥행을 직
간접적으로 돕는 행보를 보이기도 한다. 해방 전 『부산일보』는 그러
한 대표적인 언론이었으며, 동시에 연극(비록 일본 신파극이라고 할
지라도)의 충실한 후원자 역할을 자처하고 있었다. 이러한 신파극의
내방과 『부산일보』의 역할은 1910년대에 두드러지게 나타나며, 비록
1920년대에도 이러한 내방 공연이 활발하지 않은 것은 아니지만, 점
차 그 성세와 인기는 줄어드는 인상을 풍기고 있다.

　다만 부산좌에서 신파극 공연은 주요한 레퍼토리로 정착되었고, 공
연 횟수로도 다른 공연에 비해 다수였던 것은 분명하다. 이밖에도 신
파극의 범주에서 논의할 수 있는 작품들이 다수 공연된 바 있다. '자연
극'은 대표적이라고 하겠다.[117]

　한편, 부산좌의 외부 공연 기록 중에서도 예술좌(藝術座)의 공연 사
례는 주목된다. 일단 예술좌의 부산좌 공연이 감지되는 시점은 1917
년이다.[118] 1917년 7월 부산좌에서 예술좌 공연이 시행되었다. 이 시
점은 조선에서 지역 극장의 건립이 논의될 시점이었는데, 부산좌에서
는 이미 일본 본토의 유수한 극단을 초청하여 기념비적인 공연을 시
행할 정도로 극장 문화가 정착되어 있었다고 보아야 한다. 더욱 주목
해야 할 점은 역사적으로 더욱 주목받는 예술좌의 공연은 이미 2년 전

---

117) 「부산좌의 자연극[自然劇]」, 『釜山日報』, 1915년 11월 23일, 5면.
118) 「예술좌[藝術座]의 초일, 8일 부산좌에서 초일」, 『釜山日報』, 1917년 7월 5일, 4
　　면 ; 「예술좌의 공연물」, 『釜山日報』, 1917년 7월 8일, 4면.

에 시행되었다는 점이다.[119)

　일본 극단 예술좌가 조선에서 최초 공연한 시점은 1915년이다(현재로서는 1915년 예술좌의 부산 공연 장소는 확인되지 않고 있다). 1915년 11월 5일 예술좌는 시모노세키를 출발하여 11월 7일에 부산에 도착했고,[120) 부산에서 육로로 이동하여 1915년 11월 9일 경성 '사쿠라좌'에서 조선 공연을 개연하였으며,[121) 11월 17일까지 경성에 머물면서 사쿠라좌 외에도 수좌(壽座) 등에서 공연하였다.[122)

　예술좌의 공연은 여러 모로 조선 극단에 영향을 끼친 것으로 진단되고 있다. 가령 이기세의 유일단이 島川抱月(시마무라 호게츠)의 예술좌의 영향을 받아 톨스토이의 〈부활〉을 상연 예제로 삼기도 했다는 주장이 제기된 바 있다.[123) 이 작품은 유일단뿐만 아니라 예성좌에서도 공연되었다. 이러한 현상을 두고 안종화는 유일단이 '번역극 수입의 시조'였다고 평가하고 있는데, 이러한 평가의 옳고 그름을[124) 차치하고라도 유일단의 이러한 시도는 초기 신파극 정착에 적지 않은 영향을 미쳤을 것으로 판단된다.

---

119) 1915년 부산에서 예술좌가 공연한 것은 확인되지만, 극장이 어디였는지는 확인되지 않은 상황이다.
120) 『釜山日報』, 1915년 11월 7~9일 참조.
121) 『京城日報』, 1915년 11월 6일, 3면 ;「盛なる芸術座一行の乘込」, 『京城日報』, 1915년 11월 8일, 3면.
122) 홍선영, 「예술좌의 만선순업과 그 문화적 파장」, 『한림일본학』15, 한림대학교일본학연구소, 2009, 176면.
123) 안종화, 「국적 불명의 부활」, 『동아일보』, 1939년 3월 24일, 5면.
124) 안종화가 유일단에서 〈부활〉을 공연했다는 기록을 남기고 있으나, 이 사실에 대해서는 다른 자료로 입증하지 못하고 있는 상태이다. 오히려 1916년 4월 23일 『매일신보』에는 같은 날에 예성좌가 조선극단으로는 최초로 〈카츄샤〉를 공연했다고 기사화했다. 따라서 안종화가 주장하는 유일단 〈부활〉 공연설은 착오일 가능성이 있다(「예성좌의 근대극, 유명한 카츄사」, 『매일신보』, 1916년 4월 23일, 3면).

예술좌가 일본에서 〈부활〉(톨스토이 원작, 도촌포월 각색)을 공연
한 시점 역시 1914년 3월(제국극장)이었고,[125] 조선에서 〈부활〉을 공
연한 시점은 1915년 11월 9일(~11일)이었다.[126] 1917년 부산좌 공연
에서도 〈부활〉이 공연되었다. 우측 예술좌의 공연 레퍼토리를 보면,
도촌포월 각색 〈부활〉의 공연이 주요 상연 예제로 설정되어 있다. 이
〈부활〉은 조선연극사와 당대 콘텐츠 제작에서 상당한 잠재력을 지니
는 공연 텍스트로 발견 육성 성장하기에 이르렀다.

동시에, 부산좌에서는 다양한 일본 (전통) 연극 양식이 공연되기도
했다. 앞에서 말한 신파극이나 가부키[127] 이외에도, 낭화절(浪花節, 나
니와부시),[128] 교육극(태양극단),[129] 광언(狂言),[130] 조루리(淨瑠璃),[131]
기예(奇術),[132] 강담(사),[133] 문악(文樂, 분라쿠),[134] 마술과 기예[135] 등

---

125) 홍선영, 「예술좌의 만선순업과 그 문화적 파장」, 『한림일본학』15, 한림대학교일
    본학연구소, 2009, 172~173면.
126) 『京城日報』, 1915년 11월 16일, 3면.
127) 「부산좌의 가무기[歌舞伎], 25일 오후 6시 첫날」, 『釜山日報』, 1915년 6월 25일,
    5면.
128) 「소년낭화절[少年浪花節] 오다, 17일부터 부산좌에서」, 『釜山日報』, 1915년 6월
    16일, 5면 ; 「부산좌의 낭극[浪劇]」, 『釜山日報』, 1916년 2월 9일, 5면 ; 「부산좌
    의 낭극[浪劇]」, 『釜山日報』, 1916년 2월 9일, 5면 ; 「경산애호[京山愛虎] 개연,
    11일부터 부산좌에서」, 『釜山日報』, 1918년 9월 12일, 2면.
129) 「대교[大橋] 교육극단, 6일부터 부산좌에서」, 『釜山日報』, 1915년 8월 2일, 3면.
130) 「부산좌 4일째 광언[狂言]」, 『釜山日報』, 1915년 8월 9일, 3면.
131) 「부산좌의 정유리[淨瑠璃] ; 월지조[越之助]의 염피로[簾披露]」, 『釜山日報』,
    1915년 8월 22일, 5면 ; 「부산좌의 월로태부[越路太夫] ; 환영 정유리[淨琉璃]
    어물[語物]은 〈합방〉」, 『釜山日報』, 1915년 8월 30일, 3면 ; 「부산좌에서 정류리
    대회」, 『釜山日報』, 1916년 12월 1일, 5면.
132) 「부산좌의 천승[天勝]」, 『釜山日報』, 1916년 9월 22일, 7면.
133) 「강담사[講談師] 신전박도[神田伯道] ; 오는 28일 부산좌에서」, 『釜山日報』,
    1917년 4월 28일, 7면.
134) 「철[鐵], 인[靭] 양태부[兩太夫] 본월 중순 부산좌에 오다」, 『釜山日報』, 1917년

이 공연되었다.

또한 그중에서 부산좌에서 마술과 기예를 곁들여 선보였던 천승 일행의 방문 공연은 주목된다.[136] 천승 일행이 주목되는 또 하나의 이유는 이 흥행 단체 내에서 성장하는 한 인물 때문이다. 1918년 5월 부산좌 공연은 단순히 부산에서의 흥행으로 끝나지 않았고, 경성까지 이어졌는데 특히 이 순회공연에서 혜성처럼 등장하여 조선인의 관심을 끄는 여성 배우가 있었다.[137] 이 배우가 배구자였는데, 당시 소녀였던 배구자는 부산좌의 공연에도 참여하여 자신의 기예와 매력을 뽐냈다.

다음으로, 낭화절, 즉 '나니와부시'로 명명되는 일본식 장르에 대해 주의 깊게 논의할 필요가 있다. 이 나니와부시(浪花節)는 조선의 판소리에 비견되는 일본의 전통음악으로, 전래의 창 '로쿄쿠(浪曲)'라고도 한다.[138] 사미센으로 반주를 하고 혼자서 노래를 부르는 가창 양식이었다. 나니와부시는 20세기 중반까지 일본인이 즐기는 연희 양식으로 일제 강점기(특히 30~40년대) 일본에서 한국(조선)으로 전파되고 조선식으로 변용되기도 했다. 대표적인 조선식 나니와부시로 〈장렬 이인석 상등병〉등이 있다. 하지만 기본적으로는 일본인들을 위한 연희의 일종으로, 1930년대 이전에는 조선인들이 이 음악에 크게 관심을

10월 9일, 5면 ; 「고인[古靭]의 소진[沼津] : 대판 문악[文樂] 정유리[淨琉璃] 일행 부산좌에서 개연」, 『釜山日報』, 1917년 10월 27일, 4면.

135) 「천승[天勝]은 10일, 부산좌에서 초일 개연」, 『釜山日報』, 1918년 5월 3일, 4면.

136) 「부산좌의 천승[天勝], 매일 밤 입추의 여지없음」, 『釜山日報』, 1918년 5월 13일, 3면.

137) 「천승(天勝)의 제자 된 배구자(裵龜子), 경성 와서 첫 무대를 치르기로 하였더라」, 『매일신보』, 1918년 5월 14일, 3면.

138) 박영산, 「변사(辯士)와 벤시(弁士)의 탄생에 대한 비교연구」, 『Comparative Korean Studies』(21-1), 국제비교한국학회, 2013, 155면.

가진 바 없었던 이국적인 장르라고 해야 한다.[139]

이러한 나니와부시 가운데에서 '낭극(浪劇)'으로 지칭되었던 장르가 1916년(2월)에 공연되기도 했다.[140] 또한 1917년(11월)에는 여류 낭화절(女流浪花節) 吉田小奈良 일행이 대구와 부산에서 공연한 바 있다.[141]

이처럼 부산좌는 일본인을 위한 공연장이었고, 그로 인해 부산좌를 방문하는 일본인 공연 단체는 상당한 숫자에 달했다. 더구나 부산좌는 일본과 가까웠고, 비교적 이웃 도시들로 방문 공연을 벌이기에 유리한 조건을 갖추고 있었다. 따라서 일본의 극단들은 조선 공연을 기획할 때 부산 공연을 실시하지 않을 수 없는 입장이었다. 관부 연락선이 도착하는 곳이 부산이었고, 경부철도와 인근 도로가 모여드는 곳이 부산이었으며, 결과적으로 일본으로 돌아갈 때 가장 손쉽게 선택할 수 있는 도시가 부산이었기 때문이다.

7.5. 상설영화관 위주의 극장 경영

7.5.1. 행관에서 소화관으로

부산의 극장가는 1900년대에 대략적인 지형(극장가의 형세)을 형

---

139) 나니와부시에 대해서는 다음 논문을 참조했다(김남석, 「일제 강점기 김천 지역 극장의 역사와 활동상 연구」, 『현대문학이론연구』69, 현대문학이론학회, 2017).

140) 「부산좌의 낭극[浪劇]」, 『釜山日報』, 1916년 2월 9일, 5면.

141) 「소나양[小奈良]은 내일 부산좌에서 공연」, 『釜山日報』, 1917년 11월 4일, 4면.

성한 바 있다. 1903년 행좌를 비롯하여,[142] 각종 극장이 행정, 부평정, 남빈정 일대의 일본전관거류지 부산에 들어서기 시작했고, 1905년 (을사늑약)을 거쳐 1910년(경술국치)대에 접어들면 이러한 극장의 수와 집중도는 괄목할 수준으로 증가하였다. 1910년~1920년대를 거치면서 부산의 장수통(현 광복동) 일대에는 개성과 미려함을 동반한 극장들이 하나 둘 들어서게 되었으며, 이로 인해 이 거리는 점차 '부산의 극장가' 혹은 '영화가(映畵街)'로 불리게 되었다.[143] 이러한 부산의 영화가는 해방 이후에도 유지되었고, 6.25 전쟁기에는 부산으로 몰려든 피난민들과 임시 정부로 인해 한국(남한) 연극 영화의 중심지로 부상한 바 있으며, 1990년대 이후에는 부산국제영화제의 최초 발상지고 창조의 요람 역할을 수행하기도 했다.

이러한 극장가의 형성과 변화에서 '행좌→행관→소화관'의 역할을 주목되지 않을 수 없다. 본 연구에서는 행좌의 마지막에서 시작하여 행관의 폐쇄에 이르는 과정을 통해, 그 중간 단계로서의 행관을 1910년대 중반에서 1920년대에 이르는 하나의 변전 루트로 상정하고 그 세부를 살펴보고자 했다. 그 루트에는 부산의 가장 오래된 극장이었던 행좌가 영화상설관 행관으로 변모해야 하는 시점(1910년대 중반)의 상황과, 행관이 소멸(전소)하며 새로운 극장 패러다임의 적용을 받아 다시 새로운 시기의 극장으로 이전하는 시점(1930년대)의 상황이 앞뒤로 연결되어 있다.

---

142) 행좌의 실체가 공인되는 시점이 현재로서는 1903년이지만, 극장 취체 규칙을 감안하면 1890년대로 소급될 수 있다.

143) 명장화[明粧化]된 부산의 영화가 ; 보래관과 상생관의 신축. 당당한 3층의 근대 건축미 실현」,『釜山日報』, 1937년 3월 27일, 3면

개축된 상생관의 외관(1925년)[144]

1930년에 신축된 소화관 전경[145]

그러니 자연스럽게 행관은 부산 영화가의 첫 번째 전환기인 1910년
대 중반의 신축 붐을 이끈 극장인 동시에, 1930년대로 이전되는(1920
년대 중후반)의 극장 정비 시기와 그 궤도를 함께 하는 극장으로 자리
매김될 수밖에 없다. 비슷한 시기인 1916년(10월 31일) 전신 변천좌
에서 영화상설관으로 변모한 상생관도,[146] 1920년대 중반에 휴지기를
가지고 극장 정비에 들어간 이력을 지니고 있다. 이때 상생관이 우선
적으로 치중한 분야는 극장의 외관 정비와 시설 확충이었다.[147]

행관의 전소는 자연스럽게 이러한 외관 정비와 시설 확충의 문제를
해결할 기회를 제공했다. 극장 폐쇄는 유감스러운 일이었으나, 이를
기화로 행관은 현대식 극장으로의 변화를 도모할 수 있었고, 이후 건
립된 소화관은 2010년대까지 그 건물의 구조를 유지할 정도로 구조적

---

144) 「개축 미장[美裝]한 상생관 피로 흥행」, 『釜山日報』, 1925년 11월 15일, 7
   면.http://db.history.go.kr/item/imageViewer.do?levelId=npbs_1925_11_15_
   w0007_0780
145) 홍영철, 『부산극장사』, 부산포, 2014, 182면.
146) 「본정 1정목 상생관[相生館] 개관식 : 오는 31일 거행」, 『釜山日報』, 1916년 10
   월 25일, 7면.
147) 「상생관[相生館] 개축, 준공은 11월 상순」, 『釜山日報』, 1925년 9월 7일, 2면.

으로 튼튼하고 현대적 세련미를 갖춘 형태로 축조될 수 있었다. 외관 상의 아름다움과 자율적인 개성을 추구하던 부산 극장가의 패러다임 에 건축적인 완성도(구조적 안정감)를 부여하는 세밀한 변화까지 가 미한 셈이다. 위 좌측 사진에서도 확인되듯, 그 작은 변화는 구조적 안 정성과 용도 변경의 다양한 가능성을 동시에 추구한 결과이다.[148]

이처럼 행관이 부산 극장가에 미친 또 하나의 변화 역시 강렬한 인 상을 남기고 있다. 그것은 행관의 폐쇄(전소)와, 그 이후의 새로운 출 발이 긴밀하게 연관되어 있다는 뜻이기도 하다. 행좌에서 행관으로의 변화가 부산 극장가에 새로운 바람을 불러온 것처럼, 행관에서 소화 관(후신 격 극장)으로의 변화는 극장가의 중심 이동을 예고했다.

행관은 1930년에 폐관한다. 1903년부터 그 존재가 공인되는 행좌 로부터 계산하면 27년만의 폐관이고, 1915년 행좌의 개축(중간 신축) 으로부터 계산하면 15년만의 폐관이다. 부산 극장가의 초기 시작이자 중기 번영처로서 행관은 1930년(11월) 남빈정 일대 화재로 전소 붕 괴되면서 부산 극장들의 역사 속으로 사라지게 되었고, 결과적으로는 행좌-행관으로서의 사명은 모두 마치게 되었다. 하지만 행좌-행관의 오래된 행적은 이후 소화관으로 변형되어 재탄생되는 길을 남겨두고 있었다. 사주에 의한 전략적 폐관은 아니었을지언정, 이러한 폐관 이 후에도 역사적 계승이 이어지면서 변화된 부산 극장(가)의 상황을 진 단하는 유효한 표식으로 남을 수 있었다.

---

148) 실제로 소화관은 용도 변경을 거듭하며 '조선극장'이나 '동아극장'으로 운영되었 고, 한때는 백화점으로 사용되기도 했다.

8동 13호의 피해로 기록된 1930년 남빈정 화재 기사[149]

 일부 전술한 대로, 남빈정 대화재는 행좌/행관의 시대를 자연스럽
게 마감하고 새로운 극장을 건립해야 하는 계기로 작용했다. 행관의
마지막 사주였던 櫻庭藤夫는 화재에 강한 건물을 짓고자 하는 의지
를 굳힌 이후 새로운 개념의 극장 소화관을 기획하고 건립했다. 소화
관은 콘크리트 건물로 건축되어 화재에 취약했던 기존 극장의 문제를
해결했는데, 이로 인해 건물의 내구성마저 빼어나게 설계되어, 그 이
후 오랫동안 극장뿐만 아니라 안전한 건물로 사용될 수 있었다.

 주목되는 점은 소화관의 건립 위치를 행좌-행관의 기존 위치로 결
정하지 않고, 당시 행관과 함께 3대 극장으로 손꼽히던 보래관 근처로
고의로 설정했다는 점이다. 이러한 입지 변동과 새로운 부지 확보를
통해, 보래관과의 경쟁 체제에 본격적으로 뛰어들 뿐만 아니라, 동시

---

149) 「부산 은좌[銀座]의 번화가 맹화에 휩싸여 ; 앵정[櫻庭]상회 영화창고에서 발화
 8동 13호를 태우다, 10일 밤 남빈정[南濱町] 근처 대화재」, 『釜山日報』, 1930년
 11월 12일, 4면.

에 부산 극장가의 새로운 중심 구역을 보래관 구역(부산 극장가 중에
서도 핵심 지역)으로 확정하려는 의도로 읽어낼 수 있다. 보래관 옆에
는 태평관이 이미 자리하고 활발하게 운영되고 있었기 때문에,[150] 소
화관의 이적과 신축은 극장가의 단순한 이동을 넘어 새로운 중심으로
의 집중을 의미한다고 하겠다.

이러한 이동은 앞에서 살펴 본 1929~30년대 행관-보래관 일대의
지도로 설명된다. 행관은 부산(부) 일본 상권의 최정점에 해당한다.
상생관이 관공서와 상징성으로 부산(부)의 요지를 점유한 극장이었
다면, 행관은 상업 시설과 유동 인구의 측면에서 가장 번화한 구역을
점유한 극장이었다. 하지만 1930년대에 들어서자 이러한 행관의 입
지는 새로운 도전으로 인해 유지되지 못한다. 그 일차적인 이유는 화
재와 그로 인한 극장의 전소였지만, 미묘하게 변화된 부산(부)의 도시
구획도 단단히 한 몫 했다.

서정과 부평정을 중심으로 한 배후지가 주택지로 개발되고 해당 지
역에 인구가 몰려들면서 극장가의 요지가 다소 변경된 것이다. 보래
관을 중심으로 한 지역이 여기에 해당한다. 새로운 사주였던 櫻庭藤
夫는 공지를 찾아 극장의 터를 옮기면서 1930년대 극장 건축과 입지
의 유행을 따라 더욱 큰 극장을 건축하는 방향으로 경영 정책을 다소
수정한 것이다.

1930년대 대극장 건축 붐은 그 자체로 거역할 수 없는 흐름이었고,
극장 수익과 안정화를 겨냥할 때 우선적으로 달성해야 하는 극장 인
프라였다. 그 결과 소화관이 탄생할 수 있었다. 소화관에 대해서는 별

---

150) 「태평관의 소패[小唄]를 듣다」, 『釜山日報』, 1929년 2월 8일. 4면.

도의 연구로 규명해야 할 몫이겠지만, 적어도 소화관의 탄생에 행관이 크게 기여했고, 또 극장가의 자연스러운 흐름 속에서 ·이러한 소멸과 탄생의 사이클이 반복되었다는 사실만큼은 이끌어낼 수 있을 것이다.

행관은 소화관 속에 남았고, 행좌가 뿌려놓은 극장사의 시작 역시 행관을 거쳐 소화관으로 그리고 소화관의 이후 변형 극장을 통해 부산의 관객들에게 무의식적으로 스며들 수 있었다. 그 구체적인 체현물이 부산 시민들이 애호하던 극장 조선극장이자 동아극장이었던 것이다.

7.5.2. 소화관의 상영 영화 사례와 그 의미

1932년 1월 소화관은 영화 상영을 시작했다. 영화 상설관을 표방한 극장답게, 1월부터 영화를 상영하는 데에 주력했다.

소화관 상영 영화 〈폭탄 3용사〉[151]

---

151) 「폭탄 3용사 소화관[昭和館]에서 상영」, 『釜山日報』, 1932년 3월 14일, 2면.
http://db.history.go.kr/item/imageViewer.do?levelId=npbs_1932_03_14_v0002_0470

　1932년에 상영된 영화로는 〈폭탄 3용사〉를 비롯하여 〈대비행
선〉,[152] 〈불여귀〉,[153] 〈상해특급〉,[154] 〈천국의 파지장〉,[155] 〈명랑한 중
위〉,[156] 〈불의 날개[火の翼]〉,[157] 〈웃는 아버지[笑ふ父]〉,[158] 〈거탄[巨
彈]〉,[159] 〈여급군대[女給君代]〉[160] 등을 들 수 있다. 이 기간 동안 『부
산일보』는 소화관 상영 영화를 충실하게 보도하고, 직접적으로 우대
하는 정책을 펴기도 했다.[161] 1932년에 소화관에서 상영되고, 동시에
해당 작품을 『부산일보』가 관련 화면(여기서는 영화 내용 관련 사진)
과 함께 게재한 경우를 모아보면 다음과 같다.

---

152) 「이름난 영화 대비행선 소화관에서 상영」, 『釜山日報』, 1932년 4월 14일, 4면.

153) 「기다리던 명화 〈불여귀[不如歸]〉 오늘 19일 부터 소화관 상영」, 『釜山日報』, 1932년 05월 19일, 4면. http://db.history.go.kr/item/imageViewer.do?levelId=npbs_1932_05_19_v0004_0800

154) 「세계적인 명화 〈상해특급〉 도착 24일부터 소화관에서」, 『釜山日報』, 1932년 6월 24일, 2면.

155) 「본지 애독자 우대 〈천국의 파지장[波止場]〉 상영 1일부터 소화관에서」, 『釜山日報』, 1932년 7월 1일, 2면.

156) 「명랑한 중위[中尉]상 소화관 발성영화 최초의 무설영화」, 『釜山日報』, 1932년 7월 5일, 2면.

157) 「불 타는 연애투쟁 영화, 7일부터 소화관[昭和館] 상영의 〈불의 날개[火の翼]〉」, 『釜山日報』, 1932년 10월 7일, 2면.

158) 「궁천미자[宮川美子] 주연의 올 토키 〈웃는 아버지[笑ふ父]〉 상영 ; 드디어 20일부터 소화관에서」, 『釜山日報』, 1932년 10월 20일, 2면 ; 「방화 토키 궁천미자[宮川美子]의 〈웃는 아버지[笑ふ父]〉 ; 첫날부터 만원, 소화관 상영」, 『釜山日報』, 1932년 10월 22일, 2면.

159) 「명영화[名映畵]의 거탄[巨彈], 1일 소화관에 상영」, 『부산일보』, 명영화[名映畵]의 거탄[巨彈], 1일 소화관에 상영, 2면.

160) 「소화관 상영 여급군대[女給君代]」, 『釜山日報』, 1932년 12월 10일, 2면.

161) 「독자우대의 소화관」, 『釜山日報』, 1932년 12월 4일, 2면.

소화관 상영 영화[162)   소화관 상영 영화 〈상해특급〉[163)   〈천국의 파지장〉[164)

1933년 이후에도 소화관의 영화 상영은 이어졌다. 특히 1932년의 성과에 고무된 소화관은 1933년 2월 영화주간을 설정했고,[165) 그 이후에도 영화 상영을 이어갔으며, 여전히 『부산일보』의 강력한 도움을 얻었다.

이후 소화관이 상영한 영화로는 〈백련[白蓮]〉,[166) 〈로빈슨 크루소〉,[167) 〈밀림의 왕자〉[168)(이상 1933년), 〈경찰관〉,[169) 〈소방수〉[170)〉(이

---

162) 「소화관의 춘계특별흥행 이번 15일부터 5일간 본지애독자 우대데이」, 『釜山日報』, 1932년 4월 15일, 4면. http://db.history.go.kr/item/imageViewer.do?levelId=npbs_1932_04_15_v0004_0630

163) 「세계적인 명화 〈상해특급〉 도착 24일부터 소화관에서」, 『釜山日報』, 1932년 6월 24일, 2면. http://db.history.go.kr/item/imageViewer.do?levelId=npbs_1932_06_24_x0002_0790

164) 「본지 애독자 우대 〈천국의 파지장[波止場]〉 상영 1일부터 소화관에서」, 『釜山日報』, 1932년 7월 1일, 2면. http://db.history.go.kr/item/imageViewer.do?levelId=npbs_1932_07_01_x0002_0770

165) 「소화관의 영화주간」, 『釜山日報』, 1933년 2월 11일, 2면.

166) 「호화관 대호평의 〈백련[白蓮]〉 상영. 드디어 5일부터 소화관에서」, 『釜山日報』, 1933년 5월 5일, 2면.

167) 「명영화 로빈슨 크루소[ロビンソンクルーソー]-더글라스[ダグラス]의 최근작 전발성- ; 조선 1차 개봉 12일부터 소화관」, 『釜山日報』, 1933년 05월 12일, 2면 ; 「소화관의 더글라스, 백열적 대인기」, 『釜山日報』, 1933년 5월 13일, 2면.

168) 「〈밀림의 왕자〉 소화관에서 대만원」, 『釜山日報』, 1933년 7월 17일, 2면 ; 「밀림의 왕자 19일에 한함 : 소화관」, 『釜山日報』, 1933년 7월 19일, 2면.

169) 「최고호화 영화 〈경찰관〉 3월 1일부터 소화관 도경찰부 본사 기타 후원해 상영」, 『釜山日報』, 1934년 2월 19일, 2면.

상 1934년), 〈여자의 우정〉[171](이상 1935년), 〈외인부대[外人部隊]〉,[172] 〈문무태평기〉,[173] 〈대위의 아가씨(딸)〉,[174] 〈은막의 왕자〉[175](이상 1936년), 〈전국군도전[戰國群盜傳]〉[176](이상 1937년), 〈군용열차〉,[177] 〈학생충신장〉[178](이상 1938년), 〈상해해병대[上海陸戰隊]〉,[179], 〈백란의 가(歌)〉[180](이상 1939년), 〈빛과 그림자〉,[181] 〈구토의 달력〉,[182] 〈대평원〉[183](이상 1940년), 〈그대와 나〉[184](1941년), 〈말레이 전기〉[185](1942년) 등을 꼽을 수 있다.

이러한 작품들 중 일부는 『부산일보』지면을 통해 스틸 컷이 공개되

170) 「국책영화 명화 〈소방수〉, 3일부터 소화관」, 『釜山日報』, 1934년 10월 3일, 2면 ; 「소화관의 〈소방수〉, 매우 인기」, 『釜山日報』, 1934년 10월 6일, 5면.

171) 「대망의 명작 〈여자의 우정〉 ; 14일부터 소화관(昭和館)」, 『釜山日報』, 1935년 8월 14일, 2면.

172) 「유명 영화 〈외인부대[外人部隊]〉 부산 상영, 1일부터 소화관[昭和館]에서」, 『釜山日報』, 1936년 3월 25일, 2면 ; 「영화 소식 ; 대망의 명화 외인부대 드디어 1일부터 소화관에서」, 『釜山日報』, 1936년 3월 31일, 2면.

173) 「소화관」, 『釜山日報』, 1936년 3월 25일, 2면.

174) 「명화 〈대위의 아가씨〉 4일부터 소화관」, 『釜山日報』, 1936년 6월 4일, 3면.

175) 「새봄의 호화관, 〈은막의 왕자〉 소화관의 거편」, 『釜山日報』, 1936년 12월 29일, 3면.

176) 「영화의 왕좌 〈전국군도전[戰國群盜傳]〉, 19일부터 소화관」, 『釜山日報』, 1937년 3월 17일, 3면.

177) 「소화관[昭和館]」, 『釜山日報』, 1938년 10월 10일, 2면.

178) 「소화관」, 『釜山日報』, 1938년 10월 26일, 2면.

179) 「웅편[雄篇] 상해해병대 9일부터 소화관」, 『釜山日報』, 1939년 6월 8일, 2면.

180) 「신춘을 장식하는 〈백란[白蘭]의 가[歌]〉 ; 31일 소화관에서」, 『釜山日報』, 1939년 12월 30일, 2면.

181) 「소화관의 〈빛과 그림자〉 편찬」, 『釜山日報』, 1940년 2월 7일, 2면 ; 「소화관의 명화 〈빛과 그림자〉에 출연한 원절자[原節子]」, 『釜山日報』, 1940년 2월 7일, 3면.

182) 「〈구토[仇討] 달력〉 상영, 29일부터 소화관」, 『釜山日報』, 1940년 2월 29일, 2면.

183) 「유료 시사회 〈대평원〉 ; 8일 소화관에서」, 『釜山日報』, 1940년 12월 8일, 3면.

184) 「〈그대와 나〉 소화관 상영, 11월 30일부터」, 『釜山日報』, 1941년 11월 30일, 3면.

185) 「〈말레이 전기[戰記]〉 소화관에서 시사회」, 『釜山日報』, 1942년 9월 9일, 2면.

었으며, 관련 사진(가령 출연진 사진)이 게재된 경우도 있다.

소화관 상영 영화 〈백련〉[186]   소화관 상영 영화 〈경찰관〉[187]

〈1933~1934년 소화관 상영 영화 중 『부산일보』 간접 광고의 경우〉

소화관 상영 영화 〈상해해병대[上海陸戰隊]〉[188]   소화관 상영 영화 〈백란의 가(歌)〉[189]

〈1940년대 소화관 상영 영화 중 『부산일보』 간접 광고의 경우〉

---

186) 「호화판 대호평의 〈백련[白蓮]〉 상영, 드디어 5일부터 소화관에서」, 『釜山日報』, 1933년 5월 5일, 2면.
187) 「최고호화 영화 〈경찰관〉 3월 1일부터 소화관 도경찰부 본사 기타 후원해 상영」, 『釜山日報』, 1934년 2월 19일, 2면.
188) 「명화 〈상해상륙전대〉, 9일부터 소화관」, 『釜山日報』, 1939년 6월 9일, 3면.
189) 「신춘을 장식하는 〈백란[白蘭]의 가[歌]〉 : 31일 소화관에서」, 『釜山日報』, 1939년 12월 30일, 2면.

7.5.3. 방어진 상반관의 영화 상영 현황

상반관에서 상영된 영화의 상연 예제로 확인되는 가장 오래된 작품
은 1927년 〈홍법대사〉[190]이다. 이 작품의 상영은 『부산일보』를 통해
확인되는데, 불교 관련 단체들이 주최 후원한 경우이다. 특히 고야산
(주지)의 명성은 대단해서, 천재동이 결혼식 때 그 힘을 이용하여 위
기를 극복하기도 할 정도로 영향력이 대단했다.[191] 이 영화 상영에는
고야산의 힘이 작용한 것으로 보인다.

방어진의 〈홍법대사〉 영화[192]

부산일보사 애독자위안활사[193]

1932년 6월 6일 부산일보사(방어진 지국) 주최 애독자 위안 활동
사진 대회가 개최되었다.[194] 이번에는 영화 상영 주최가 신문사였다고

---

190) 「방어진의 홍법대사 영화: 대성황을 이루다」, 『釜山日報』, 1927년 6월 24일, 2면.
191) 천재동, 『아흔 고개를 넘으니 할 일이 더욱 많구나!』, 동아정판, 2007, 76면.
192) 「본사 방어진지국 주최 애독자 위안 활동사진 ; 5일 성대히 거행」, 『釜山日報』,
    1932년 6월 10일, 5면.
193) 「본사 방어진지국 주최 애독자 위안 활동사진 ; 5일 성대히 거행」, 『釜山日報』,
    1932년 6월 10일, 5면.
194) 「본사 방어진지국 주최 애독자 위안 활동사진 ; 5일 성대히 거행」, 『釜山日報』,
    1932년 6월 10일, 5면.

할 수 있는데, 부산일보사(방어진 지국)가 애독자와 기자단을 위해 활동사진 대회를 개최하였다. 이 행사는 야구시합과 함께 개최되어 제법 큰 규모를 자랑했는데, 흥미로운 사실은 이 시기 부산일보사 방어진 지국장이 '橋詰'이었다는 점이다. 앞에서 살펴 본 대로, 1920~30년대 방어진에는 적지 않은 '橋詰'이 존재했는데, 그중 한 사람이 이 지국장이었다면, 상반관의 실질적인 사주와 유기적 관련을 맺고 있었을 가능성을 상정할 수 있다.

그 이유는 다른 여타의 지국에서도 이러한 사례가 간헐적으로 발견되기 때문이다. 방어진의 비교적 근거리에 위치한 김천 지역에서도 김천좌의 사주와, 『동아일보』 김천 지국장 간의 유기적 관계가 강도 높게 극장 경영에 투여된 사례를 찾을 수 있다. 가령, 동아일보(사) 김천지국(지국장 이정득)과 김천좌 복도흥행부(후쿠시마 경영) 사이에는 지속적인 협의를 주고받은 흔적이 있는데,[195] 그 결과 협력 공연, 입장료 할인 등의 정책이 구현되고 있다.

부산일보사뿐만 아니라 동아일보사도 1932년 6월 방어진을 비롯한 인근 지역에서 독자 위안 활동사진대회를 열어 〈정의는 이긴다〉 외 수 편의 영화를 상연한 바 있다.[196] 이러한 동아일보사를 비롯하여, 영화 상영을 주도한 단체로는 재향군인회,[197] 부산일보사,[198] 만주사변기념회,[199] 방어진청년단[200] 등을 들 수 있다.

---

195) 「독자우대와 흥행료(興行料) 인하」, 『동아일보』, 1929년 11월 27일, 3면.
196) 「울산 독자 위안 활동사진으로」, 『동아일보』, 1932년 6월 12일, 3면.
197) 「방어진 재향군인회 기금모집위해 영화상영회」, 『釜山日報』, 1932년 4월 5일, 5면.
198) 「애독자 우대 영화의 저녁 : 방어진에서 성황」, 『釜山日報』, 1933년 1월 11일, 2면.
199) 「방어진 군사영화 : 만주사변 기념(방어진)」, 『釜山日報』, 1934년 9월 23일, 3면.
200) 「방어진 청년단 영화회를 개최」, 『釜山日報』, 1938년 11월 23일, 3면.

방어진 청년단 영화대회 주최[201]

특히 방어진 청년단 영화대회에서는 橋詰永太의 흔적이 나타나고 있다. 즉 전단장 橋詰永太가 영화상영대회를 주도하는 인물 중 하나로 기록되어 있는 것이다. 橋詰永太는 울산전기를 비롯하여 방어진철공조선, 방어진주조 등에서 중역으로 활동하는 유지였을 뿐만 아니라, 청년단과도 밀접한 관련을 맺은 지역 인사였다. 이러한 인사가 영화대회에 관여했다는 점은 주목할 만하다.

상반관에서 상영되는 영화(대회)는 개최 주체가 다양했다. 사실 이러한 현상은 비단 상반관만의 현상은 아니었지만, 방어진의 상황은 더욱 독특했던 것으로 보인다. 다양한 단체들이 시민(거주민)들에게 혜택을 주기 위해서 각종 명목으로 영화 상영을 실시했고, 그 장소로 응당 상반관이 선택되었다.

기본적으로 경제적 풍요를 누리고 있었던 방어진이었기에 지역 유지와 사업가 혹은 주도적 단체장들은 대민 협력을 위한 발판으로 위안, 오락물을 제공할 사회적 책임을 절감하고 있었다고 해야 한다. 더구나 어부들과 기녀들, 전국에서 모여든 노동자들과 거지들이 넘쳐나

---

201) 「방어진 청년단 영화회를 개최」, 『釜山日報』, 1938년 11월 23일, 3면.

는 상업 공간이었기에 이러한 아량과 기부는 중요한 역할을 했을 것으로 보인다.

상반관은 기본적으로 영화관이었기에 영업적 이익을 취하고 자신의 경영 논리를 따라야 했지만, 그러한 운영 과정에서 지역민과 화합하고 지역 유지들과 협력하는 방안을 내세울 줄도 알았던 것으로 보인다. 1930년대 중반 '교힐'이라는 사주가 지금으로서는 橋詰永太로 판명되었지만, 1920년대와 1930년대 전반기의 사주는 아직 확인하지 못한 상태이다. 지역의 유력자로 방어진에서 활동했던 상인과 유지들 중에서 또 다른 '교힐'과 그 외의 상인들(가령 토지 소유자) 중에 이러한 사주가 존재했을 가능성을 지금으로서는 배제할 수 없다.

더구나 지역의 규모와 극장의 운영을 감안할 때, 상인들의 연합으로 극장이 운영되었을 가능성 역시 배제할 수 없으며, 설령 집단적인 경영이 아니더라도 中部幾次郎을 중심으로 한 상인들의 결속이 이 극장의 운영에 중대한 영향을 끼쳤을 것으로 짐작된다. 다시 말해서 상반관은 일개인의 극장이 아니었으며, 사주 역시 단 한 사람이라고 단정 지을 수 없을 것이다. 따라서 상반관을 중심으로 방어진의 상황과 해당 지역을 중심으로 활동했던 상인과 유지의 활동에 주목해야 할 필요가 있다. 물망에 오르는 사주들이 사업체를 이끄는 경영자의 면모를 가지고 있다는 점에서, 상반관을 중심으로 한 협력과 공조 그리고 기부는 자연스럽게 경영/사업 논리로 융화된 것으로 볼 수 있다.

8. 지역 극장의 분리와 종족 관람의 분리

마산에 최초로 설립된 극장 환서좌는 조선인 거류지가 아닌 신마산에 설립되었고, 그 대상 관객도 조선인보다는 일본인을 염두에 둔 바 있다. 이러한 지역(민)과 극장의 관계는 상호 영향 관계를 맺으면서 더욱 강화되기에 이르렀다. 결국 환서좌는 일본인 관객을 위한 프로그램(레퍼토리)을 갖춘 극장으로 운영되었고, 그로 인해 환서좌는 자신들의 입지를 중심으로 신마산(거주 일본인)에 치중하는 운영 정책을 고수할 수밖에 없었다.

반면에 조선인들이 집중 거주하는 '구마산'에 위치한 극장은 수좌였다. 수좌의 입지는 운영 초기부터 조선인들을 위한 콘텐츠나 선호 레퍼토리 혹은 관련 대외 행사를 개최하는 극장으로서의 가능성을 높여주었다. 구마산에 거주하는 일본인은 소수에 불과했고, 지역의 대부분은 조선인의 활동(거주) 공간이었기 때문에, 이러한 조선인을 상대로 한 극장을 설계할 수밖에 없는 처지였다.

수좌에서 일제 강점기에 무대화된 소인극, 전문 연극, 무용(발표), 지역 소속 단체 공연, 상영 영화 작품 등을 종합하면, 지역 극장 수좌가 조선인 콘텐츠를 폭넓게 수용하고 상대적으로 높은 개방성을 내보였음을 확인할 수 있다. 그래서 구마산에 주로 거주하는 조선인들은 수좌를 조선인을 위한 극장(오락기관)으로 간주하는 통념을 공유할 수 있었다.

그 결과 조선 연극영화계의 전문 단체, 가령 토월회, 취성좌, 배구자 일행, 최승희 일행, 조선키네마순업부, 예성영화사(마산 소재) 등이 수좌를 방문하여 문화와 예술적 활동을 펼쳐나갔고, 조선인 관객들도 이러한 수좌의 위상과 역할에 대해 전폭적으로 지지하는 입장을 고수했다. 수좌에서의 공연은 성황을 이루는 경우가 대다수였고, 수좌 이외의 극장으로 조선인들이 빠져나가는 사례는 매우 낮은 빈도로만 발견되고 있다. 수좌는 조선인의 예술적 취향과 심리적 정황 그리고 문화적 인프라를 대변하는 극장이었다고 해야 한다(본론에서는 이러한 수좌의 공연 상황을 최대한 설명하고자 노력했다).

이러한 마산 지역의 극장 분포를 감안하면, 환서좌가 있음에도 수좌가 존재해야 했던 이유, 그러니까 마산 지역민들에게 수좌가 필요했던 연유를 찾을 수 있겠다. 환서좌에 대항하는 극장으로서 수좌가 어떠한 위상을 점유하는지 알 수 있으며, 수좌가 마산에서 건립되어 경영될 수 있었던 근본적 장점이 무엇인지 확인할 수 있다. 이러한 지역 내 극장 운영상의 차별화 사례는, 해당 시기 조선의 각 지역에서 드물지 않게 목도할 수 있다.

가령 함흥의 경우, 일본인 극장 진사좌의 대여료 문제와 활용 용처에서 어려움을 겪으면서 조선인들을 중심으로 동명극장 건립이 추진되었고, 그 결과 공회당 겸 극장이 설립될 수 있었다. 원산에서 운영되었던 조선인 소유 극장 원산관도, 결과적으로는 원산 내 일본인 거주

지에서 이미 운영 중이던 원산 수좌나 유락관과 공존해야 하는 운명
을 감당해야 했다.

사례에서 공통적으로 확인되는 사안은 다음과 같다. 우선 도시의
일본인 거주 지역에 건립된 일본인 극장을 중심으로 조선에 극장업과
공연 문화가 수입되면, 공연 문화와 극장업에 대한 낯선 대면을 하고
현지의 문화적 상황에 점차 적응해 간다. 그러다가 조선인을 위한 특
정한 극장 문화를 자연스럽게 구가할 수 있는 공간(조선인 극장)을 필
요로 하게 되는데, 이때 일본인 위주의 극장(업)에 대항하는 조선인
문화를 활성화시키려는(영업장의 입장에서는 이를 통해 이득을 얻으
려는) 목적(수단)으로 새로운 극장이 출범하게 되고, 이러한 새로운
극장 중에는 조선인 관객을 폭넓게 수용하려는 일련의 극장들이 나타
나게 된다. 도시에 따라서는 조선인 자본으로 의욕적으로 건립하기도
하는데, 기본적으로는 이렇게 출범한 새로운 조선 취향 우대 극장은
일본인 소유의 극장일 수도 있었고 조선 자본의 극장일 수도 있었다.

환서좌가 일본인 극장으로 마산에 극장업과 공연 문화를 도입하
는 역할을 했다면, 도좌와 수좌는 이에 대항하는 극장 문화를 보급하
는 역할을 했고, 그중에서도 수좌는 대단히 친조선인적인 성향을 드
러내는 극장으로 운영되었으며, 도좌 역시 지리상의 이점이 추가되면
서 점차 조선 공연 문화에 대해 넓은 허용과 관심을 피력하는 극장으
로 부상했다. 이처럼 마산에 위치한 극장들은 경쟁과 중복을 피해 차
별화되어야 하는 운명을 인식했다. 이러한 차별화는 결과적으로 민족
간, 문화 간, 지역(구역) 간 경쟁과 공존 구도를 인정하고 그러한 구도
속에서 생존하려는 노력의 결과였다.

지역 내 극장의 분립과 경쟁 구도는 물리적으로는 조선인 거주 구

역과 일본인 활동 구역의 분리로부터 연원했다고 보아야 한다. 하지만 단순한 물리적, 지역적 차이를 넘어 각 민족의 관심과 취향을 반영한 결과였으며, 극장과 관객의 친근성 여부에 따른 선택의 문제이기도 했다. 전술한 대로 함흥이나 원산, 혹은 그 외의 많은 지역처럼, 마산 역시 조선인의 취향과 관심사를 대변하는 별도의 극장이 필요했고, 이 필요에 따라 수좌가 건립 운영되었으며, 이로 인해 환서좌와 분리 경쟁하는 극장 구조를 이루게 되었다고 정리할 수 있겠다.

환서좌와 수좌의 운영이 대립을 형성하자, 그 중간 위치를 점유한 도좌는 흥미로운 위상을 부여받기에 이른다. 도좌는 창립 시점인 1914년에는, 일본식 공연에 최적화된 공연장인 가부키 극장이었다. 도좌는 이후 마산좌로 이어지고, 광복 이후에는 마산극장으로 변모하면서, 마산에서 가장 오래된 극장이라는 칭호를 얻게 된다. 해방 이후 마산극장 극장주는 대개 한국인(이재봉, 정노금)이었기 때문에, 비록 그 기원이 일본식 극장이었고 일본인 사주에 의해 경영된 극장이었다고 해도, 세월이 흐르면서 자연스럽게 한국(조선) 극장으로 편입된 경우라고 하겠다. 따라서 과거 이력을 전반적으로 조망하면, 마산좌(도좌)는 마산의 지역 극장을 대표하고 마산 극장가의 특색과 단면을 보여주는 극장 중 하나로 남을 수 있었다.

이러한 심상치 않은 내력은 도좌의 유리한 입지에서 비롯되었다. 도좌는 마산역에 위치한 극장이었고, 지역적으로 보면 수좌와 환서좌의 중간에 위치하고 있었다. 역전에 세워지는 극장은 일본인의 도시 계획에 영향을 많이 받은 극장이라고 할 수 있다. 개성좌는 부전중치에 의해 미개척 지역이었던 역전에 일부러 세워진 경우였는데,[1] 마산역 부근의 도좌 역시 이러한 계획을 읽을 수 있는 극장이었다. 게다가 도좌는 해안과 가까운 지리적 위치로 인해, 또 다른 교통과 물류의 흐름(수운)에 덧붙여 동참할 수 있다는 이점을 강하게 담보하게 된다.

마산의 유지이자 실업가는 도좌를 인수한 후 극장 명칭을 마산좌로 변경하여 개장했다. 하지만 이러한 마산좌의 출범도 해당 시점에는 수좌가 지닌 대표 극장으로서의 명성을 넘어서지는 못했다. 하지만 시간이 흐르고 상황이 변화되면서 해방을 맞은 마산좌는 마산극장으로 극장 명을 변경했고, 해방 이후에는 이 마산극장이 점차 극장업계의 대표 극장으로 부상하였다. 이러한 변화는 전국 각 지역에서 해방과 그 이후 조선인(한국인)의 선택에 의해 이루어지는 광범위한 유사성을 보이는 결과이기도 했다.

1930년대에 들어서면서 일본인들은 자연스럽게 환서좌나 도좌를 대신할 극장을 찾기 시작했고, 그 대체 극장으로 물망에 오른 극장이 앵관으로 보인다. 앵관은 중극장 이상의 규모였던 것으로 판단되는데, 전통적인 일본인(마산 거류자) 대표 정론지 『남선일보』와 밀접한 상관관계를 맺고 성장하기 시작했다. 전통의 언론사였던 『매일신보』, 『조선일보』, 『동아일보』들은 상대적으로 수좌와의 관련성이 강했는데, 이에 대항하는 측면에서 앵관은 『남선일보』와의 교류 협력을 강화한 것으로 보인다. 실제로 앵관은 큰 규모의 시설을 자랑한다는 점에서 마산 지역 극장계에서 그 나름대로의 역할을 부여받았고, 이와 관련하여 『동아일보』 역시 긴밀한 관계를 맺기 위해 노력한 흔적이 나타나고 있다.

마산은 조선인과 일본인이 혼합 거주하는 도시였다. 사실 이러한

1) 김남석, 「일제 강점기 개성 지역 문화의 거점 '개성좌(開城座)' 연구―1912년 창립부터 1945년까지」, 『영남학』(26), 경북대학교 영남문화연구원, 2014, 379~340면.

혼합 거주의 방식이 마산에서만 나타난 것도 아니고, 가장 먼저 나타 난 것도 아니다. 개항장이었던 부산과 인천 그리고 원산에는 애초부 터 일본인 거주지역(조계지)이 별도로 정해져 있었고, 대개 그 지역으 로부터 극장업이 활성화되면서 조선인 거주 지역으로 전파된 흔적이 강하다.

넓은 의미에서 보면, 마산 지역 역시 극장업의 확대 현상을 경험한 도시이다. 일제 강점기 조선의 일부 도시들은 조선인 사주의 극장이 나 조선인 전용 극장을 갖추고 있는 경우가 있었다. 가령 개성의 개성 좌나 함흥의 동명극장, 인천의 애관 등이 그러한데, 마산의 경우에는 이러한 사례에 속하지 않는다. 조선인 사주의 극장이 없었고, 조선인 전용 극장이 없었다. 이러한 사정으로 인해 구마산에 위치한 수좌는 조선인에게 친근한 극장으로 여겨졌고, 지역민들의 활동을 수용하고 외부와의 교류를 허용하는 공간으로 인정되기에 이르렀다. 수좌 역시 조선인 관객을 위한 운영에 치중하지 않을 수 없었다.

결론적으로 보면 구마산의 수좌와, 신마산의 환서좌는 종족 혹은 민족적 차이에 의해 분리 경영된 극장이라고 할 수 있다. 그 사이에 위 치한 도좌(마산좌)는 표면적으로는 신마산에 가까운 극장이었지만, 경영 형태로 볼 때는 구마산:신마산 혹은 조선인:일본인의 분리 경쟁 체제에서 중간 이익을 획득하려고 한 극장으로 판단된다. 특히 도좌 가 마산좌로 개명 정비되면서 이러한 전략은 더욱 강하게 표면으로 부상했다.

이러한 마산에서 극장의 분포는 일제 강점기 조선인과 일본인이 함 께 거주해야 했던 지역의 문화적 상황과 이를 이용한 극장업에 대해 알려주는 유력한 표본이 될 수 있다. 특정 지역에서의 극장 분포와 운영 현황을 관찰하는 대상을 넘어, 마산이 지니는 전국적 대표성을 활용하여 조선의 각 지역에서 일어났던 문화적 길항과 공존 그리고 경쟁과 그 효과에 대한 유의미한 결론을 채취할 수 있는 주요한 사례가 될 수 있기 때문이다.

일제 강점기에도 조선인은 자신들의 삶을 영위해야 했고, 그 삶 가운데는 문화적 혜택이나 유희 또한 응당 포함되어야 했다. 극장이라는 근대적 문물이 도입된 이래, 조선인들은 이러한 극장을 끊임없이 '자신들－조선인들'에게 적합한 형태로 개선 보완해야 했는데, 수좌의 변모는 이러한 요구가 사회적으로 발현되어 경제적으로 그리고 문화적으로 수용된 결과이다. 또한, 도좌의 마산좌로의 변화와, 이후의 민족(종족)적 '틈새시장'을 도모하려는 동향도 이러한 결과에 해당한다.

다른 한편으로는, 일본인 극장으로서 그 면모를 잃지 않았던 환서좌나 앵관의 모습도 확인된다. 해당 사례는 국적 혹은 인종의 갈래와 편차에 따라 극장의 활용과 그 용처가 달라질 수밖에 없는 냉엄한 사실을 확인시킨다. 아울러 이러한 극장 간의 편차에도, 조선인 극장(이렇게 부를 수 있다면)의 성립과 공존 그리고 유용한 활용을 모색해야 했던 시대의 고민을 읽어낼 수 있다.

극장은 분명 그 극장을 찾은 이들의 공유 공간이지만, 일제 강점기 조선에서의 극장의 공유는 비단 일방적인 나눔 혹은 협동의 형식으로만 나타나지는 않았다. 마산이라는 도시의 특수성, 즉 '북－조선인 대 남－일본인', '구마산 대 신개항장'의 특수 조건에 의해 이러한 특징이 더욱 분명하게 드러나 있다고 볼 수 있다. 이 점은 앞으로도 중요한 연구 대상이 되어야 할 것으로 여겨진다.

9. 일본인 이주 어촌과 조선 문화의 착근

통영이 개항기 일본인들에게 각광 받은 이유는 항구로서 천혜의 조건과 대규모 어장을 갖춘 이점 때문이었다. 이러한 자연적 이점 덕분에 통영은 일찍부터 일본(인)의 침해를 받는 지역이 되었으며, 그만큼 여러 측면에서 어장 침탈자인 일본 어부와 이주자들에게 유리한 항구로 성장하게 되었다.

이 과정에서 통영의 광도촌은 1897년에 이미 히로시마현 어부들의 필요에 의해 자유이주어촌(自由移住漁村)으로 선정된 바 있었다. 이후 일본 정부는 '이주 어부'를 보조하고 권장하는 정책을 펴 나가면서, 다수의 일본 어부들이 통영 근처에 머물 수 있는 이주 작업을 지원했다.[1] 그 결과 1907년을 전후한 시점에는 오카야마 현의 보조금을 받은 어부들이 오카야마촌(岡山村, '강산촌'으로도 불린다)을 경남 통영(도남)에 건설하였다.[2] 이러한 이주어촌은 일본인들의 어장 확보와,

---

1) 김준 외, 「일본인 이주어촌의 변화과정과 시기별 주택변용 특징에 관한 연구」, 『대한건축학회지』(24-1), 대한건축학회, 2008, 128~129면.
2) 박정석, 「일제 강점기 일본인 이주어촌의 흔적과 기억 : 통영 '오카야마촌'을 중심으

이익 증대 그리고 식민 정책의 성격을 띠고 있었기에 실질적인 영토 점령과 침탈에 다름 아니었다.[3]

도시 전체의 변화를 살펴보면, 통영은 1920년대부터 이미 일본인 거주자를 위한 편의 시설 확충에 주력하는 인상이었다. 대표적인 사업이 공유수면 매립과 항만수축사업이었고, 이후에 치러진 시가지 조성사업도 이에 해당한다.[4] 도시화 과정을 겪으면서 통영면과 그 인근 지역에 일본인 이주자들이 더욱 증가했고, 점차 일본인 이주자들은 경제적 성취뿐만 아니라 문화적 욕구의 충족도 염원하게 되었다. 거주지 요건으로서 이주 지역에 대한 문화적 혜택과 오락 시설의 확대를 요구하기에 이르렀다. 통영은 경제적으로 풍요로웠고 자본의 유통이 원활했기에, 이렇게 확대된 자본 유통은 관람료를 지불하는 관객의 수를 증대시킬 수 있었다. 자연스럽게 유료 관객을 요구하는 극장 건립에는 적당한 여건을 갖출 수 있었다.

일본인들이 협력 투자하여 봉래좌를 건립한 것은 이러한 시점이었다. 1916년의 통영면을 일별하면, 활발한 경제 규모에 비해 위락 시설과 유희 공간이 상대적으로 부족하다는 사실을 어렵지 않게 발견할 수 있다. 통영면에 거주하는 이들은 상대적으로 문화적 욕구를 충족하기 힘든 상황이었고, 공연 관련 시설에 관한 제반 조건이 상당 부분 충족된 상태였다.

이러한 상황에서 봉래좌의 등장은 곧 문화적 욕구의 결핍을 충족할

로」, 『민족문화논총』(55), 영남대학교 민족문화연구소, 2013, 318~325면.
3) 여박동, 「근대 오카야마현의 조선해 어업 관계」, 『일본문화연구』(6), 동아시아일본학회, 2002, 296~298면.
4) 김재홍, 「일제 강점기 통영 도시계획의 배경과 집행 과정에 관한 연구」, 『학술대회 자료집』, 한국지방정부학회, 1999, 327면.

수 있는 기반이 될 수밖에 없었다. 통영면 주민뿐만 아니라 인근 주민들은 봉래좌를 영화관(영화관으로의 개축은 1939년에 단행)이면서 동시에 연극 공연장으로 활용하면서, 동시에 각종 강연회나 시민대회장으로 활용하였다. 봉래좌는 일본인 사주들로 꾸려진 일본인 극장이었지만, 국적에 관계없이 통영 주민들의 위락 시설이면서 편의 시설이어야 했고, 관람 시설이면서 동시에 회의 시설이 되어야 했다.

확대된 용도로 인해, 봉래좌는 통영인들의 사랑을 받으면서 일제 강점기 동안 극장으로서의 면모를 유지했고, 광복 이후에도 봉래극장으로 60년을 이어 왔다. 2005년 봉래극장이 철거될 당시 봉래좌의 운영 기간은 근 90년이었다. 이토록 오랫동안 통영의 극장으로 남아 있을 수 있었던 이유는 이 극장이 통영의 문화적 결락감을 보충하고, 문화적 자긍심을 높일 수 있는 문화 인프라 역할을 수행했기 때문이다.

봉래좌 자체가 지니는 경영상의 이점에도 불구하고 봉래좌의 오랜 경영은 지역 문화의 교류 활동과 더욱 깊은 연관성을 지니고 있다. 봉래좌는 극장의 필요와 문화의 교류(수용)라는 당대의 요구를 해결하는 임무를 수행했기 때문이다. 봉래좌에 관한 논의는 더 많은 자료를 바탕으로 이루어져야 하지만, 현실적으로 볼 때 봉래좌의 탄생과 일제 강점기의 활동 상황을 밝혀줄 근거를 기대하기는 어려운 상황이다. 그럼에도 불구하고 한 가지 주목할 사항이 있다. 그것은 통영의 문화적 활동이 다른 지역에 비해 역동적으로 나타나고 있었다는 점이다.

일단 봉래좌에서 공연되고 치러진 다양한 행사와 문화 콘텐츠는 봉래좌의 역할을 상기시킨다. 통영의 지역민들은 봉래좌를 통해 문화적 감각과 예술적 욕구를 충족할 수 있었고, 이를 바탕으로 인근 지역을 능가하는 – 인근 지역으로 문화를 전파하는 – 능동적 창작 활동을 전 개할 수 있었다.

그중에서도 통영청년단의 활동은 단연 주목된다. 다른 문화 단체의 활동을 일일이 검토하기에는 지면이 협소하여 후속 연구로 별도의 논의를 진행해야 하겠지만, 통영청년단의 활동만큼은 그 비중 면에서 압도적으로 중요하기 때문에 연관 지어 살펴 볼 필요가 있다.

통영청년단의 활동사진대는 진주나 부산 같은 인근 지역을 넘어 대구, 경성, 평양에 이르는 장도의 순회공연을 치러냈다. 그러면서 '계몽적 콘텐츠'를 결코 상실하지 않았고, 여기에 '오락적 콘텐츠'를 결합하는 공연 프로그램과 레퍼토리를 준비하고 또 실행하는 일관성을 유지했다. 통영청년단의 활동이 주목되는 것은 그들이 지닌 계몽의 텍스트 못지않게 대중적 텍스트에 대한 이해가 뛰어났다는 사실 때문이다. 그들은 대중의 취향과 대중극 공연의 방식을 본질적으로 이해하고 있었고 이를 효과적으로 활용할 줄 알았다. 오히려 계몽의 텍스트를 제대로 상영하기 어려울 정도로 – 계몽의 텍스트가 본연의 효과를 거두도록 장려하기 힘들 정도로 – 대중의 취향에 적합한 공연 형태를 고수했다.

이것은 축적된 공연 예술에 대한 감각이나 노하우가 없었다면 좀처럼 일어나기 어려운 일이다. 통영청년단이 이러한 문화적 공연 감각과 기술을 확보하게 된 것은 통영이라는 도시가 지니는 문화예술의 수준 덕분이라고 보아야 한다. 이때 봉래좌의 저력과 역할이 해명될 수 있다.

봉래좌는 어떠한 방식으로든 통영의 지역민들에게 외래의 영화, 순회 연극, 각종 기예와 새로운 형식을 보여주는 문화적 창구 역할을 담당했다. 이것은 각종 자료를 통해 확인되는 사안인데, 통영청년단이 구사했던 공연 전략이 이러한 관람 행위를 통해 축적 개발되었을 것으로 판단된다. 즉 봉래좌를 중심으로 한 통영의 공연문화예술이 그 지역민의 후예인 통영청년단의 문화적 공연 활동을 촉진하고 수행 목적을 보완하는 역할을 한 것이다. 이것은 앞으로 더욱 심도 있게 밝혀 나가야 할 통영의 문화적 활동상이면서도 동시에 그 활동상의 이면에 잠재해 있었던 문화적 역량(가능성)이었다.

이 글에서는 주로 해방 이전 봉래좌의 생성과 역사 그리고 특징과 역할에 대해 중점적으로 논의하고자 했지만, 봉래좌는 그 이후에도 봉래극장이 되어 지역 극장으로서의 중요한 기능을 수행하였다. 다만 그 어떤 소임과 역할보다도 통영인들에게 중요했던 점은 봉래좌(혹은 봉래극장)가 이미 문화적 소통의 측면에서 통영 문화의 유기체적 일부를 담당했고 나아가서는 지역민의 선호를 받고 문화적 성장을 함께 수행한 장소애의 대상에 포함되었다는 점이다. 통영극장의 역사에는 오래된 극장이 간직한 증언과 회환이 함축되어 있었으며, 동시에 그 미래와 자긍심 역시 포함되어 있었다. 하지만 이러한 극장이 보존되지 못하고 끝내 철거된 상황은 문화적 중요성이 상실된 증거라고 할 수 있다. 통영의 문화적 변전(變轉)을 증언할 수 있는 중요한 근거가 사라진 것이며, 동시에 작금의 문화적 생태계를 진작시킬 수 있는 중요한 인프라가 훼손된 것이다. 어떠한 측면에서 본다면, 과거 통영에서 봉래좌를 절실하게 염원했던 이유를, 현재 통영이 동일하게 경험하고 있는 징후로 볼 수 있다.

따라서 과거의 지역 극장 봉래좌는 물리적으로 재건될 필요가 있을 뿐만 아니라, 지역 공동체가 공유하는 심리적 재건 내지는 과거의 역사를 복원하는 고증으로서의 재건 대상이 되지 못할 이유가 없다. 국토의 균형적 발전과 문화 생태계의 복원을 위해서도 이는 필요한 작업이며, 무엇보다 통영인들의 심정적 결락감과 문화적 필요성을 충족하기 위해서도 이러한 작업은 필요하다고 하겠다.

다만 현재의 입장에서 봉래좌에 대한 의문은 여전히 남을 수밖에 없다. 가령 하시모토의 구체적인 행적과 친조선적 극장 경영의 이유 등을 규명할 수 있는 구체적인 자료가 부족하고, 당시 봉래좌를 사이에 둔 조선인과 일본인의 관계 역시 명확하게 밝혀지기 어렵다고 해야 한다. 봉래좌가 친조선적 경영을 선보이는 과정에서 나타난 구체적인 변화 원인을 정리하기 어렵다고 해야 한다.

극장은 비단 일부 선각자들의 뛰어난 예지력이나, 경영 주체의 탁월한 상업성, 혹은 극장을 방문하는 이들의 면면과 이력만으로 존속하거나 또 중요한 위상에 도달하는 것은 아니다. 특히 지역 극장은 지역민의 향수와 그리움을 수용할 수 있어야 하며, 동시에 지역 출신 예술가들의 영감과 상상력을 자극할 수 있어야 한다.

90년이 넘는 동안 봉래좌는 이러한 구성원이자 장소애의 대상 혹은 문화적 파트너이자 조력자로서 그 의미를 굳건하게 지켜왔지만, 결국에는 이러한 노력과 모색이 상실되면서 지역 극장의 지위를 잃고 말았다. 이후의 지역 극장은 봉래좌의 이러한 성패와 공과를 복기하여 이익과 정서의 그 어떤 측면에도 일방적으로 치우치거나 한 측면을 잃어버리지 않는 극장이 될 수 있는 방안을 모색해야 할 것이다. 이것이 잃어버린 극장 봉래좌가 아직까지 전달하고 있는 문화의 중요한 원리라고 하겠다.

10. 해항 개발과 극장 유입의 상관성

조선의 문호를 개항한 일본인들은 가장 중요한 세 개의 항구를 개항장으로 지목했고, 그 세 개의 항구에 부산은 우선 편입되었다. 그리고 부산역에서 송도(해수욕장)에 이르는 구도심 지역을 우선 개발하였다. 그때 부산의 극장가(劇場街) 혹은 영화가(映畫街)가 조성되었다. 실제로 이 지역은 부산이 공식적으로 개항되기 이전부터 일본인들과 관련을 맺고 있던 지역이었다.

역사적으로는 임진왜란 이후, 일본인들의 부산 거주지였던 초량 왜관이 확대되었고, 일본인의 조선 내 거주와 교역 활동 그리고 유희나 생활 관련 시설 역시 점차적으로 확충되었다. 특히 개항장 조규가 체결되면서 부산의 초량 지역은 일본인의 조차지가 되었다. 개항자 조규에 따르면 해당 지역 체류자는 일몰 이후 일본인 거류지역으로 돌아와야 하는 약정이 발효되었지만, 이러한 약정은 궁극적으로 조계지의 독립성을 어느 정도 보장하는 결과를 낳기도 했다. 그들은 자신들이 확보한 거류지 내에 자신들의 극장을 도입할 수 있었다.

〈왜관도〉[1]

　행좌를 비롯하여 송정좌, 부귀좌, 부산좌 등이 그러한 극장이고, 일
제 강점 이후에는 변천좌, 동양좌, 보림관, 초량좌 등으로 확대되기에
이르렀다. 이러한 극장 시설은 이후 상인들의 개항장 이주(최초에는
인천과 원산으로)를 통해 해항 지역의 극장 신설의 단초가 되었다. 그
러한 측면에서 부산좌는 부산에 등장한 초기 극장이라는 의미 이외에
도 조선 각 지역의 지역 극장 건설과 전파를 유도했다는 의미도 지니
게 된다.

　부산좌는 부산의 대표적인 거상 大池忠助와 부산 상인들의 공조로
이루어진 극장이었다. 극장의 설계와 극장의 운영 역시 부산의 상인
들이 맡았으며, 이로 인해 부산을 대표하는 극장으로서의 위상을 한
층 더 높게 지닐 수 있었다.

　부산좌의 역사(내력)에서 1915년은 중요한 기점이 된다. 이 시점을
중심으로 흥행주가 등장했고, 이 흥행주는 부산좌의 경영 방침을 변

---

1) 「왜관도」, 김기혁 편, 『부산 고지도』, 부산광역시, 2008, 226~227면에서 재인용.

화시켰다. 일단 부산좌가 그동안 주력하던 연극 공연에서 연쇄극이라는 첨단 장르를 수용하는 변화가 일어났다. 그렇다고 연극 공연을 작파하거나 경영 목표 자체를 전면 변화시켰다고는 할 수 없지만, 주목되는 세부적 변화가 발생했다. 일단 1914년 경까지 주로 전념하던 소인극 위주의 행사를 전문적인 수준의 극단 공연으로 변화시킨 점이다. 기본적으로 부산좌는 다목적 극장이었기에 기존 견해대로 연극상설관으로는 볼 수 없지만, 그럼에도 부산좌에서 공연되는 연극 관련 작품은 매우 다양하고 또 비중이 높았다. 1915년 이후에도 소인극 공연이 폐지되지는 않았지만, 점차 일본 본토에서 내방하는 극단의 공연 비중이 증가한 것도 부인할 수 없는 사실이다. 여기에 영화의 상연 빈도도 증가하면서, 부산좌는 다채로운 장르를 공연하는 극장으로 거듭날 수 있었다.

1915년 흥행주는 부산좌의 외관과 시설을 일부 정비한 것으로 보인다. 본래 부산좌는 대형극장이었다. 1000명 이상을 수용할 수 있는 객석 크기를 자랑했고, 무대 시설과 넓이 역시 상당하여 대규모 공연이 가능했다. 따라서 불필요한 공간을 제거할 수 있었다. 1915년 10월 인근 무렵(1916년 6월)에 3층을 제거하는 공사를 단행했고, 극장 내부에도 영사 시설을 확충 보완한 흔적을 남겼다.

이러한 변화는 1915년 이후 부산좌가 부산 지역민들에게 차지하는 영향력을 더욱 확대하는 계기로 작용한다. 그 결과 1920년대 인근 무렵(화재로 소실되는 1923년까지) 부산좌의 대외적인 활용 빈도는 매우 증가했다. 각종 지역 행사가 이곳에서 열렸고, 일본인 전용극장이라는 인식도 변모하였다. 조선인들의 행사 참여나 관극 체험도 늘어났고, 결과적으로 부산의 서로 다른 거주자들이 공영하는 극장으로 변모해 나갔다.

1923년 화재 사건이 다소 아쉬운 것은 이러한 변화 추세를 본격적으로 경험하지 못한 점에서 찾을 수 있겠다. 조선인들의 부산좌 사용이 더욱 증가했다면 부산좌의 역할과 위상도 한결 더 증대되었을 것으로 보이지만, 1923년 전소는 이러한 가능성을 붕괴시키고 말았다.

부산좌의 부활 운동은 大池忠助 측의 제기로 이루어진 사안이기도 했지만, 자연스럽게 부산좌의 경영에 참여했던 유지들과 대형 극장의 필요성이 결합되어 나타난 지역 여론이기도 했다. 특히 부산좌가 사라진 부평정 일대는 도심임에도 불구하고 보래관까지 이동해야 극장 시설을 이용할 수 있을 정도로 문화적 황폐화를 경험하고 있었다. 따라서 부평정 일대 주민들에게는 부산좌의 재건이 오락적인 측면이나 경제적인 측면에서 중요한 관심사가 아닐 수 없다.

1930년 중앙극장은 이러한 염원과 기대 속에서 신축된 극장이었다. 비록 부산좌라는 이름을 이어받지는 못했지만, 부산의 극장으로서 새로운 출발을 기약할 수 있는 시설과 인맥을 얻은 극장으로 재탄생할 수 있었다. 특히 밀양 상인이자 투자자 金森新吉의 등장은 부산과 이웃 도시 사이의 극장업의 연계성을 보여주는 동시에, 부산이 지닌 극장 문화의 확대 가능성을 점치게 한다. 완전하게 확인되지는 않았지만, 金森新吉이 밀양 역전(밀양 읍내와 비교되는) 밀양극장과 밀접한 관련을 맺은 인물이라는 점을 감안하면, 지역 극장업(자) 간의 상호 공조 내지는 협력 관계의 단초로 볼 여지도 충분하다고 하겠다.

부산좌의 의의는 문화의 유통과 확산의 측면에서 일단 찾을 수 있다. 부산좌는 부산의 유수한 단체와 다양한 장르가 수입되고 또 관람되는 공간이었다. 특히 부산으로 수입되는 대형 연극은 부산좌에서 공연될 확률이 높았는데, 그러한 측면에서 다른 극장에 비해 관객들이 선호할 만한 장점을 다량 확보하고 있었다고 해야 한다.

다음으로 부산좌는 연극을 위주로 하는 극장이었다는 일반적 이해와는 달리 연쇄극의 도입이나 각종 영사 대회의 주도 등으로 영화관으로서의 역할을 농도 깊게 수행했다. 그러니까 이러한 부산좌는 영화와 연극의 기능을 혼용하는 공간으로 작용했고, 여기에 일본의 구극(가부키)와 신연극(신파극과 각종 최신극)이 가미되는 특수한 효과를 창출했다.

비록 조선인 관람객과 제작자를 위해서는 다소 폐쇄적인 운영 방안을 선보였지만, 1920년대에는 조선인들 사이에서도 주목되는 극장으로 부상한 바 있다. 조선인들을 위한 극장으로 인정될 정도는 아니었지만, 조선의 연극 문화와 문화 활동에 적지 않은 자극을 주었다는 점에서는 부산의 중요한 지역 극장이라고 하지 않을 수 없다.

사실 부산좌가 위치했던 1910~40년대 부산 극장가는 앞으로도 지속적으로 정밀한 관찰을 요하는 지역이다. 그 일부로서, 그리고 한 중심으로서 부산좌는 당시 부산 극장가가 담보한 특성과 개성을 보여주는 한 축이 될 것으로 여겨진다. 또한 부산 극장가의 각종 극장의 실체를 밝히면, 상호 연관(성) 관계를 통해 부산좌의 드러나지 않은 또 다른 실체(비밀) 역시 발굴되리라 믿는다. 이 글은 그 초석이 되는 저술이며, 앞으로 확대된 연구로 나아가는 시작점에 해당한다고 하겠다.

264

참/고/문/헌

1. 기본 자료

- 『동아일보』, 『조선일보』, 『매일신보』, 『경향신문』
- 『부산일보』, 『인천일보』, 『민주중보』, 『경남매일신문』
- 『釜山日報』, 『朝鮮時報』, 『朝鮮新聞』
- 『한국사데이터베이스』, 『실업인명』, 『신사명감』, 『기념표창자』, 『조선산업지』, 『한국향토문화전자대전』, 『NAVER 지식백과』
- 『삼천리』
- 「부산부」, 『대일본직업별명세도』, 1929~1930년 간행.
- 「남조선일반교통약도」, 『대일본직업별명세도』, 1929~1930년 간행.
- 『1/10000 지도』, 조선총독부, 1931.
- 현성운, 「대한신지지(경상남도)」, 부산대학교 도서관 소장, 1907,

2. 저서와 단행본

- 고설봉, 『증언 연극사』, 진양, 1990.
- 김기혁 편, 『부산 고지도』, 부산광역시, 2008.
- 김남석, 『조선대중극의 용광로 동양극장』(2), 서강대출판부, 2018.
- 김남석, 『조선의 지역 극장』, 연극과인간, 2018.

• 김승 · 양미숙 편역, 『신편 부산대관』, 선인, 2010.

• 김의경 · 유인경, 『박노홍의 대중연예사(1)』, 연극과인간, 2008.

• 농공상부수산국, 『한국수산지』(2), 1910.

• 단국대학교 동양학연구소 편, 『일제 강점기 울산 방어진 사람들의 삶과 문화』, 채륜, 2011.

• 마산시사편찬위원회, 『마산시사』, 1997.

• 손정목, 『일제 강점기 도시계획연구』, 일지사, 1990.

• 순권, 『근대도시와 지방권력』, 선인, 2010.

• 신춘희, 『노래로 읽는 울산』, 울산이야기연구소, 2015.

• 천재동, 『아흔 고개를 넘으니 할 일이 더욱 많구나!』, 동아정관, 2007

• 한삼건 역, 『1933년 울산군 향토지』, 울산대곡박물관, 2016, 28~54면.

• 홍영철, 『부산극장사』, 부산포, 2014.

• 『마산상공회의소 백년사』, 2000.

• 中村資良, 『조선은행회사조합요록(朝鮮銀行會社組合要錄)』(1921~1939년 판), 동아경제시보사, 1921~1939.

3. 논문과 보고서

• 김남석, 「부산 초량의 '중앙극장-대생좌'에 관한 연구」, 『어문논총』(35), 전남대학교 한국어문학연구소, 2019.

• 김남석, 「부산의 극장 부산좌(釜山座) 연구—1907년에서 1930년 1

차 재건 시점까지」,『항도부산』(35), 부산시사편찬위원회, 2018.

• 김남석,「부산의 지역 극장 상생관의 역사적 전개와 운영상 특질에 관한 연구」,『항도부산』(36), 부산시사편찬위원회, 2018.

• 김남석,「부산의 지역 극장 소화관(昭和館)의 역사적 전개에 관한 연구—1931년 설립부터 1968년 폐업까지 운영 상황을 중심으로」,『항도부산』(40), 부산시사편찬위원회, 2020.

• 김남석,「소녀가극의 생성과 확산에 관한 연구」,『한어문교육』(35), 한국한어문교육학회, 2016.

• 김남석,「영화상설관 행관(幸館)의 신축과 운영으로 살펴 본 부산 극장가의 변천과 그 의미 연구」,『항도부산』(38), 부산시사편찬위원회, 2019.

• 김남석,「울산의 지역 극장 '울산극장'의 역사와 문화적 의의 연구」,『울산학연구』(10), 울산학연구센터, 2015.

• 김남석,「인천 표관 연구」,『민족문화연구』(71), 고려대학교 민족문화연구원, 2016, 208면.

• 김남석,「일제 강점기 김천 지역 극장의 역사와 활동상 연구」,『현대문학이론연구』69, 현대문학이론학회, 2017.

• 김남석,「일제 강점기 울산 방어진의 상설극장 상반관의 사주와 기능」,『울산학연구』(13), 울산학연구센터, 2018.

• 김남석,「일제 강점기 해항 도시 통영의 지역극장 '봉래좌' 연구」,『동북아문화연구』(48), 동북아시아문화학회, 2016.

• 김남석,「일제 강점기 개성 지역 문화의 거점 '개성좌(開城座)' 연구—1912년 창립부터 1945년까지」,『영남학』(26), 경북대학교 영남문화연구원, 2014.

- 김남석, 「조선의 개항장에 건립된 인천 가무기좌에 관한 연구」, 『동북아문화연구』(46), 동북아시아문화학회, 2016,
- 김남석, 「함흥의 지역극장 동명극장 연구」, 『동북아문화연구』(44), 동북아시아문화학회, 2015.
- 김원규 · 문은정 역, 「마산항」, 『가라문화』(16), 경남대학교가라문화연구소, 2002.
- 김재홍, 「일제 강점기 통영 도시계획의 배경과 집행 과정에 관한 연구」, 『학술대회자료집』, 한국지방정부학회, 1999.
- 김준 외, 「일본인 이주어촌의 변화과정과 시기별 주택변용 특징에 관한 연구」, 『대한건축학회지』(24-1), 대한건축학회, 2008.
- 문재원 · 변광석, 「로컬의 표상공간과 장소정치」, 『역사담론』(64), 호서사학회, 2012.
- 박영산, 「변사(辯士)와 벤시(弁士)의 탄생에 대한 비교연구」, 『Comparative Korean Studies』(21-1), 국제비교한국학회, 2013.
- 박전열, 「'라쿠고(落語)'에 나타난 웃음의 전개방식」, 『일본연구』(25), 중앙대학교 일본연구소, 2008.
- 박정석, 「일제 강점기 일본인 이주어촌의 흔적과 기억 : 통영 '오카야마촌'을 중심으로」, 『민족문화논총』(55), 영남대학교 민족문화연구소, 2013.
- 박정일, 「20世紀開港期釜山の市街地の硏究」, 『동북아문화연구』(29), 동북아시아문화학회, 2011.
- 박형규 · 서유석, 「마산시의 도시공간구조 변천과 변화 요인 분석」, 『한국도시설계학회지』(10-3), 한국도시설계학회, 2009.
- 서민원, 「인천 조계지 형성과정과 건축 양식의 특성 연구」, 『디자인

지식저널』(11), 한국디자인지식학회, 2009.

• 서종원, 「근대 시기 방어진 아등들의 생활과 놀이문화」, 『일제 강점기 울산 방어진 사람들의 삶과 문화』, 채륜, 2011.

• 손경희, 「1910년대 경북지역 일본 농업 이주민의 농장경영:부식농원을 중심으로」, 『계명사학』(11), 2000, 29~58면.

• 양민아, 「1920년대 러시아한인예술단 내한공연의 무용사적 의미」, 『무용역사기록학』(34), 무용역사기록학회, 2014, 37~39면.

• 양상호, 「원산 거류지의 도시 공간의 형성 과정에 관한 고찰」, 『건축역사연구』(3-2), 한국건축역사학회, 1994.

• 양신, 「재한일본인 거류민단의 성립과 해체」, 『아시아문화연구』(26), 가천대학교 아시아문화연구소, 2012.

• 양정필, 「일제하 개성의 한국인 상권과 그 특징」, 『역사문제연구』(27), 역사문제연구소, 2012.

• 여박동, 「근대 오카야마현의 조선해 어업 관계」, 『일본문화연구』(6), 동아시아일본학회, 2002.

• 옥한석, 「마산시 경관의 형성과정에 관한 연구」, 『지리학』(17-2), 대한지리학회, 1982.

• 우수진, 「갈돕회 소인극 연구」, 『한국극예술연구』(35), 한국극예술학회, 2012.

• 윤상, 「개항 전후 마산지역의 경제적 변화」, 『역사문화학회 학술대회 발표자료집』, 역사문화학회, 2004.

• 이경미, 「일제하 시장제도 변화와 마산어시장」, 『역사민속학』, 한국역사민속학회, 2006.

• 이귀원, 「1920년대 전반기 마산지역의 민족해방운동」, 『지역과 역

사』(1), 부경역사연구소, 1996.

- 이은진, 「마산선 개설에 관한 연구」, 『가라문화』(19), 경남대학교가라문화연구소, 2005.

- 이현호, 「1920~30년대 울산 동면(東面) 지역의 사회운동」, 부산대학교 석사논문, 2005.

- 이호걸, 「식민지 조선의 문화사업 극장업」, 『대동문화연구』69, 성균관대학교 대동문화연구원, 2010, 181~183면.

- 이희환, 「인천 근대연극사 연구」, 『인천학연구』(5), 인천학연구원, 2006.

- 조세현, 「개항기 부산의 청국조계지와 청상(淸商)들」, 『동북아문화연구』(25), 동북아시아문화학회, 2010.

- 조순자, 「무성영화시대 상설극장 관현악단과 지방순업팀 악사들의 조직 구성 및 역할」, 『음악과민족』(46), 민족음악학회, 2013.

- 차철욱, 「전근대 군사도시에서 근대 식민도시로의 변화」, 『한일관계사연구』(48), 한일관계사학회, 2014.

- 채백, 「일제 강점기의 신문불매운동 연구:1920년대 중반을 중심으로」, 『한국언론정보』(28), 한국언론정보학회, 2005

- 최낙민, 「'동양의 런던', 근대 해항도시 上海의 도시 이미지 : 공공조계를 중심으로」, 『동북아문화연구』(38), 동북아시아문화학회, 2014.

- 최정달, 「마산 항만 기능에 관한 연구」, 『경남문화연구소보』(8), 경상대학교 경남문화연구소, 1985.

- 한삼건, 「방어진 글로벌 건축문화거리조성 연구 용역 최종보고서」.

- 한상언, 「하야가와연예부의 유락관 경영에 관한 연구」, 『영화연구』

(62), 한국영화학회, 2014.

• 한석, 「마산시 경관의 형성과정에 관한 연구」, 『지리학』(17-2), 대한지리학회, 1982.

• 홍선영, 「예술좌의 만선순업과 그 문화적 파장」, 『한림일본학』15, 한림대학교일본학연구소, 2009.

4. 인터넷 자료

• http://db.history.go.kr/

• http://map.naver.com/

• http://news20.busan.com/

• http://www.incheonilbo.com/

• https://map.naver.com/

• https://terms.naver.com

• https://terms.naver.com/

• 아오이 연구소, https://blog.naver.com/tstop/30171215536

5. 원고 출처

• 김남석, 「1910년대 부산의 지역 극장 변천좌(辨天座) 연구―변천좌의 설립과 무대 연극장으로서의 활용 사례를 중심으로」, 『한국전통문화연구』(23호), 전통문화연구소, 2019

- 김남석, 「마산의 지역 극장과 변모 과정 연구—일제 강점기 극장 분포를 중심으로」, 『영남학』(통합 64호), 경북대학교 영남문화연구원, 2018.
- 김남석, 「부산 초량의 '중앙극장-대생좌'에 관한 연구」, 『어문논총』(35), 전남대학교 한국어문학연구소, 2019.
- 김남석, 「부산의 극장 부산좌(釜山座) 연구—1907년에서 1930년 1차 재건 시점까지」, 『항도부산』(35), 부산시사편찬위원회, 2018..
- 김남석, 「부산의 지역 극장 상생관의 역사적 전개와 운영상 특질에 관한 연구」, 『항도부산』(36), 부산시사편찬위원회, 2018.
- 김남석, 「부산의 지역 극장 소화관(昭和館)의 역사적 전개에 관한 연구—1931년 설립부터 1968년 폐업까지 운영 상황을 중심으로」, 『항도부산』(40), 부산시사편찬위원회, 2020.
- 김남석, 「영화상설관 행관(幸館)의 신축과 운영으로 살펴 본 부산 극장가의 변전과 그 의미 연구」, 『항도부산』(38), 부산시사편찬위원회, 2019.
- 김남석, 「일제 강점기 울산 방어진의 상설극장 상반관의 사주와 기능」, 『울산학연구』(13), 울산학연구센터, 2018.
- 김남석, 「일제 강점기 해항 도시 통영의 지역극장 '봉래좌' 연구」, 『동북아문화연구』(48), 동북아시아문화학회, 2016.

남도의 해안가 극장들
-일제 강점기 경남 일대 극장을 중심으로

초 판 인 쇄 | 2021년 2월 10일
초 판 발 행 | 2021년 2월 10일

지 은 이 김남석

책 임 편 집 윤수경

발 행 처 도서출판 지식과교양
등 록 번 호 제2010-19호
주   소 서울시 강북구 우이동108-13 힐파크103호
전   화 (02) 900-4520 (대표) / 편집부 (02) 996-0041
팩   스 (02) 996-0043
전 자 우 편 kncbook@hanmail.net

ISBN 978-89-6764-167-2 93810   정가 20,000원